지금 나에게도
시간을 뛰어넘는 것들이
있다

—— 겨울공화국 시인 양성우의 젊은 날의 연대기 ——

지금 나에게도
시간을 뛰어넘는 것들이
있다

양성우 지음

알음북

차 례

타고 남은 재가 다시 기름이 됩니다.
그칠 줄을 모르고 타는 나의 가슴은
누구의 밤을 지키는 약한 등불입니까?

― 한용운 시인의 〈알 수 없어요〉에서

사람에게는 운명이라는 것이 있는 것일까? 그것이 있어서 사람을 한 평생 이리저리 끌고 다니는 것일까? 그래서 사람은 마치 강물 위에 떠다니는 나무토막처럼 운명이라는 물결의 흐름을 타고 어디로 가는지조차 모른 채 떠도는 것일까?

나는 가끔 지나간 날들을 뒤돌아보면서 이렇게 운명에 대해서 이런저런 생각을 할 때가 많다. 그런 까닭은, 내가 살아온 삶의 여정이라는 것이 내 뜻대로 된 것은 아주 미미하고, 대부분이 내 뜻과는 다른 방향으로 흘러갔기 때문인 것이다.

그러다 보니까, 내 삶은 어쩌면 운명의 흐름을 그대로 받아들이

느냐 아니냐 하는 내 마음속의 갈등이 빚어낸 결과물이라고 해도 지나친 말은 아닌게 되고 말았다. 그래서 그럴까, 나에게는 남들이 잘 모르는 안팎의 상처가 무척 많다. 그리고 그 상처들은 때로는 덧나기도 하고 때로는 아물기도 하면서 오늘까지도 나를 줄곧 따라다니고 있는 중이다.

그렇다고 해서 내가 이 글에서 내 안팎의 상처들에 대하여서만 일관되게 기술하려고 하는 것은 아니다. 나는 그저 내가 살아온 지난날들의 이야기를 담담한 심정으로 누구에겐가 전하고 싶을 뿐이다. 그렇다고 해서 내가 살아온 먼 길을 구석구석 다 들추어내기보다는, 그저 기억이 이끄는 대로 부담 없이 써 보려고 한다. 왜냐하면, 대게의 자전적인 글은 그 글을 쓰는 데에 들이는 노력만큼의 찬사를 얻기란 쉽지 않기 때문이다.

물론 그것이 지금까지 내가 이런 글을 쓰지 않고 차일피일 미루어온 첫 번째 이유이기도 하다. 그럼에도 불구하고, 아마 1980년 초반에 나의 성장기라고 할 수 있는 유소년 시절의 이야기를 『내가 읽은 모든 페이지 위에』라는 제목으로 출간한 이후 나는 거의 개인사적인 글을 쓴 적이 없었는데, 요즘에 와서 문득 이런 글을 쓰고 싶다는 생각을 하게 되었으니, 이것도 어쩌면 나의 운명이 아니겠는가.

내가 이 책에서 중점적으로 다루고자 하는 것은 내 젊은 날의 이야기이다. 그 시기로 보자면 내가 고등학교에 입학하던 때인

1959년 봄에서부터 잠시 문단을 떠나던 때인 1988년 봄까지로서, 그 30여 년이 바로 나의 청년기라고 할 수 있기 때문이다. 만일 내 인생을 3막짜리의 연극에 비한다면, 내가 지금 이야기하려는 것은 2막에 해당되는 부분이 될 것이다. 따라서 내가 태어날 때부터 중학교를 졸업하던 시기까지의 성장기인 1막과, 문단 복귀 이후에서 오늘날까지의 3막에 대해서는 그냥 지나치기에는 조금 서운하여 그 줄거리만을 짧게 간추려서 책의 앞뒤에 붙이려고 한다.

그리고 나는 이 글을 거의 모두 기억을 더듬어 가면서 쓸 것이다. 물론 기억에 의존해서 글을 쓰다 보면 어떤 부분은 사실과 다를 수도 있지만 그렇게 할 수밖에 없는 것은, 험한 세월을 보내는 과정에서 나의 젊은 시절에 대한 기록은커녕 메모나 일기 및 사진 한 장이 제대로 남아 있지 않기 때문이다. 그렇지만 그 시절을 지나온 내 발자국들 중에서 대부분은 이미 지워져서 전혀 기억나지도 않지만, 어떤 것들은 마치 엊그제의 것처럼 눈앞에 선명하게 떠오르기도 하므로, 여기에서 나는 주로 분명히 기억나는 것들만을 골라서 이야기해 볼 셈이다.

전라도 땅의 서남쪽 끝자락에는 기름진 들녘이 널따랗게 펼쳐져 있고, 그 한가운데로 영산강이 굽이돌아서 흐르고 있는데, 그 강의 하류쯤에 있는 궁벽한 시골 농촌이 내 고향이다. 행정구역상으로는 나주군과 무안군과 함평군의 경계로 함평군의 발끝에 해

당하는 그곳 강변마을의 일대를 '진례眞禮'라고 불렀는데, 나는 그곳 진례에서도 양씨梁氏들이 자작일촌을 이루며 살아오는 '신기新基'라는 마을의 종가에서 여섯 남매 중 막내로 태어났다.

우리 집의 뒤란은 울창한 대숲에다가 키가 큰 감나무들이 지붕을 굽어보며 늘어서 있고 그 뒤로는 동백나무숲이 빽빽하게 어우러져 있어서 인근 사람들이 우리 집을 '동백나무집'이라고 불렀으며, 어린 나를 부를 때에도 모두들 '동백나무집 막둥이'라고 했다.

내가 태어나던 1943년 그해에는 일본이 태평양전쟁을 일으키며 광분하던 시절이었으니, 이 땅의 청년학생들을 전쟁터로 몰아서 총알받이로 죽게 하는 것도 모자라서 징용이라는 이름으로 남정네들을 남양군도에까지 끌어다가 강제노역을 시키고, 끝내는 처녀들까지 일본군대의 정신대로 잡아가는 '공출供出'을 시작하자 부모님은 우리 누님 셋 중에서 나이가 찬 첫째와 둘째누님을 서둘러서 시집 보냈다. 그래서 어린 나는 큰누님과 둘째누님의 결혼을 구경하지 못했고, 셋째누님의 결혼식은 해방된 다음 다음해인 다섯 살 때쯤인가 본 기억이 어렴풋이 난다.

여러 형제 중에서 막내로 태어난 까닭이었는지 몰라도 나에게는 친가나 외가의 할아버지 할머니에 대한 기억이 별로 없다. 외할아버지와 외할머니는 물론 친할머니까지도 내가 태어나기 훨씬 전에 돌아가셨으며, 겨우 친할아버지만 조금 더 살아 계시다가 내 나이 여섯 살 되던 해의 봄에 세상을 뜨셨다.

우리 아버지는 반학반농半學半農의 점잖고 조용한 분이셨다. 젊은 시절에는 한때 일본과 만주 등지를 돌아다니기도 했다고 나는 들었다. 옛적의 풍습이겠지만, 아버지는 열네 살에 세 살 연상의 어머니와 결혼하셨다. 우리 어머니는 그 모습이 갸름하고 고우셨고 길쌈과 음식 솜씨가 좋다고 소문이 날 정도였다. 그런데 그런 어머니에게 시련이 시작되었으니, 그것은 갓 태어난 첫딸을 병으로 잃은 것이다. 거기에다가 이어서 낳은 아이들이 줄줄이 딸이었으니, 더욱이 종가집의 맏며느리인 처지에 어머니는 차마 몸 둘 바를 모르셨을 것이 아닌가. 그래서 어머니는 옷보자기를 싸들고 친정으로 가셨지만, 아버지의 설득으로 다시 돌아오셨다는 말을 나는 어머니에게서 직접 들은 적이 있다.

그런데 그런 어머니가 그 뒤로 아들만 넷을 줄줄이 낳으셨으니 그 얼마나 극적인 전환인가. 비록 내 바로 손위의 형이 갓난아이 때에 죽은 것만을 제외한다면 그 당시에 우리 어머니는 감히 아들복을 탄 여자라는 칭송을 들으실 만하였다. 이와 같이 우리 부모님은 일찍이 결혼하여 여덟이나 되는 자녀를 낳으시고, 도중에 둘은 잃고 남은 여섯 남매를 먹이고 기르고 가르치느라고 온갖 천신만고를 견디며 한 평생을 희생하신 것이다.

내가 초등학교에 입학한 해의 초여름에 6.25전쟁이 났다. 그리고 북한군이 남으로 밀고 내려온 지 한참 지난 뒤였을 것이다. 그저 변함없는 개구쟁이일 뿐인 아이들이 왁자지껄 떠들고 있는 교실에 깐깐하게 생긴 초면의 젊은 여선생님이 들어왔고, 첫 수업으로 우리에게 '적기가赤旗歌'를 가르쳤다.

지금도 내가 그때의 그 여선생님의 첫 수업 시간을 잊지 못하는 것은, 그분의 풍금 반주에 맞춰서 그 노래를 따라 부르던 중에 뒷줄에 앉은 아이들이 "높이 들어라 붉은 깃발을…" 하는 노랫말을 "높이 들어라 돼지 다리를…" 등으로 바꿔 부르고 키득거리며 장난을 쳤고, 그 바람에 나를 포함한 대여섯 명의 아이들이 불려나가서 종아리에 회초리를 맞은 일이 있었기 때문이다.

그 당시에 나는 겨우 일곱 살 된 철없는 개구쟁이일 뿐이었다. 틈만 나면 동네 앞 공터에 나가서 탄피치기를 하는 것이 일과였고, 그것도 성이 차지 않으면 친구들과 함께 엊그제 총소리가 났던 곳으로 달려가서 탄피를 주워 오기도 했으니까. 그러는 중에 B29전투기들이 굉음을 울리며 들 끝에서 날아오면 "호주기 온다!"라고 소리치며 방공호나 마루 밑으로 달려 들어가서 숨던 그 여름날들이 생각난다.

그러나 그 전쟁은 우리 집안에도 깊은 그늘을 드리우고 말았다. 광주에서 교사로 있던 큰매형이 임신 중인 큰누님을 홀로 남겨 두고 한밤중에 빨치산들에게 끌려간 뒤로는 끝내 돌아오지 못했으며, 군대에 있던 셋째매형이 전투 중에 총상을 입은 것이었다.

그리고 그 참혹한 전쟁이 휩쓸고 간 자리에 흉년이 들어섰다. 거기에다가 예부터 끊이지 않고 찾아오는 보릿고개라니, 그 시절의 사람들은 무엇보다도 우선하여 먹고 사는 것이 문제였다. 더욱이 한창 자라나는 아이들의 경우에는 어찌하였겠는가? 그때에는 시커먼 보리밥 한 그릇은 오히려 호사였으며, 보리개떡은커녕 목초 씨앗가루를 넣은 쑥죽을 끓여 먹기도 쉽지 않았다. 그래서 나처럼 한창 자라나는 개구쟁이들은 산으로 들로 헤매면서 소나무껍질인 송키도 벗겨 먹고, 아직 피어나기 전의 풀꽃인 여린 삘기도 뽑아먹으며 허기를 달래기도 했다.

또한 그 시절에는 우리들 개구쟁이들에게는 반가운 먹을거리가 있었으니, 그것은 가끔씩 학교에서 나눠 주는 구호식량인 분유와 옥수수가루였다. 선생님이 커다란 통에서 듬뿍 퍼 주는 그 희고 노란 가루를 받아서 들고 집으로 오는 하굣길은 무척 즐거웠으니, 그것을 솥에 쪄서 식구들과 함께 나누어 먹는다는 생각 때문이었다.

그런 환경에서 그 누가 옷이라도 제대로 입고 신발이라고 제대로 신었겠는가. 내 또래들이 다 그랬듯이 나 역시 무명베옷 한 벌일망정 다 헤질 때까지 입었으며, 고무신 바닥이 갈라져서 철떡거릴 때까지 신고 다녔다.

그렇게 어려운 시절에도 겨울철 농한기가 되면 우리 집 사랑채에는 손님들이 들었다. 그 손님들은 대게 읍내의 향교에서 만나는 우리 아버지의 친구 분들이었다. 그들은 우리 집에 며칠씩 묵기도 하면서 글을 짓기도 하고 시조를 읊기도 했다. 어린 나도 이따금씩 아버지의 사랑방에 불려가서 벼루에 먹을 갈고 붓글씨를 배우던 일, 아침이면 내 손으로 손님들의 세숫물을 떠다가 사랑채의 토방 위에 올려놓던 일들이 기억난다.

우리 어머니는 마흔두 살에 나를 낳으셨다. 그래서 그런지 몰라도 내 기억 속에는 젊은 어머니의 모습은 전혀 없다. 은빛의 비녀를 찔러서 뒤로 묶은 낭자머리이지만 하얀 새치머리가 이마를 덮고, 햇살에 그을린 가냘픈 얼굴에 마르고 축 늘어진 젖가슴을 가진 시골아낙이 바로 우리 어머니셨다. 나는 막내로 태어난 까닭에 중학생이 될 때까지도 어머니의 젖가슴을 나 혼자 독차지하였는데, 그때의 나는 모든 어머니의 젖가슴이 다 그렇게 늘어진 것으로만 알았다.

그렇게 일찍 늙으신 우리 어머니, 여섯이나 되는 아들딸을 키우고 집안일에 농사일까지 하느라고 힘겹고 지친 몸에도 한 시도 쉬지 않고 일하는 우리 어머니에게도 신명은 있으셨던가 보다. 어머니는 집에서나 들에서나 일하는 중에 늘 가만히 노래를 흥얼거리곤 하셨다. 해가 다 질 때까지 밭이랑에 쪼그리고 앉아서 김을 맬 때에도, 밤이 깊도록 물레를 돌릴 때나 베틀 질을 할 때에도 어머니는 늘 흥얼거리셨다.

그 시절의 어머니가 흥얼거리시던 그 노래들이 무슨 노래들인지는 모르겠지만, 나는 어머니가 나지막하게 소리죽여서 부르시던 구슬픈 '흥얼노래' 속에서 자라난 셈이다. 그리고 어머니의 그 흥얼거림이 어린 내 몸 안에 나도 모르게 깊숙이 갈아앉아 있다가 내가 다 자란 뒤에 나의 시가 되었는지도 모르겠다.

요즘에 와서 가끔 생각해 보는 것이지만, 아무래도 나를 시의 길로 이끈 것은 첫째로 내 어린 날 어머니의 흥얼노래였고, 둘째로는 그 퀴퀴한 먹물 냄새와 담배 냄새가 물씬 풍기던 아버지의 사랑방 분위기였던 것 같다.

간혹 우리나라 사람이 서부아프리카나 히말라야 산자락에까지 달려가서 어린 학생들에게 노트와 연필 등을 선물하는 것이 언론에 보도되는 것을 볼 때마다 새삼스럽게 나의 초등학교 시절이 생각난다. 당시의 우리는 지금의 서부아프리카나 히말라야 산자락에 사는 아이들보다도 더 가난했고 불쌍했기에, 비록 책보자기를 둘러메고 학교에 다닌다고는 해도 노트나 연필마저도 제대로 가진 아이들은 몇이 되지 않았다. 그럼에도 불구하고 당시의 내 고향 아이들은 절대로 기죽지 않았다. 어찌 보면 다 같이 가난했고 다 같이 못 가졌기 때문에 우리는 결코 불행하지 않았다. 그리고 우리에게는 아름다운 들녘과 산언덕들이 있고 굽이굽이 흐르는 강물이 있기 때문이었다.

그때의 우리 개구쟁이들은 심심하거나 무료하지도 않았다. 여기 저기에 소나무 숲과 개울과 갈대 수풀과 푸른 산비탈과 꼬불꼬불한 들길과 신작로가 있고 나루터가 있으며, 쉼 없이 강물을 오르내리는 돛배와 발동선들이 있기 때문이었다. 그리고 우리들은 심지어 무지개를 잡는다고 먼 들 끝까지 몇 번을 달려갔다 왔으며, 물총새의 알을 찾는다고 높다란 강 언덕에 오르내리기를 몇 번이나 했던가. 눈에 보이는 자연 속의 모든 사물은 우리 개구쟁이들에게는 하늘이 준 장난감이었으며 변화무쌍한 놀이 상대였다.

나는 그다지 민첩한 아이는 아니었다. 달리기에는 언제나 남보다도 뒤처졌으며, 까딱하면 돌부리에 걸려 넘어져서 무릎을 깨는 일이 잦은 아이였다. 다른 아이들은 고무줄로 만든 새총질도 잘하여 참새를 잡는데도 나는 아무리 애를 써도 참새 한 마리를 잡지 못했으며, 종이딱지치기에서도 남들은 호주머니에 가득히 딱지를 따는데도 나는 늘 내 것마저 다 잃고 돌아오는 아이였다. 그래서 나는 내 또래의 개구쟁이들과는 달리 뽀로통하고 시무룩하게 보이는 아이였다.

그런 나에게 어느 날 갑자기 즐거운 일이 생겼다. 그것은, 함평 군의 초등학생 백일장에서 내가 쓴 동시 한 편이 장원으로 뽑힌 것이다. 지금 그 내용이 무엇이었는지는 기억나지 않지만, 제목이 '새'라는 것을 잊지 않고 있다. 그리고 그 어린 초등학교 4학년 때의 동시 한 편이 내가 죽는 날까지 시인의 이름으로 힘겹고 고달 프게 살아가야 하는 운명의 길을 일찍이 결정한 것이다. 아주 까마득히 지나가버린 날의 일이지만, 그것이 나를 한 평생 이끌어왔다니, 운명이란 참으로 알 수 없는 것인가 보다.

또한 지금도 어쩌다가 초등학교 동창인 옛 고향친구들을 만나면 나오는 이야기이지만, 초등학교 5학년 때였던가, 오직 내 탓만으로 우리 학급의 친구들이 담임선생님한테 매를 맞은 사건이 있었다. 그것은 내가 '연애편지'를 써서 어떤 여학생의 책상에 몰래 놓아두었는데, 그 여학생이 그것을 담임선생님한테 고자질함으로써 학급 친구 모두가 단체로 매를 맞은 사건으로 비화된 것이었다.

아직 어리고 철없는 나의 장난이었겠지만, 그 편지로 인하여 그 여학생은 학교 안에서 하루아침에 주목을 받았으며, 나는 나대로 오래 동안 친구들의 조롱과 눈총을 받기도 했다. 그리고 그 조그만 사건은, 그때의 조무래기 동창생들이 이제는 늙어서 기억력이 무디어졌음에도 불구하고 가장 먼저 머리에 떠올리는 초등학교 시절의 추억거리가 되었다.

나는 고향 마을에서 십리도 더 떨어진 곳에 있는 면소재지의 학다리중학교에 입학했다. 학교에 가려면 산허리의 나지막한 고개들을 넷이나 넘어야 했는데, 어린 내 걸음으로 뛰다시피 하면서 걸어가도 한 시간이 넘게 걸리곤 했다. 이른 아침밥을 물에 말아서 마시듯이 먹고 서둘러 집을 나서도 지각을 면하기가 여간 쉽지 않은 먼 산길이었다. 더욱이 억수로 비가 내리거나 바람이 세차게 부는 날이면, 이제 갓 중학생이 된 나의 등굣길은 너무나도 고달프고 힘겨웠다.

그러나 나는 그 산길에 점점 익숙해졌다. 그리고 학교 수업을 마치고 돌아오는 하굣길에서 여기저기 해찰을 하는 여유도 누리게 되었다. 아침에 한 번 걸어갔던 길이지만, 오후에 다시 되짚어서 집으로 돌아오는 길, 그 길은 분명히 똑같은 하나의 길이면서도 또 다른 길이었다. 아침 등굣길은 서둘러 가는 길이었고, 오후의 하굣길은 천천히 돌아오는 길이었기 때문이다. 그래서 우리 동네의 중고등학생들은 오후에는 삼삼오오 무리지어 집으로 돌아오면서 저수지물에서 헤엄을 치고 산비탈을 오르내리며 산딸기도 따먹고 억새풀밭을 가로지르며 산토끼를 쫓았다. 그러다가 지치면 크고 널따란 고인돌이 여덟이나 누워 있는 '팔바우고개'에서 모두들 웃옷을 벗어 던지고 팔을 벌리고 드러누워서 하늘을 보며 땀을 식히기도 했다.

그렇게 내가 학교에 오고가는 산길에 익숙해질 무렵에, 우리 작은형은 그곳 시골의 고등학교를 졸업하고 직장을 구하려고 서울의 친척집에 올라가 있었고, 큰형은 일찍이 광주에서 고등학교를 마치고 충청남도 공주에 있는 대학에 다니다가 징집영장을 받고 군대에 들어가 있었다. 젊은 나이에 남편을 잃은 큰누님도 그동안에 친정집과 시댁이 있는 광주를 오가면서 유복자를 기르다가 그 아이가 초등학교에 들어갈 무렵에 아예 광주에 머물렀기 때문에, 그 무렵의 우리 부모님의 품안에는 나 혼자만 남게 되었다.

그러다 보니 온 집안이 다 내 차지가 되었다. 그중에서도 특히 두 형들의 책들을 내 방에 다 쌓아둘 수 있어서 더욱 좋았다. 내가 아주 어렸을 적에 할아버지가 거처하시던 외양간이 딸린 작은 뒷방을 내 공부방으로 썼는데, 드디어 두 형들의 책을 쌓아놓고 보니 제법 책 냄새가 나서 기분이 좋았다. 그리고 나는 그 작은 방에서 김소월과 같은 시인이 되고 싶은 꿈을 키웠다. 거기에다가 또 나의 그런 꿈을 부추기는 것이 있었으니, 그것은 그곳 학다리 면사무소 근처에서 열리는 5일장이었다. 그 시절에는 학교 수업이 일찍 끝났기에 장날이 되면 나는 곧장 장터로 달려갔으며, 그곳에서 나는 노점 책방 모서리에 앉아서 닥치는 대로 책을 읽었다. 어린 나에게는 그곳 장마당의 노점이 도서관인 셈이었다.

내가 중학교 졸업반이 될 무렵에 큰형이 군에서 제대를 하고 대학에 다시 복학을 했던 것 같다. 그러다 보니, 그가 학교가 있는 공주로 올라가기 전에 이미 곳간에 쌓여 있던 나락가마니들이 실려 나갔으며, 외양간의 소도 팔렸다. 당시 우리 집에서는 큰형의 학비를 마련하는 수단으로 그렇게 나락을 팔고 소를 파는 방법밖에 다른 도리가 없었기 때문이었다.

　그런 우리 집의 형편에서 나는 자연히 뒷전일 수밖에 없었는데, 내 눈앞에 당장 고등학교에 진학하는 일이 닥쳤으니 나는 또 걱정이 무척 컸다. 그러나 세상에 운명이라는 것이 있어서 내 편을 들었을까? 나는 거의 고등학교 진학이 불가능한 상태에서 혼자 가슴앓이를 하던 끝에, 그해 시월에 광주의 조선대학교 부속고등학교가 실시하는 장학생 시험에 무작정 응시하여 우연히 합격했다. 그렇게 되어 나는 고등학교를 졸업할 때까지 3년 동안의 학비 전액을 면제받는 혜택을 입게 되었다.

1장

무엇이 내 안에 불을 질렀나?

내가 고등학교 입학생이 되어 부모님의 품을 떠나던 때는 1959년 봄이었다. 그때 마침 광주에 살고 있던 큰누님이 내 뒷바라지를 맡게 되었는데, 그 누님의 단칸방에서 누님과 조카와 나, 이렇게 셋이서 가난하게 지내면서 공부를 하던 그날들이 마치 어제 일처럼 눈앞에 생생하다.

지금은 누님의 집이 있던 그 지역에 큰 호텔이 들어선 바람에 그 흔적을 찾아보기 힘들지만, 봄이 되면 행락객이 줄지어 찾아들던 무등산 발치의 지산동 산비탈에 울긋불긋한 헝겊처럼 여기저기 널려 있던 딸기밭들, 그 아래 옹기종기 머리를 맞댄 누님네 마을의 지붕 낮은 집들과, 누님네 집 바로 앞의 마을길 한가운데에 드넓은 그늘을 드리운 아름드리 당산나무가 서 있던 그곳의 풍경이 생각난다. 세상이 변하면서 이제는 그 마을의 이름마저 광주 사람들의 기억에서조차 희미해지고 말았겠지만, 그때까지만 해도 '당샃골'이라면 대게가 다 알 만한 곳이었다.

그곳 후미진 산골짜기의 작은 마을 당샃골에서 내 걸음으로 십여 분쯤 내려가면 큰길이 나오고 그 길을 따라서 남동쪽으로 조금 더 가다 보면 조선대학교 캠퍼스가 나오는데, 그 캠퍼스 한가운데에 있는 길고 붉은 벽돌 건물 두 채가 바로 내가 다니던 부속고등학교였다. 그리고 그 학교에 몸을 담았다가 3학년에 올라가자마자 감옥에 갇히는 바람에 학교에서 제적당하기까지의, 그 두 해 동안에 나는 미처 짐작하지도 못한 여러 가지의 놀라운 경험들을 하게 된 것이다.

그 시절에는 청소년들에게 인기가 많은 『학원學園』이라는 잡지가 있었다. 그 잡지의 문학작품 투고란은 나처럼 치열한 습작기에 들어선 문학 소년들에게는 막힌 숨이 트이는 무대였다. 그래서 우리 십대의 작가 지망생들은 작품을 써서 너도나도 거기에 투고하는 것이 유행이었다.

그리고 그 투고란의 심사위원들은 당대 문단의 내로라하는 거장들이 아니던가. 소설에 김동리, 황순원 선생, 시에 박목월, 김춘

수, 김현승 선생 등등. 그래서 투고한 작품이 선정되어 그 잡지에 실리는 경우에는 그분들의 심사평이 함께 실렸는데, 그때의 우리 문학 지망생 조무래기들은 그분들이 자신의 작품을 선정해 주고 평가해 주고 가르침까지 주었다는 사실에 그만 감격하고 우쭐했다.

나 역시 마찬가지였다. 그 시절에 나는 밤잠을 설치면서 단편소설과 시의 습작에 몰두했고, 그 작품들이 마무리되면『학원』지에 투고했다. 그러다가 내 작품이 뽑혀서 그 잡지에 실리고 그 아래 거장들의 심사평이 실릴 때에는 마치 세상을 다 얻은 것 같았던 장면들이 새삼스럽게 떠오른다.

나중에 내가 문단생활을 하면서 보니, 내 또래를 전후한 동료 문학인들의 대부분이 그 시절에『학원』지의 문학작품 투고란에 이름이 오르내리던 학생들이었으니, 그만큼 당시의『학원』지는, 누군가가 손을 잡아 이끌어 주는 이도 없이 혼자서 끙끙대며 습작에 몰두하던 옛 시절의 우리들 문학청소년들에게는 너무나도 고마운 잡지였다.

그 학교에는 장학생반의 교실이 따로 있었다. 그래서 나는 그 교실에 함께 앉아 공부하던 여러 친구를 기억한다. 그리고 그중에서도 나보다도 훨씬 시를 잘 쓰던 최동일을 잊지 못한다. 내가 주로 소설을 습작하며 시를 쓰던 것과는 달리, 그는 오직 시 쓰기에만 매달리던 사람이었다. 그러나 그는 웬일인지 몰라도 시 쓰기를 오래 지속하지 않았다.

그리고 강연균과 최쌍중, 그 두 사람 다 그 당시에도 그림 그리기에는 따를 사람이 없던 천재적인 미술반 친구들이었다. 그러던 그들이기에 세월이 지난 뒤에 강연균 화백은 수채화로, 최쌍중 화백은 유화로 성공하여 화단에 이름을 떨치게 되었을 때에 나는 놀라지 않았다. 왜냐하면 그렇게 된 것은 너무나도 당연하지 않느냐는 생각 때문이었다. 그런데 안타깝게도 최쌍중 화백은 일찍이 세상을 떠났다. 그리고 강연균 화백과 나는 살아서 아직도 둘이 함께 '시화집詩畵集'을 출판하는 등 정 깊은 평생 친구로 지내고 있다.

이렇게 지금까지도 내가 여러 동기생 중에서 특히 최쌍중 화백을 잊지 못하고 강연균 화백과 가까이 지내는 것은, 앞에서 말했지만 그 시절에 나는 학교의 특별활동반으로 문예반이 아닌 미술반을 선택하였으며, 한동안 그들과 함께 머리를 맞대고 학교의 미술실에서 그림 공부를 한 적이 있기 때문이다. 그리고 나는 결국에 물감을 살 돈이 없어서 도중에 그림 공부를 접었으면서도 그 두 사람과는 급우에다가 미술반 친구로서의 변치 않는 우정을 오랫동안 지속해 왔기 때문이다.

그리고 나는 심정섭 동지를 잊을 수 없다. 그 역시 급우요 단짝 친구로서, 나와 함께 어울려 다니다가 5.16군사쿠데타가 나서 감옥에까지 같이 들어갔는데, 그 친구를 생각하면 지금도 내 가슴이 아리고 쩌릿해진다.

무엇이 내 안에 불을 지폈을까? 이제 갓 이마에 여드름이 솟기 시작하는 고등학교 초년생일 뿐인 나는 그만 문학과 예술에 대한 희망과 열정을 이기지 못하고 끊임없이 허우적거렸다. 학교 공부는 뒷전인 채 문학청년 선배들을 찾아다니는 것은 물론이요 광주 시내의 여러 학교에서 모인 청소년 문학 서클에도 빠지지 않았다. 그리고 당시 조선대학교에 재직하시던 김현승 시인을 만나러 시내 충장로의 어느 다방에까지도 자주 드나들기도 했다.

어쩌면 그런 나에게 광주라는 도시가 큰 역할을 했을 것이다. 그곳의 예술적인 분위기, 특히 문학 안에서 앞서가는 선생님들과 선배들의 부추김이 어린 나를 우쭐하게 만들었을 것이다. 그리고 그들의 문학을 위한 열정이 어린 나에게까지도 전해져서 내 가슴도 역시 무작정 뜨거워졌을 것이다.

그것만이 아니었다. 학교에서는 젊은 선생님들의 수준 높은 강의에다가, 그들의 소신 있는 시사성 발언들이 교실을 가득히 채우며 나를 기다리고 있지 않았던가. 그런 조건들이 나를 송두리째 사로잡고 변화시킨 것이다. 나에게는 조금도 힌트를 주지 않은 채로 그곳으로 나를 잡아당긴 뒤에, 내가 눈치를 못 채는 사이에 나를 바꾸어 놓은 것은, 분명히 광주라는 도시와, 내가 공부하는 교실과, 내가 몸을 섞은 그 시절의 뜨거운 분위기였다.

그런 분위기 속에서 나는 열병을 앓듯이 들떠있었다. 그리고 세상에서는 자유당 말기의 광기와 함께 정권 연장을 위한 노골적인 부정선거가 있었으며, 거기에 항의하는 마산의거가 있었고, 내 또래 고등학생인 김주열의 참혹한 죽음이 있었다. 나는 그때의 신문에 실린 김주열의 사진, 한 쪽 눈에 최루탄이 박힌 그의 주검을 지금도 생생히 기억한다. 참혹하게 죽은 그의 사진을 보는 순간에 나는 눈앞이 캄캄해지고 온몸이 불에 대인 듯이 뜨거워졌으니까. 그런 다음에 며칠을 지나서였을까. 우리 학교의 천여 명이 넘는 학생들이 교문을 박차고 시내로 뛰쳐나갔으며, 나도 허공에 주먹질하고 소리소리 지르면서 그들 속에 섞여서 달려가고 있었다. 그날이 1960년 4월 19일이었다.

그렇게 그날 4월의 화요일 아침의 광주에도 뜨겁게 화산이 타올랐다. 시내의 대부분의 학생들이 교문을 박차고 나와서 마치 성난 물결처럼 시내를 휩쓸면서 "자유당정권 물러가라" "이승만은 하야하라"라고 소리소리 질렀다. 그리고 몇 시쯤 되었을까, 우리 분노한 시위대가 금남로 입구 도청 앞에 가까이 이르렀을 때, 경찰이 최루탄을 쏘아댔다. 우리는 보도블록을 깨서 던지며 경찰과 맞섰다. 그러는 중에 최루탄 하나가 내 발목을 쳤고, 나는 절뚝거리면서 친구들과 함께 뒷골목으로 몸을 피했다. 천만다행으로 내 발목의 상처는 크지 않아서 4월이 지나면서 다 나았지만, 그날의 함성 속에서 거세게 타오르던 마음속의 불길은 쉽게 꺼지지 않았다.

4.19학생의거를 온몸으로 겪은 나에게는 문학적인 관심의 변화

가 일어났다. 그 동안 소설 습작에 주로 집중하던 내가 점점 시의 습작에 더 많은 노력을 기울이게 된 것이다. 그리고 그렇게 변하고 있는 나에게 보이지 않는 손으로 또 다른 자극을 주는 두 사람이 있었는데, 한 사람은 광주 출신이며 대표작 '휴전선'을 쓴 박봉우 시인이며, 다른 한 사람은 쿠바 혁명의 주인공인 '체 게바라'였다.

일찍이 나는 박봉우 시인의 『겨울에도 피는 꽃나무』라는 시집을 책가방에 넣고 다녔으며, 또한 그 즈음에 나온 그의 신작 시집인 『4월의 화요일』을 머리맡에 두고 잘 정도로 나는 그에게 사로잡혀 있었다. 어쩌면 그는, 내가 시인의 길을 걸을까 말까 망설이는 길모퉁이에 우뚝 서 있던 장승 같은 이정표였는지도 모른다.

그리고 아무도 모르게 숨어서 읽던 체 게바라, 다만 책과 사진 자료에서만 그를 만날 수 있었지만, 그는 뜨겁게 타오르는 내 가슴에 기름을 붓는 사람이었다. 검은 베레모에 구레나룻을 한 그 멋지고 위대한 혁명 전사는 내 가슴을 온통 휘저었으며 내 의식의 밑바닥을 갈아엎었다.

그렇게 나는 4.19라는 시대의 분수령을 넘으면서 박봉우를 비롯한 젊은 시인들의 열정에 물들었고, 체 게바라와 같은 중남미의 혁명 전사들의 세상을 바꾸는 눈물겨운 희생에 감동했다. 아직은 앳되고 철없는 나에게는 너무 일찍 치르는 성인식 같은 것이었을까?

——— 2장 ———

깃대봉에 올라서

아마 그해 첫여름이었을 것이다. 나를 포함한 일곱 명의 급우가 조선대학교의 뒷산인 깃대봉에 올랐다. 거기에서 우리는 그 당시 고등학생들 사이에 유행이던 비밀 서클인 결사체를 만드는 것에 합의하고 세상을 바꾸는 일에 앞장서자고 맹세하면서 그 서클의 이름을 '태극단'이라고 지었다. 그것은 안중근 의사의 '단지동맹斷指同盟'을 조금 흉내 낸 것이지만, 손가락을 자르거나 손끝에서 피를 내서 서로 섞는 일은 하지 않았다.

그 산봉우리에서 서로 얼싸안고 굳은 맹세를 하면서도 우리 철없는 애송이들은 까마득한 낭떠러지가 눈앞에 있는 것을 짐작하지도 못했다. 왜냐하면, 그 뒤에 바로 목포에서 제주를 왕래하는 여객선을 납치해서 북한으로 끌고 가려고 했던 '경주호 사건'이 있었는데, 그때 그 사건의 주모자는 놀랍게도 우리를 가르치던 독일어 선생님이었을 뿐만 아니라 나머지 몇 사람도 우리 학교의 학생들이었고, 그중의 한 사람이 우리 태극단의 멤버였기 때문이다.

그 사건에 가담한 그 친구는 사전에 우리에게 전혀 흔적도 내지 않았기에 우리와는 아무 관련이 없는 일이라고 할지라도, 어디선가 불똥이라도 튀어오지 않을까 하고 우리는 내심 초조해 하면서 한동안 숨을 죽일 수밖에 없었다.

또 한 가지의 일은, 다음 해 5월 16일 군사쿠데타가 난 이튿날 아침에 나를 포함한 우리 태극단 멤버 중에서 네 사람이나 체포되어 감옥에 갇힌 것이다. 우리의 혐의란, 일부 서울대학생들을 중심으로 하여 여러 지역의 대학생들이 결성한 '민족통일연구회(약칭 민통연)'의 하부 조직원으로서 '민통연 호남고등학생연맹'을 결성하고 통일운동을 부추긴 불순한 혁신 세력이라는 것이었다.

그렇게 우리들의 태극단이라는 비밀 서클은 짧은 기간 안에 지리멸렬되었고 뿌리가 뽑혔다. 우리 일곱의 친구들이 깃대봉에 올라가서 어깨에 서로 팔을 걸고 한 맹세는 서글프게도 한 순간에 산산조각이 나고 말았다. 그날 거기 깃대봉에서 외친 우리들의 함성은, 세상을 모르는 아이들의 한낱 메아리도 없는 신음소리 불과한 것이었을까?

그 무렵에 나는 시내 여러 학교의 문학 지망생들이 모인 '진달래 동인'이라는 이름의 문학 서클에도 들어갔다. 우리는 가끔씩 어울려서 사귀었지만, 그 동인들 중에서 성인이 되어서까지 문학 활동을 계속한 사람은 거의 없다.

나는 또 그해 여름방학이 끝나갈 즈음에 등사판 시집을 내기도 했다. 고등학교 2학년생으로는 너무 시건방진 일이었지만, 2백 부를 석판인쇄로 만들었다. 그 시집에 실린 작품들이 무엇인지는 기억나지 않지만, 시집의 표제가 『성야聖夜』라는 것은 잊지 않고 있다. 그 시절에 내가 기독교인도 아니었는데, 왜 '거룩한 밤'이라는 뜻의 표제를 그 시집에 달았는지는 잘 모르겠다.

그러나 지금까지 잊지 않고 있는 것은, 어머니가 내 손에 쥐어주신 돈으로 그 시집을 냈다는 사실이다. 내 어머니는 내가 등사판 시집을 만들고 싶다고 말하자, 주머니 속에 꼬깃꼬깃 모아둔 돈을 선뜻 꺼내 주셨던 것이다. 그 시집이 다 만들어졌을 때 나는 곧바로 고향집으로 내려가서 어머니의 손에 책을 쥐어드렸더니 너무 기뻐하셨는데, 그 모습이 어제 일처럼 눈앞에 떠오른다. 그렇지만 어머니의 땀과 눈물이 묻은 돈으로 찍은 그 등사판 시집은 벌써 흔적도 없이 사라진지 오래되었다. 그리고 그 시집을 들고 문학친구들과 함께 찍었던 사진 한 장마저도 지금은 찾아볼 수 없으니 안타까울 뿐이다.

나의 '민통연' 활동도 그때가 절정이었을 것 같다. 나를 이끌던 대학생 선배들이 있었는데, 그들은 전남대학교의 민통연 핵심인 김시현 신기하 선배 등이었다. 그들은 나에게 전라남북도의 고등학생들을 엮어서 '민통연 호남고등학생연맹'을 만들게 했다. 그래서 나는 우선 우리 학교의 '태극단' 멤버들을 중심으로 하여 학교 안팎의 친구들을 설득하고 그들이 알고 지내는 다른 학교의 학생들을 다시 연결하여 조직을 만들었다. 그러다 보니 시일이 지난 뒤에는 제법 많은 학생이 그 모임에 들어오게 되었다. 그런 뒤에 회장단이 구성되었고 내가 회장직을 맡았다.

그때의 광주 민통연 활동을 일일이 기억할 수는 없지만, 우선 머리에 떠오르는 것은 민족통일 논의에 불을 붙이기 위한 대중 집회와 거리 행진, 유인물 살포 등이었다. 그런 과정에 광주공원에서 열린 민통연 집회에서 내가 마이크를 잡고 무슨 연설인가를 했던 것이라든지, 길거리를 행진하면서 구호를 외치거나 시민들에게 유인물을 나눠주던 것이 생각난다. 그렇게 나는 그 일이 나중에 큰 재앙이 되는 줄도 모르고 마냥 친구들과 어울려 "가자 북으로, 오라 남으로" 하고 외치면서 대학생 선배들의 뒤를 따라다녔던 것이다.

학교 공부를 뒷전으로 밀쳐둔 채 시를 쓴답시고 머리를 싸매고 밤을 새우고 통일운동을 한답시고 무리지어 길거리를 헤매는 동안에 나는 어느 틈에 졸업반이 되었다. 다른 친구들은 무슨 대학을 간다면서 분명한 진학 목표를 세우고 공부를 한다는데 나는 그러지 못했다. 나는 그 즈음에 이미 다 기울어진 집안형편 때문에 등록금을 내고 다니는 대학은 엄두도 낼 수 없었으니까. 그래서 나의 적성과는 전혀 맞지 않지만, 돈 한 푼도 안내고 공부도 하고 장교가 되는 육군사관학교에라도 가볼까 하는 생각까지도 했었다. 그렇게 내가 진학에 대한 구체적인 계획도 없이 막연하게 지내던 때인 5월 16일에 박정희 군사쿠데타가 일어났다.

그리고 그 뒷날인 17일 아침 첫 수업시간 중에 나는 무장군인들에게 체포되었다. 그 길로 나는 군인들의 총검에 둘러싸여서 광주 보안대로 끌려갔다. 이미 거기에는 광주 '민통련'의 지도부인 대학생들이 먼저 잡혀 와 있었다. 그 뒤에 조금 시간이 지나면서 민통련 고등학생연맹의 임원들인 여학생 두 명을 포함한 다섯 명의 내 친구들도 속속 잡혀 들어왔다. 그날 하루 종일 광주에서는 민통련 주요 구성원들뿐만이 아니라, 교원노조 설립운동을 하던 교사들, 진보적인 지식인을 포함한 혁신계 인사들이 줄줄이 검거되었던 것이다.

그렇게 군인들에게 끌려가서 보안대의 지하실에 갇힌 우리는 밤이 되자 군용 트럭에 태워졌다. 그리고 그 트럭은 호로를 덮은 채 어둠 속을 덜컹거리면서 어디론가 달려갔다. 그때 트럭에 탄 사람들은 모두들 군인들이 우리를 죽이러 가는 줄로만 알았다. 그런데 한참 뒤에 밖이 환해지고 갑자기 트럭이 멈추어서 내다보니 광주교도소 앞마당이었다.

그렇게 내가 군인들에게 끌려간 뒤에 우리 집에서는 야단이 났다. 아무도 내가 어디로 끌려갔는지를 우리 가족에게 말해 주지 않았기 때문이었다. 그래서 부모님은 광주에 올라와 머물면서 아들의 종적을 찾기 위해 여러 날 동안 애를 쓰셨다. 그러던 중에 부모님은 어떤 친지로부터 내가 광주교도소에 갇혀 있는 것 같다는 소식을 전해 들으셨다.

그 길로 부모님은 광주교도소에 오셔서 아들의 면회를 요구했지만, 군인들이 면회를 허락하지 않아서 나를 만나실 수 없었다. 그렇게 아들의 얼굴을 볼 수 없던 내 어머니는 그날 이후 거의 날마다 교도소 앞에 와서 아들의 이름을 부르며 우셨다고 한다. 교도소의 높고 붉은 벽돌 담장을 손으로 때리시면서. 그러다가 어머니는 몇 번인가 쓰러지셨고, 그런 다음에는 시름시름 앓기도 하셨다. 그리고 내가 감옥에서 나오고 나서 3년도 안 되어서 어머니는 세상을 뜨셨고, 어머니가 돌아가신 지 한 달도 못 되어서 아버지도 영원히 눈을 감으셨다.

그렇게 내가 면회도 재판도 없이 감옥에 갇혔다가 풀려나던 때가 그해 여름 8월 14일 밤이었으니까 나의 구속 기간은 겨우 석 달쯤 되는 셈인데, 길다고 하면 길고 짧다고 하면 짧은 그 기간 동안에 내가 갇힌 감옥에서 고통을 함께 나눈 이들의 얼굴이 지금도 눈에 선하다. 그 좁고 냄새 나던 감방에서도 어린 나에게 이것저것 끊임없이 가르침을 주시던 화가 오지호 선생, 혁신계 지식인인 장영철 선생, 대학생 지도자인 김시현, 신기하 선배와 그 이웃 감방의 대학생인 김수영 선배, 내 친구 심정섭, 한동석, 김선옥 동지와 그 앞 감방의 내 여고생 동지들 두 사람을 잊을 수 없다.

그리고 어느 날 내가 그 감옥의 마당에서 사형수가 된 경주호 사건의 주모자인 박 아무개 선생을 스치듯이 만났던 일, 내가 이웃 감방의 친구들과 통방을 했다는 이유로 여러 사람이 감방 밖으로 끌려 나가서 헌병들의 군홧발에 차이고 주먹뺨을 맞던 일, 감방 식구들이 세수 한번 제대로 하지 못해서 노숙자처럼 더러워진 얼굴을 서로 마주보며 자조 섞인 웃음을 짓던 일 등이 생각난다.

—— 3장 ——

낙타, 사막을 건너다

그 시절에만 해도 감옥에 가는 사람이 흔치 않아서 그랬을 것이지만, 내가 감옥에 갔다는 소문을 들은 고향 사람들은 깜짝 놀라서 우리 집에 드나드는 것을 꺼리거나 조심했다. 심지어는 친척들마저도 일방적으로 연락을 끊을 정도였다. 어떤 사람들이 그런 터무니없는 소문을 퍼뜨렸는지는 모르지만, 고향 사람들이나 친척들은 대게 내가 '경주호'의 납치에 가담하였다가 체포되어 감옥에 간 것으로 잘못 알고 있었다.

그래서 내가 감옥에 갇혀 있는 동안은 물론이고 그 뒤로도 오랫동안 나는 '빨갱이'로 알려졌으며, 우리 부모님도 '빨갱이 아들'을 둔 사람으로 지목되어 남들로부터 은근히 소외와 경계를 받았다. 그리고 그 잘못되고 엉뚱한 오해와 소문은 우리 부모님에게 아들을 감옥에 둔 슬픔과 함께 겹으로 가슴을 짓누르는 큰 고통을 안겨 주었다.

세상은 그렇게 냉혹했다. 학교에서마저도 내가 군인들에게 끌려가는 즉시 제적 처분을 했다. 내 이름을 학적부에서 지워버린 것이다. 감옥에서 나온 나는 이미 고등학교 졸업반의 학생이 아니었다. 나는 아무것도 아니었다. 다만 나는 책보자기를 싸들고 고향 마을로 내려가는 '문제아'였을 뿐이다.

그래도 우리 부모님은 나를 반기셨으며 변함없이 내 편이었다. 세상의 부모들이 다 그렇듯이 우리 부모님은 나를 믿고 사랑하셨다. 부모님은 내가 감옥살이를 하기 전보다도 더 나를 아끼고 감싸 주셨으며, 누님들이나 형들도 다 변함없이 내 편이었다. 따라서 나는 집을 떠나서 광주로 올라간 지 겨우 2년이 지나서 돌아와 외양간이 딸린 뒷방에 틀어박혔지만, 조금도 위축되거나 외롭지 않았다. 그렇게 나는 오랜만에 우리 집 뒷방에 혼자 누워서 동백나무 숲에서 우는 새 소리를 들었다. 그것은 소금덩어리를 지고 사막을 건넌 한 마리 낙타의 휴식과 같은 것이었다.

나는 고향집에 머무르면서 농사일을 도우면서 한 편으로는 치열하게 습작에 매달렸다. 아마 내 십대 시절의 습작기에 그렇게 치열하게 글쓰기에 집중한 적도 없었을 것이다. 그렇게 열심히 글을 써서 여기저기에 투고하기도 했는데, 그 바람에 '길'이라는 단편소설이 『학원』지에 실리기도 했다.

그러나 내 마음의 한 구석에는 깊은 그늘이 있었다. 그것은 대학 진학에 대한 희망을 차마 버리지 못하는 안타까움이었으며, 동시에 그 희망을 가로막고 있는 어두운 상황이었다. 그중에서 첫째로는 나에게 대학등록금을 대줄 수 없는 집안 형편이었지만, 이어서는 고등학교에서 제적당했다는 사실이었다. 그런 입장의 나에게는 대학 진학이란 속수무책의 헛꿈일 뿐이었다. 그럼에도 불구하고 나는 희망을 포기하지 않았다. 비록 눈앞이 캄캄하게 막혀 있다고 할지라도 언제인가는 문이 열릴 것이라는 기대마저 스스로 꺾을 수는 없었다. 그래서 나는 무작정 때를 기다렸고, 그 기다림이 이루어질 것이라고 막연히 믿고 있었다.

그러던 중에 학다리고등학교에서 나에게 졸업을 앞둔 서너 달 동안의 수업을 들을 수 있는 길을 열어 주었으며, 그 덕분에 나는 대학입학시험에 무난히 지원할 수 있었다.

그렇게 나는 기적이듯이 대학에 들어갔다. 물론 아버지께서 빚을 내서 주시는 돈으로 전남대학교 국문학과에 입학 등록을 마쳤고, 또 다시 당샛골의 큰누님 집에 몸을 맡겼다. 내가 오랏줄에 묶인 채 군인들의 총 끝에 떠밀려서 감옥으로 끌려간 지 거의 두 해만이었다.

조대부고의 장학생반 친구들이 대부분 서울의 쟁쟁한 대학에 다니고 있는 판에 나는 마치 낙오자처럼 지내다가 한 해를 늦추어서 시골 대학에 입학했다는 것이 한 편으로는 자존심이 꺾이는 일이었지만, 또 한 편으로는 앞뒤가 막힌 내 입장에서는 어느 곳이거나 상관없이 대학에 입학했다는 사실만으로도 감지덕지할 일이었다. 그런 이유로 나는 대학도서관에 틀어박히다시피 하면서 쉴 틈이 없이 책을 읽고 글을 썼다. 그래서 대학의 친구들은 장난삼아서 나를 '양 교수'라고 부르기도 했다.

그때 나는 소설과 시를 번갈아서 대학신문에 게재하였고, 교내 문학모임에 열심히 참여하기도 했다. 또 나는 문리대 앞의 등나무 벤치 주변에서 시화전을 열기도 했다. 그러다 보니 이제 겨우 신입생임에도 불구하고 몇 개월이 지나지 않아서 교내에 내 이름이 알려졌다. 그렇게 되자 교수님들의 관심과 함께 선배나 동급생들의 사랑도 많이 받게 되었다. 특히 국문학과 교수님들의 도움이 컸는데, 그분들의 도움으로 나는 장학금 혜택까지 받아서 대학 등록금을 걱정하지 않아도 되었다.

그러나 나에게 그런 좋은 일만 있었던 것은 아니었다. 대학생활에 정착한 뒤부터 또 나는 어느 틈에 세상의 일에 관심을 가지기 시작한 것이다. 그리고 그런 일들은 대부분이 정치적이고 사회적인 사안들일 수밖에 없었다. 따라서 나는 교내의 지하서클에 참여했다. 그런데 그 과정에서 뜻밖의 문제가 발생한 것이다. 그것은, 내가 학군단 선배들로부터 집단 폭행을 당한 사건이었다. 학년말이 가까운 어느 날인가, 학군단의 제복을 입은 그들 십여 명이 나를 교실로 밀어 넣은 다음에 문을 잠그고 다짜고짜로 발길질하고 주먹으로 때렸다. 나는 아무 영문도 모른 채 뭇매를 맞은 것이다. 어이없고 황당한 일이었다. 나중에 나는, 그 폭행 사건이 대학 당국이 사주한 테러라는 말을 들었지만, 그 말이 믿어지지 않았다. 그렇지만 나는 그 일로 학교를 쉬고 싶다는 생각을 하게 되었으며, 결국에는 2학년 새 학기 등록을 포기한 채 휴학하고 말았다.

또 다시 나는 시골집에 파묻혔다. 우리 집은 이미 여러 차례 땅을 팔아 처분하였으므로 가세가 기울대로 기울어져 있었고, 어머니마저 병석에 누워 계시는 날이 많았으며, 아버지의 건강마저도 좋지 않았다. 따라서 나는 우리 집의 소유로 남아 있는 논밭 여남은 마지기의 농사를 혼자 떠맡아야 할 입장이 되었다. 그런 시점에서 내가 대학을 휴학한 것이 오히려 우리 집에는 다행인 셈이었다.

본래 태생적으로 그다지 체력이 강하지 못하고 더욱이 농사일에는 무지하고 서툰 내가 농사꾼 노릇을 한다는 것은 너무도 어울리지 않았다. 그러나 나는 마치 상머슴처럼 쉴 새도 없이 논밭에 엎드려 일을 했다. 흙을 고르고 모를 심고 김을 매고 나락을 거두고 탈곡을 하고 채소를 가꾸며 풀을 베고 퇴비를 만들고 똥오줌을 밭에 뿌렸다. 또 그러는 중에 나는 함평군 농촌지도소의 추천으로 광주에 있는 전남농촌진흥청에까지 가서 여러 날 동안 합숙을 하면서 농촌지도자 교육 과정을 통해 원예작물 재배법을 배우기도 했다.

또한 농한기 때에는 고향마을 개구쟁이들을 가르치는 야학도 벌였다. 우리 집 동백나무숲의 뒤쪽 선산 자락에 커다란 제실이 있었는데, 나는 그 제실의 넓은 대청마루를 교실로 썼다. 그 제실의 대청마루에서 마을의 개구쟁이들과 어울리는 여름날 저녁이 되면, 내가 마치 심훈의 '상록수'의 주인공이 된 것만 같았다. 그러면서 나는 틈틈이 농촌 체험들을 글로 썼다. 지금은 그때 내가 쓴 글의 제목마저도 기억할 수 없지만, 나는 그것들을 몇몇의 농어촌잡지에 투고하여 싣기도 했다.

그렇게 고향 마을에서 농사를 짓고 야학을 하고 시와 산문을 쓰는 중에 나는 술도 마시고 담배도 피웠다. 내 또래의 농사꾼들과 만나서 돈내기 화투도 치고, 이웃마을의 처녀들을 이끌고 읍내의 극장에 영화를 보러 가기도 했다. 강 건너 마을 사람들과 배 싸움도 했고, 강 한가운데 있는 '장탄섬'에 헤엄쳐 건너가서 아무도 몰래 갈대를 베어 오기도 했다. 고향 마을에 파묻힌 지 몇 달도 안 되어서 이미 나는 영락없는 농촌 총각으로 변했다.

내가 그렇게 고향 마을에 파묻힌 그해 겨울에 군대 징집영장이 나왔다. 병으로 누워계시는 어머니를 두고 집을 떠난다는 것은 내게는 큰 고통이었다. 그렇다고 해서 다른 방법을 찾을 수 있는 것은 아니었으므로 나는 어머니를 병석에 눕혀둔 채로 몹시 추운 날 새벽에 무릎까지 쌓인 눈길을 걸어서 고향 마을을 떠나 군에 입대했다. 그리고 그것이 내 어머니와의 마지막 이별이었다.

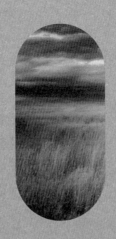

4장

고향집은 텅 비고

내가 들어간 31사단 신병훈련소는 전남대학교 캠퍼스에서 멀지 않은 곳에 있었다. 거기에서 나는 손발이 얼어 터질 정도의 혹독한 군사 훈련을 마치고나서, 대전에 있는 국군병참학교에 입교하여 교육을 받은 다음에 4월 하순이 다 되어서 논산 연무대에 있는 병참참모부에 배속이 되었으며, 그 부대에서 나는 이등병 계급장을 붙인 초년병으로서 군대생활의 힘겨운 일정을 시작했다.

그렇게 내가 논산병참부의 졸병생활을 시작한 지 3주쯤 지났을 때였을까, 어느 날 내게 어머니가 돌아가셨다는 비보가 날아온 것이 아닌가. 그 순간에 나는 눈앞이 캄캄해져서 소리를 내서 울

수도 없었다. 내가 집을 떠날 무렵에 어머니는 무척 병약해져서 누워 계셨지만, 차마 돌아가실 줄은 짐작도 못한 나는 어머니가 세상을 뜨셨다는 소식이 전혀 믿어지지 않았다.

요즘과는 달라서 그 시절의 군부대에서는, 병사의 고향에 있는 경찰지서나 면사무소를 통해서 보내온 '모친사망급래'라는 내용의 관보가 도착해도 초년병이라는 이유로 즉시 집으로 보내주지 않는 경우가 종종 있었다. 내가 바로 그런 터무니없는 일을 경험했던 것이다. 그래서 나는 어머니의 장례가 다 끝난 다음 날에야 겨우 고향집에 도착했고, 어머니가 계시지 않은 텅 빈 안방과 선산의 발치에 새로 만든 붉은 흙무덤만 보았을 뿐이다.

그렇게 나는 병으로 누우신 어머니의 곁에 오래 머무르지도 못했고, 임종도 못 보았으며, 장례마저 치르지도 못했다. 그리고 이미 장례가 다 끝난 다음 날에 어머니의 무덤을 찾아가서 목을 놓아 울다가 그 이튿날 첫 기차를 타고 군부대로 다시 돌아갔다. 그리고 그날 아침, 내가 귀대하기 위해서 서둘러 집을 나서던 때, 동구 밖에까지 따라 나오시면서 몸조심하라고 당부하시던 아버지, 그 아버지의 모습이 또한 내게는 마지막이었다니, 아득히 수십 년이 지난 지금까지 조금도 실감나지 않고 믿어지지도 않는다.

내가 어머니의 무덤 앞에서 울다가 군부대로 돌아온 지 한 달쯤 되었을 때, 아버지께서 돌아가셨다는 관보가 날아든 것이다. 나는 하늘이 무너진 것 같이 망연자실해 있었으며, 상관들은 그 사실을 믿어 주려고 하지 않았다. 그들은 내가 고향의 가족들과 짜고 장난을 치고 있는 것이라고 말하면서 나를 보내 주지 않았다. 그들의 말에 의하면, 어떻게 어머니의 장례를 치른 뒤 한 달 만에 또 아버지가 돌아가실 수 있느냐는 것이었다.

그렇지만 며칠 뒤에 내가 어렵사리 휴가를 얻어서 내려간 고향 집에는 아버지의 그림자도 찾을 수 없었으며, 가족들과 함께 저녁 밥을 드시고 이야기를 나눈 뒤에 잠깐 자리에 누웠다가 숨을 거두신 아버지께서 어머니와 나란히 합장된 붉은 봉분만이 나를 기다리고 있을 뿐이었다.

젊은 사내라면 당연히 겪는 군대생활이었기에 여기에서 내가 특별히 고백할 만한 것은 없지만, 지금도 잊을 수 없는 몇 개의 장면이 있어서 더듬어 본다. 맨 먼저로는, 훈련병 시절의 어느 날 내가 야간 행군 중에 허리에 찬 대검을 잃어버렸으며, 그 이유로 나는 내무반장인 하사에게 거의 실신할 정도로 흠씬 두들겨 맞아서 하루인지 이틀인지를 훈련에 빠지고 누워 지냈던 일이다.

다음으로는, 대전의 국군병참학교에서 교육을 받던 중의 어느 주말에 PX(영내 매점)에 가서 술을 한 병 사다가 시비가 일어난 것이다. 내가 돈을 지불하고 포도주 병을 받아들고 돌아서는데, 그곳의 책임자인 장교 한 사람이 튀어나와서 다짜고짜로 나를 붙들더니 내가 돈도 내지 않고 술병을 가져갔다고 소리치면서 "전라도놈

들은 다 도둑놈들"이라고 욕을 하며 나를 때렸다. 그 일이 마침 그 곳에 교육을 받으러 와 있던 호남 출신의 해병대 병사들에게 알려 진 끝에 그들이 PX에 몰려가서 항의 소동을 일으키기도 했다.

또 한 가지로는, 내가 병참참모부의 하급 병사로 이등병의 딱지를 막 떼고 나서 일등병이 된 직후의 일이었다. 강변으로 모래를 푸려고 나가는 트럭에 나도 함께 탔는데, 달리는 중인 트럭 위에서 어떤 동료가 나에게 시비를 거는 중에 삽을 던졌고, 나는 반사적으로 트럭에서 뛰어내린 것이다. 그 순간에 나는 의식을 잃었고, 시간이 지나서 눈을 뜨니 왼쪽 다리가 부러져서 논산의 육군병원에 누워 있었다. 그 사고로 나는 아마 4개월이 넘도록 병원 신세를 졌을 것이다.

그리고 내가 2년 6개월의 군대생활 동안에 만났던 수많은 사람 중에서 지금까지도 잊히지 않는 몇몇 사람의 실루엣이 내 안에 있다. 밤이 되면 누군가를 때려서 입술이나 코에서 피가 나는 것을 보지 않고는 잠을 못 자던 악질 내무반장, 술에 취하면 손도끼를 거머쥐고 아무나 쫓아다니던 망나니 같은 어떤 하사, 시도 때도 없이 완전군장으로 연병장에 집합시켜서 기합을 주던 키 큰 상사, 권총으로 내 배를 쿡쿡 찌르면서 비아냥거리던 신참 소위, 잘생긴 외모에 신사다웠던 또 한 사람의 소위, 병사들은 열심히 업무를 보는 사무실에서 저 혼자만 난로에 라면을 끓여서 훌훌 소리 내면서 삼키던 뚱보 대위, 나의 제대 말년쯤에 화차 한 대 분량의 군량미를 빼돌려서 팔아먹다가 들켜서 체포된 1종 과장이던 아무개 대위 등등의 얼굴이다.

부모님 두 분이 다 돌아가신 뒤의 우리 집은 빈집이 되었다. 큰형은 이미 대학을 졸업하고 무주군 안성에 있는 중학교의 교사로 재직하는 중이어서 형수와 조카도 그곳에 함께 살았으며, 작은형도 지방공무원이 되어서 가족과 함께 여천군의 한 섬에 가서 살고 있어서, 아무도 우리 집을 지킬 수 있는 사람이 없기 때문이었다. 그래서 뒤뜰의 울창한 동백나무숲과 그 숲에서 우는 새들만이 빈집을 지키는 중이었다.

그렇게 되자 나는 휴가 때에도 딱히 갈 만한 곳이 없게 되었다. 특별히 목적하는 일도 없이 동료들과 어울려서 논산 시내나 연무읍을 배회하며 술이나 마시는 것이 고작이었다. 그러는 중에 어느 때엔가는 동료 한 사람을 따라서 충청북도 청주에까지 올라가서 친구들을 사귀며 놀다가 온 적도 있다.

또 내가 휴가 중에 갔던 곳은 무주의 안성이다. 아마 여름날이었을 것이다. 심하게 덜컹거리는 시골버스를 타고 산골짜기 비포장도로를 한참동안 달려간 곳에 있던 큰형의 학교 지붕들과 여름 햇살이 가득한 운동장이 떠오른다. 그리고 아무도 없이 조용한 운동장 한쪽 구석의 나무 그늘에 쪼그리고 앉아서 혼자 놀고 있던 다섯 살짜리 사내아이인 내 조카의 모습도 떠오른다. 그 깊은 산골짜기의 흙먼지 길을 달려가서 무척 보고 싶던 조카아이를 안아 보는 내 가슴이 얼마나 뿌듯했던지, 지금도 그때의 생각을 하면 마냥 눈시울이 뜨거워진다.

내가 고참병이 되면서부터는 내무반 생활이나 병참참모본부의 사무실 생활도 훨씬 편해졌다. 여가 시간도 많아졌으며, 혼자서 책을 읽고 글을 쓸 수 있는 여유도 생겼다. 언제부터인가 부대 안에 있는 여러 창고 중의 한 건물이 독서실 겸 휴게실로 이용되었는데, 나를 포함한 병사들은 일과 후나 휴일에는 그곳에서 책을 읽고 그림을 그리거나 담소를 나누기도 했다. 그리고 장교들도 가끔씩 그곳에 와서 쉬어가기도 했다. 마치 그곳은 요즘의 '북 카페'와 같았다.

나는 틈나는 대로 그 빈 창고에 틀어박혔다. 거기에서 나는 책을 읽고 시를 썼다. 그렇게 몇 개월인가 지난 뒤였다. 그 빈 창고 안에 시화전이 열렸다. 미술을 전공한 후배 병사 몇 사람이 의견을 모아서 나의 시 작품들에 그림을 곁들여서 멋진 시화를 만들어 벽에 걸었던 것이다. 그것은 나의 전역을 기념하는 시화전이었다. 그렇게 나는, 그 시절의 군부대 안에서는 상상도 하기 어려운 빈 창고 안의 시화전을 뒤에 남겨 두고 제대복을 입은 채 여수로 가는 전라선 기차에 몸을 실었다.

그 즈음에 우리 가족은 모두 여수에 살고 있었다. 마침 큰형이 여수고등학교로 전근한 데에다가 작은형마저 그곳으로 옮겨와서 살고 있었으므로 우리 가족은 모두 그곳에 둥지를 튼 셈이었다.

제대를 한 뒤에 여수에서 아무 일도 없이 빈둥대며 지내는 나에게 경찰공무원 시험이나 보는 것이 어떻겠느냐고 권유하는 사람들이 있었다. 나는 경찰관이 되고 싶다는 생각을 해 본 적이 없어서 망설였지만, 내 절박한 사정이 등을 밀어댔다. 그렇지만 어느 추운 날 아침, 광주에 올라가서 경찰관 시험장에 들어서는 순간의 내 마음은 극심한 갈등으로 매우 소란스러웠다. 그 상황에서 나는 무심코 시험지를 받아들었는데, 그때에 문득 그곳 시험장에서 도망치고 싶다는 생각이 들었고, 첫째 시험 시간의 끝을 알리는 종소리가 들리자마자 나는 뒤도 돌아보지 않고 쏜살같이 시험장을 빠져나오고 말았다.

그런 일이 있은 다음에 큰형은 박봉을 털어서라도 나를 대학에 복학시키겠다는 결심을 했고, 결국 나는 다음 해인 1968년 봄에 복학을 하게 되었다. 그때 나는 허름한 방 한 칸을 얻어서 자취 생활을 시작했으며, 저녁이면 검정고시학원의 강사로 열심히 일했다. 지금 생각해 보면, 그 시절에 광주 역전 부근에 있던 그 검정고시학원은 나에게는 참으로 고마운 곳이었으니, 그 학원에서 거의 3년 가까이 일하는 중에 받는 강사료로 대학을 마칠 때까지의 나의 학비와 생활비를 어느 정도는 보탤 수가 있었기 때문이다.

그리고 나는 대학에서는, 열 명의 여학생과 나를 포함한 네 명의 남학생으로 구성된 국문학과 2학년의 복학생으로서 어딘지 후줄근해 보였으며, 거기에다가 늘 시간에 쫓기고 주머니 사정도 넉넉하지 못할 뿐만 아니라 나이도 더 많아서 그들과는 잘 어울리지 못했다. 그래서 대학신입생 시절에 동급생들이 나를 '양 교수'라고 불렀듯이, 복학생이 된 뒤에도 동료들은 장난 삼아 '님'이라는 존칭 접미사를 하나 더 붙여서 나를 '양 교수님'이라고도 불렀다.

　　그래서 그랬는지는 몰라도 나는 몇 분 교수들과는 무척 가까이 지냈던 것 같다. 그분들 중에서 특히 젊은 손광은 교수를 잊을 수 없다. 그는 다른 동료학생들이 시기할 정도로 두드러지게 나를 아껴 주었으며, 심지어는 내가 쓴 어설픈 시 작품들까지도 무척 귀하게 여겨 주었다. 그렇게, 내가 흔들리지 않고 습작에 몰두할 수 있도록 늘 나를 북돋아 주고 부축해 주던 그의 모습이 그립다.

　　그 마음이 곱고 따뜻했던 손광은 교수, 그는 일찍이 『현대문학』 지의 추천으로 문단에 나왔으며, 진헌성, 문병란, 범대순 시인 등과 함께하는 '원탁시' 동인으로 1960년대 광주전남의 문단을 대표하는 시인이었다. 마침 그분은 그 즈음에 『파도의 말』이라는 표제의 신작 시집을 냈는데, 그 시집의 표지가 푸른색의 하드커버였던 것이 기억난다. 그리고 표지 안쪽에 실린 그의 멋진 명함판 사진도 기억난다.

—— 5장 ——

시 쓰는 총각선생

당시의 문학청년들은 여러 신문사에서 주최하는 신춘문예작품 모집에 응모하기 위해서 열심히 글을 썼다. 그러나 나는 그런 일에는 별로 관심이 없었다. 또 거기에 응모하여 당선되리라는 자신감도 없었을 뿐만 아니라, 응모할 필요성도 절감하지 못하고 있었으며, 오히려 나는 신춘문예라는 제도에 비판적이었다.

그뿐 아니라, 여러 문예지의 추천 제도라는 것에도 별로 큰 흥미를 느끼지 못하고 있었다. 그래서 나는 문예지의 추천을 받으려고 애를 쓰는 문학청년들에 대해서도 비판적이었다. 언제부터 그런 생각을 했었는지 몰라도 나는, 작품의 수준이 높고 좋아서 여러 독자들이 인정해 주면 되는 것이 아니냐고 하는 생각을 가지고 있었다. 물론 그것은 당시의 문단 현실로 보아서는 비현실적이며 환상적인 생각이었다. 그러나 아무도 나에게 그런 생각이 틀린 것이라는 지적은 하지 않았다.

또한 나의 문학 친구들은 신춘문예나 추천 제도가 일제문화의 잔재라고 내가 말을 해도 부정하지 않았으며, 그것이 대중적인 흥미나 시류에 편승하고 학연이나 지연에 얽힌 인간관계의 산물일 뿐이라고 주장해도 아무도 반박하려 들지 않았다. 그러면서도 그들은 여기저기 신문사의 신춘문예작품 모집에 부지런히 응모하였으며, 문예지의 추천을 맡은 유명 시인들에게 줄을 섰다. 그리고 그들 중에서 누군가가 신춘문예에 당선되어 개선장군처럼 신문에 인터뷰하고, 추천이 완료되어 시 작품이 문예지에 대문짝만하게 실리는 것이었다.

그렇지만 나는 그런 것이 부럽지 않았다. 어느 누가 신춘문예에 당선되고 문예지 추천을 완료하여 기성시인의 대우를 받게 되었다는 말을 들을 때마다 조금은 마음이 흔들리기는 했지만, 내가 가진 생각들을 다 버리고 싶지는 않았다.

그렇게 내가 비현실적인 생각과 아집에 묻혀서 게으름을 피우고 있던 때인 1970년 가을쯤에, 내 고등학교 시절의 문학 친구로서 광주고등학교를 거쳐서 경희대학교를 졸업하고 이미 화려하게 문단에 데뷔해서 활발하게 시 작품을 발표하고 있던 서울의 조태일 시인에게서 연락이 왔다. 그는 당시 시전문지인 『시인』지의 주간으로 일하고 있었는데, 내 시 작품들을 『시인』지에 싣겠다는 것이었다.

그의 연락을 받고 즉시 나는 '발상법' '증언' 등 5편의 시 작품을 보냈고, 그해 초겨울에 나온 『시인』지 11월호에 그 작품들이 다 실렸으며, 그 바람에 나는 뒤늦게 중앙 문단에 얼굴을 내밀게 되었던 것이다.

다음해의 이른 봄에 나는 대학을 졸업했다. 나는 졸업식 날 오후에 옷가방을 싸들고 함평행 시외버스를 탔다. 그리고 그 길로 나는 학다리고등학교에 가서 교장실의 문을 노크했다. 그 자리에서 나는 교장선생님께 그 학교에서 근무하고 싶다는 말을 했고, 교장선생님은 즉시 허락해 주셨다. 그래서 나는 다음날부터 고등학교 3학년의 국어과목을 맡아 수업을 시작했다. 그렇게 나는 대학 졸업과 동시에 내 고향 모교의 국어교사가 된 것이다. 드디어 나는 안정된 나의 시간을 가지게 되었다. 그래서 그랬을까, 나는 학생들을 가르치는 틈틈이 시작에 몰두할 수 있었다.

그렇게 내가 학교 수업과 글쓰기에 몰두하면서 봄여름가을을 보내고 난 후의 겨울방학 무렵에 광주에 있는 '중앙여자고등학교'에서 나를 스카우트하겠다는 제의가 왔다. 그렇지 않아도 나는 모교에 보답하는 마음으로 1년간만 일하겠다는 작정을 하고 고향에 내려왔기 때문에 중앙여자고등학교 측의 스카우트 제의에 응하기로 했다. 따라서 나는 모교에서 근무를 시작한 지 만 1년 뒤인 1972년 3월에 광주중앙여자고등학교의 교사로 부임했다.

그 즈음에 나는 아직 서른 살도 안 된 시를 쓰는 '총각선생'이었다. 그러다 보니까 학생이 천여 명이 넘는 여학교에는 잘 어울리지 않은 사람이었다. 그런 나에게 부임 초기부터 문제가 발생했다. 그것은, 아침이면 교문에 들어서는 나를 향하여 학생들이 창문을 열고 입을 모아서 "오빠!" 하고 소리를 질러댔으니, 이런 일을 어떤 학교 당국이 가만히 두고만 보고 있겠는가. 그럴 때마다 나는 여지없이 교장실에 불려 들어갔으며, 다시는 그런 일이 발생하지 않도록 책임을 지라는 늙은 교장선생님의 훈계를 듣지 않으면 안 되었다.

그러나 나는 대부분의 여학생이 나를 교사로 대하려고 하기보다는 '오빠'로 대하려고 하는 태도에 거부감을 느끼지 않았다. 오히려 나는 그런 그들이 더욱 예쁘고 사랑스러웠다. 다른 교사들의 수업시간에는 쥐 죽은 듯이 조용하던 교실도, 내가 수업에 들어가자마자 소란스러워지고 떠들썩해져도 나는 그것을 제지하거나 통제하고 싶지 않았다. 나는 그들과 함께 어울리고 그들 사이에 섞여 들어가서 자연스럽게 그들을 변화시키고 싶었던 것이다. 그래서 처음에는 내가 담임을 맡은 학급의 평균 성적이 전체에서 꼴지를 면하지 못했지만, 달을 거듭할수록 성적이 올라서 여름방학이 지난 다음에는 1등을 놓치지 않았으니, 내가 학생들을 대하는 방법이 전혀 엉터리만은 아니었던 것이다.

그렇지만 내게는 동료 교사들의 곱지 않은 시선을 막을 방법이 없었다. 그들은, 마치 요즘의 오빠부대처럼 무리를 지어서 내 주변을 맴도는 학생들에서 시작하여 날마다 교무실의 내 책상 위에 쌓이는 꽃과 선물들에 이르기까지 나를 중심으로 일어나는 모든 일이 마음에 들지 않았던 것이다. 그들은 내 수업 시간이면 복도에 숨어서 엿듣기도 하고, 내가 수업 중에 말하는 것을 학생들에게 메모해서 보고하도록 종용하거나, 나에게 트집을 잡아서 시비를 걸고 화를 내며 책을 던지기도 했다. 산이 높으면 골이 깊다는 말이 있듯이, 그 학교의 부임 초부터 높아진 '총각선생'에 대한 학생들의 큰 관심의 뒤에는 일일이 다 말 못할 그늘도 있었다.

그러나 다행히도 그 학교에 먼저 부임해 있던 대학의 국문과 선배들인 문진숙 김웅배 두 교사들을 비롯하여 임추섭, 송문재 교사 등의 내 친구들이 나를 무조건 감싸주었기 때문에 나는 서서히 그곳에 뿌리를 내리게 되었다.

내가 그 학교에 부임한 직후에 나의 첫 시집인 『발상법』이 '한얼문고'에서 출간되었다. 그 시집이 나오자 광주의 선후배 문학인들이 모여서 조촐하게 출판기념회를 열어 주기도 했다.

또 나는 그 시절에 서울에 가끔씩 오르내렸다. 서울에 가면 나는 조태일 시인이 일하는 마포의 인쇄소에서 시간을 보내기도 했고, 저녁이 되면 그가 이끄는 대로 술집을 거쳐서 홍은동 뒷산의 중턱까지 올라가곤 했다. 그는 그때 김관식 시인이 홍은동 산중턱에 무허가로 지은 작은 집의 문간방에 세 들어 살고 있었다. 지금의 기억으로는, 우리 두 사람은 술에 젖은 채로 밤이 이슥해질 때까지 산언덕에 앉아서 많은 이야기들을 나누다가 집안으로 들어가곤 했는데, 그의 부인은 마침 첫 아이를 임신한 만삭의 몸으로 안양에 있는 초등학교에까지 버스를 갈아타며 출퇴근하는 고단함에도 불구하고, 술을 마시고 밤늦게 들이닥치는 남편과 나를 그 얼굴에 조금의 구김살도 없이 반겨 주곤 했다.

그리고 그때 『월간문학』을 출판하던 '한국문학사'는 지금의 광화문 교보빌딩 뒤편의 '세진빌딩'이라는 건물에 있었는데, 김동리 선생이 발행인이었고, 이문구 작가가 주간 겸 편집장으로 일하는 곳이었다. 본래 문학지를 출판하는 곳에 문인들이 모여들게 마련이지만, 특히 이문구 작가는 무척 좋은 성격에다가 발이 넓어서 친구들이 많은 까닭에 자연히 세진빌딩의 한국문학사는 젊은 문인들의 아지트가 되었으므로, 나 역시 서울에 올라가면 으레 조태일 시인과 함께 광화문의 이문구 작가의 사무실을 찾아갔으며, 그 부근의 다방이나 술집에서 글 친구들과 어울리곤 했다.

그러던 중에 박정희 군사정권의 영구 집권을 위한 '10월 유신'

이 선포되었다. 하얗게 내린 서리 위에 눈이 내려 쌓이는 겨울이
시작된 것이다.

그 시절의 광주문단은 전성기였다. 조선대학교에서 강의하시던
김현승 시인께서 숭실대학교로 옮겨 가신 뒤였지만, 그분의 빈자
리를 메워 주는 '원탁시'의 동인들인 손광은, 문병란 시인을 비롯한
여러 선배 문인에 이어서, 소설을 쓰는 문순태 선배가 전남일보의
중견기자로 일하면서도 왕성하게 작품을 발표하고 있었으며, 나중
에 두 사람 다 시에 미쳐서 스스로 목숨을 끊은 천재적인 후배들
인 김만옥과 김성빈 시인, 스무 살 갓 넘어서 『시인』지를 통해 일찍
이 문단에 나온 조선대학교 독문과생인 김준태 시인, 광주 YWCA
의 젊은 간사로 일하면서 치열하게 시를 쓰던 고정희 시인 등이 있
어서 광주문단은 다른 어느 지방 도시보다 다채롭고 풍성했다.
그뿐만이 아니었다. 그 나이에 나 역시 그렇게 했듯이 아직은
머리를 박박 밀고 교복도 벗지 않은 고등학생들인 이영진, 박몽구,
이승철 군 등의 매우 영특한 문학수재들이 무서운 속도로 성장하
고 있었으니, 그것은 중앙인 서울문단에 비하면 변방에 속한 광주
문단의 축복이었다.
마치 무등산의 품처럼 아늑하고 다채로운 광주문단의 그런 환
경이 나에게는 늘 새로운 자극이 되고 거름이 되어 주었다. 그리고
나는 그런 분위기 속에서 문학 선배들에게는 아우요, 후배들에게

는 형 노릇을 하려고 노력했다. 그러다 보니, 학교 수업이 끝난 뒤에는 늘 바빴으며, 이 사람 저 사람과 만나서 자주 술과 밥을 나누면서 비용을 쓰다가 보면 내 월급봉투는 거의 빈 봉투일 수밖에 없었다. 그러면서도 나는 언제나 학교 수업이 끝나는 시간이면, 어디에선가 나를 기다리고 있을 친구들과 후배들을 생각하면서 퇴근을 서두르곤 했다. 그 시절에 나는 그렇게 문학 안에서만은 무척 행복했다.

6장

작은 별 이야기

내가 여자고등학교의 교사로 부임하여 두 번째 맞는 여름방학이
되었다. 그때에 광주의 모 종교 여성단체에서 해남의 송지해수욕
장 앞에 있는 초등학교에 중고등학생들의 여름캠프를 열었고, 나
는 수영 지도교사 중의 한 사람으로 그곳에 함께 갔다. 그리고 2박
3일 간의 캠프 일정을 잘 마치고 모든 참가자가 한 편에서는 짐을
정리하며 또 한 편으로는 광주로 돌아갈 대절 버스가 도착하기를
기다리고 있는 아침 시간이었다. 그때 한 마을 사람이 허겁지겁 학
교마당으로 뛰어오면서 "학생이 물에 빠졌다"라고 소리치는 것이
아닌가. 그 말을 듣고 여러 교사가 바닷가로 급히 뛰어갔지만, 정작

물에 빠진 학생의 흔적을 찾을 수 없었다. 이미 그 여학생은 아침 바다의 조류에 쓸려 가버린 뒤였다.

무엇이 그 학생을 그렇게 이끌었는지는 모르겠지만, 남들은 다 집에 돌아가려고 교실에서 가방을 정리하는 시간에 그녀 혼자 아무도 몰래 바다로 나가 아침 물에 뛰어들어서 사라졌으니, 남아 있는 학생과 인솔자들 모두가 아연실색할 수밖에 없었다. 그런 와중에 남은 학생들은 우선 대절 버스를 타고 광주로 떠나갔으며, 인솔자들만 남아서 그녀를 찾아 경찰들과 함께 배를 타고 온 바다를 휘젓고 다녔다. 그러나 그날 하루를 다 보내고 밤을 새워서 찾아봐도 그녀의 흔적은 아무 곳에서도 발견되지 않았다.

그렇게 초조한 밤을 새운 뒤에 몹시 지친 사람들은 방파제의 끝에 쪼그리고 앉아서 아침물이 들기 시작하는 바다를 막연히 바라보고 있었다. 그때였다. 오십여 미터쯤 앞의 파도 사이에서 무엇인가 붉은 색의 작은 물체 하나가 잠깐 솟았다가 사라지는 것이 아닌가. 놀랍게도 그 붉은 것은 아침 조류를 타고 떠내려가는 여학생이 입고 있는 수영복 자락이었다.

그 학생은 내가 재직하는 학교의 학생은 아니었지만, 그 뜻밖의 충격적인 사고로 인하여 나는 극복하기 어렵고 힘든 시기를 보냈다. 학생들의 여름캠프에 참가한 교사 중의 한 사람으로서 그녀가 혼자 아침 바다에 들어가서 숨을 거두어도 모르고 있었다는 피하지 못할 공동의 큰 책임감과, 너무 깊고 커서 아물지 않는 내 마음의 상처 때문이었다. 나는 그 여름이 다 가도록 고열에 시달리며 앓아누웠으며, 새 학기가 시작된 뒤에도 한동안 제대로 몸을 가눌 수가 없어서 학교에 출근하지 못했다.

　아마 그해 가을이 깊어지고 있을 때였을 것이다. 나는 KBS광주방송국의 부탁으로 한밤에 보내는 음악 프로그램의 중간 중간에 쓰이는 방송 원고를 썼다. 내가 지금 그 일을 기억하는 것은, 지난 여름날의 상처를 다스릴 길이 없던 나에게는 그 방송 원고를 쓰는 일에 몰입하는 것이 오히려 약이 되고 위안이 되었기 때문이다. 그리고 나는 학교 안에서는 자청하여 글쓰기에 관심이 있는 학생들을 모아서 '작은 별'이라는 문예반을 만들어 지도하기 시작했다. 그 학교에서는 처음 있는 일이었다. '작은 별' 문예반 학생들은 아주 열심이었다. 그녀들은 그해가 다 가기 전에 학교 정원에서 시화전을 열고 학교 강당에서 '작은 별 글 잔치'라는 행사를 가질 정도였다.

　그런데 그 '작은 별'을 이끌어 가는 나에게 또 한 번의 고비가 찾아왔다. 그것은, 학생들의 특별활동의 하나일 뿐인 작은 별 문예반을 의심의 눈으로 보기 시작하는 학교 안팎의 사람들 때문이었다. 그들은 다름 아닌 몇 사람의 시류에 민감한 일부 교사들과 그들을 조종하는 학교 담당 정보 경찰을 비롯한 수사기관원들이었다. 그들은 내가 평소에 학생들에게 반정부 의식을 주입시키면서

한 편으로는 작은 별이라는 전위 조직을 만들어서 이끌어 간다고
본 것이다. 그리고 그 의심의 결정판이 그해 말에 인쇄되어 나온
'죽호'라는 이름의 학교 교지에 얽힌 서글픈 해프닝이었다.

　그들은, 내가 그 책의 편집을 맡은 것부터 옳지 않다고 보았으
며, 그 책에 중점적으로 실은 작은 별 문예반 특집인 '작은 별 이
야기'를 트집 잡았다. 그 글들에는 당시의 정치 현실을 비판하고
나아가서는 학교 당국까지도 비판하는 내용이 들어 있다는 것이
다. 그런 이유로 그들은 이미 출판되어서 학교에 배달된 교지의 전
량을 일일이 20여 페이지씩 찢어낸 다음에 학생들에게 나누어 주
었던 것이다. 그러나 그것은 억지였다. 그들은 다만 나뿐만 아니라
작은 별 멤버들을 비롯하여 나를 따르는 학생들을 위축시키고 침
묵시키는 데에 주력하고 있었으며, 그런 어두운 학교 분위기 속에
서 나는 한동안 무척 당황하고 우울했다.

　그 즈음에 나는 홍남순 변호사와 이기홍 변호사의 사무실에
자주 갔다. 그해 봄에 반유신투쟁 유인물인 '함성'지 사건으로 체
포되어 광주교도소에 갇혀 있는 내 친구인 박석무 교사와 후배들
인 이강, 김남주, 김정길 동지 등의 재판에 그 두 분이 변호를 맡았
기 때문이었다.

　그 두 분 중에서 특히 홍남순 변호사는 품이 넓고 개방적이어
서 젊은이들과 함께 머리를 맞대고 시국 이야기하기를 좋아하셨으

니, 그분의 사무실에는 그분의 말씀을 듣고자 하는 젊은이들이 늘 모여들었다. 그리고 그분의 말씀에 자주 귀를 기울이던 젊은이들이 대부분 민주화운동의 전사가 되었으니, 시중에서는 자연히 그분을 향해서 '광주민주화운동권의 대부'라고 부르게 된 것이다. 어쩌면 60년대에 광주의 오지호 화백이 뛰어난 화가이기 이전에 존경받는 진보사상가이셨듯이, 7,80년대의 홍남순 변호사는 억울한 사람을 돕는 자상한 법조인이기 전에 우리 피 뜨거운 젊은 동지들의 언덕이요 큰 스승이셨다.

지금 이미 그 당시로부터 수십 년이 지난 뒤임에도 불구하고, 붉은 벽돌로 둘러싸인 전남여자고등학교의 건너편에 있던 홍남순 변호사의 안집 모퉁이에 딸린 변호사 사무실이 내 눈에 선하다. 그리고 풍채 좋으신 홍 변호사의 주위로 우리들 광주권의 젊은 동지들이 둘러앉아서 그분의 말씀에 숙연히 귀를 기울이던 장면들도 겹쳐 보인다.

그리고 나는 그해 겨울방학에 두 번째 시집의 원고를 한국문학사에 넘기고 문학 친구들도 만날 겸해서 서울에 여러 날을 머물렀다. 물론 나는 거의 날마다 내 친구인 조태일 시인, 이문구 작가 등과 함께 시간을 보냈다. 그러던 어느 날인가 나는 여러 친구와 함께 대전을 거쳐서 전주에까지 여행을 간 적도 있다. 그때 대전에서 눈물이 많은 박용래 시인과 어느 대학의 강사로 있던 이가림 시인을 만난 일이라든지, 허름한 여관방에서 밤을 보내면서 입담이 좋은 황석영 작가의 '구라'를 들으면서 모두가 배꼽이 빠지게 웃었던 일이 기억난다.

그리고 전주에 가서는 신석정 시인의 옛집에서 시간을 보낸 뒤에 최승법 시인을 비롯한 그 지방의 문인들과 만나서 밤늦도록 술을 마셨고, 그 다음 날 아침인가 우리는 시내의 '욕쟁이 할머니 집'이라는 해장국집을 찾아가서 콩나물국밥을 사먹고, 낮에는 변두리의 개천가에 있는 허름한 식당으로 가서 민물고기를 섞어서 끓인 '오모가리 탕'을 먹기도 했다. 그렇게 나는 전주에서 문학 친구들과 시간을 보낸 뒤에 혼자 광주로 내려왔고, 그 뒤로 며칠이 지난 연말쯤의 어느 날엔가 재판에서 무죄와 집행유예 등을 선고받고 체포된 후 9개월 만에 석방되는 『함성』지 사건의 친구와 후배들을 만났다.

아직 겨울방학 중인 1974년 새해 벽두에 광주에서는 전남대학교 학생들이 유신헌법의 철폐를 주장하는 개헌 서명과 함께 데모를 했다. 그리고 서울에서는 문학인 61명이 지난 연말에 장준하, 함석헌 선생 등의 재야인사들이 벌인 헌법개정청원운동에 대한 지지선언을 했는데, 이에 대한 보복으로 박정희 군사정부는 '문인간첩단사건'을 조작하여 발표했다. 그것은, 일본의 공산주의 계열의 문예지에 작품이 실렸다는 죄목으로 작가 이호철 선생, 평론가 임헌영, 김우종 선생을 가둔 사건이다. 그런 와중에 대통령 긴급조치 1호가 발표되었으니, 그것은 소위 '유신헌법'에 대한 찬반논의를 봉쇄하려는 군사정부의 강력한 조치였던 것이다.

그런 암울한 상황 속에서 내 두 번째 시집인 『신하여 신하여』가 '한국문학사'를 통해 출간되었다. 그런데 그 시집을 만들 때의 세상 분위기가 절망적이어서 그랬는지는 몰라도, 편집자들은 시집의 겉면 옆구리의 표제에 오자가 난 것도 모르고 제본하여 서점으로 보내고 말았으니, 비록 '신臣'자가 '거去'자로 바뀐 단 한 글자의 오자를 낸 아주 사소한 실수라고 하여도 그 사실을 발견하는 독자들이라면 차마 웃지 않을 수 없는 일이 발생했던 것이다. 그래서 그 시집이 나온 지 한참이 지난 뒤에도 농담 삼아서 그 시집의 제목을 "신하여 거하여"라고 부르는 내 친구들도 있었다. 어떻든지 그 두 번째의 시집은 이런저런 사정으로 첫 시집인 『발상법』에 비하면 독자들의 관심을 그다지 끌지 못했던 것 같다.

그렇게 내가 시집의 출간에 매달리는 사이에 4월이 시작되고 매운 꽃샘바람이 불던 어느 날, 유신정권에 반대하는 자는 사형까지도 시키겠다는 내용의 대통령 긴급조치 4호의 발표와 함께 천 명이 넘는 '전국민주청년학생총연맹(민청련)사건'의 관련자들이 대거 체포되었다. 그들은 윤보선 전 대통령, 가톨릭 원주교구의 지학순 주교, 박형규 목사, 연세대학교의 김동길 교수를 비롯한 재야지도층 인사들과 풍자시 '오적'사건으로 유명한 김지하 시인과 서중

석, 이철 동지 등 당시의 기라성 같은 젊은 지식인과 대학생들이었으며, 그들의 체포 소식은 온 나라에 찬물을 끼얹는 것과 같은 두려움과 깊은 침묵을 가져왔다. 그뿐만 아니라, 민청학련을 배후에서 조종했다는 혐의로 박정희 군사정부는 또 '인민혁명당(인혁당) 재건위사건'이라는 이름으로 도예종, 이수병 씨 등 많은 혁신계 인사들을 체포 구속했다. 그리고 그해 7월 군사정부는 형식적인 재판을 통하여 김지하 시인과 이철 동지 등에게 긴급조치 4호 위반과 국가보안법 위반, 내란선동죄 등으로 사형 구형에 무기징역을 선고했으며, 소위 인혁당 관계자들 중 8명에게는 사형을 선고했다.

나는 그런 군사정권의 광란극 속에서도 학교에 출근했다. 그러나 학교의 분위기마저도 심상치 않았다. 왜냐하면 정보 경찰과 수사기관원들이 학교에까지 드나들기 시작하였으며, 그것도 모자라서 일부 교사와 학생들을 이용하여 학교 안의 동향을 체크하고 있었기 때문이었다. 따라서 그들은 이미 수업 시간에 교과 이외의 말을 하는 교사의 언행을 일일이 기록하여 보고하는 비밀 정보시스템까지도 교내에 구축한 상태였다. 그뿐만이 아니라, 심지어는 교장과 교감이 복도에 몰래 숨어서 교사들의 수업을 몰래 엿듣는 일까지도 아주 잦아졌다. 그렇게 내가 근무하는 학교마저도 긴급조치 이전의 학교와는 전혀 다른 모습으로 변하고 말았다.

그런 상황에 학교 밖에서는 문세광 사건이 발생하기도 했다. 즉 재일교포인 문세광이라는 자가 광복절 경축식에서 대통령 박정희의 부인인 육영수 씨를 저격하여 사망케 한 사건이었다. 내가 그 사건을 역력히 기억하는 까닭은, 그때 마침 여름방학 중에 실시하는 졸업반 학생들의 보충수업 중이었는데, 그 비극적인 사건이 연일 대대적으로 보도되자 대부분의 학생이 슬퍼하며 울고 침울해하는 바람에 여러 날 동안 제대로 수업을 진행하지 못할 정도였기 때문이다. 그리고 나는 그때 교단에 서서 대통령 부인의 죽음을 슬퍼하며 우는 학생들을 내려다보면서 앞으로 더욱 거세게 불어닥칠 칼바람을 예감했다.

그해 가을로 접어들면서 나는 서울에 자주 오르내렸다. 그 엄혹한 시절을 외면하지 않는 문학 안의 친구들과 선후배들을 만나기 위해서였다. 비록 아무 것도 누리지 못하고 가진 것도 별로 없었지만, 오직 문학인이라는 자존심과 사명감만으로 사는 뜻 맞는 이들이 서울에 여럿이 모여 살고 있었기 때문이었다. 그리고 나는 그들의 모임의 끝자리에 끼어서 문학이라는 가냘픈 무기 하나로 세상을 바꾸는 선한 싸움에 동참할 뜻을 더욱 다졌다.

그러는 과정의 어느 날, 동아일보사의 기자와 PD, 아나운서들이 주최한 '자유언론실천대회'가 있었다. 그들은 당당히 '자유언론실천선언'을 통하여 박정희 유신정권의 서슬 퍼런 언론 통제에 당당히 맞서는 역사적인 항거를 시작했던 것이다. 그날이 10월 24일이었고, 시간은 아침 아홉시였다. 그리고 그 사건은 우리들 문학인들에게도 크게 용기를 심어 주기도 했다.

그 즈음에 우리 문학인들 역시 여러 차례 은밀히 모여서 의논한 끝에 맺은 첫 열매가 있었으니, 그것은 바로 '자유실천문인협의회'(약칭 '자실')였다. 자실의 결성에는 고은 시인을 중심으로 신경림, 이호철, 백낙청, 박태순, 염무웅, 조태일, 이문구, 황석영, 이시영, 송기원 등의 작가 시인들이 주축이 되었으며, 그 외에 이들의 뜻에 적극적으로 동조하는 많은 문학인이 여기에 동참했다. 그리고 자실의 이름으로 맨 처음 쏘아올린 포화는 '문학인 101인 선언'이었다.

우리 문학인들은 11월 15일 저녁에 광화문의 '귀향'이라는 다방에 모여 문학인 선언문의 발표를 확정함과 동시에 자실을 전격적으로 출범시켰다. 그리고 다음 날 우리는 자실의 대표간사를 맡은 고은 시인의 화곡동 집에 모였고, 거기에서 "우리는 중단하지 않는다," "시인 석방하라"는 플래카드를 작가 박태순이 만들었으며, 평론가 염무웅 교수가 선언문을 작성하고 내가 그것을 먹지에 대고 일일이 직접 써서 시위 현장에서 뿌릴 여러 장의 복사물을 만들었다.

이어서 사흘 뒤인 18일 오전 10시, 지금의 교보빌딩이 선 자리에 있던 의사회관 계단에 고은 시인을 비롯하여 이호철, 염무웅, 황석영, 백낙청, 조태일, 최민, 한남철, 조해일, 조선작, 송영, 이시영, 송기원, 윤흥길 등 30여 명의 문학인들이 모였고, 경찰들이 덮쳐

오는 가운데 김지하 시인을 비롯한 긴급조치 구속 인사의 석방과 언론 출판 집회 결사의 자유보장, 개헌요구 등 5개항의 결의문이 담긴 선언문을 고은 시인이 낭독했다. 그 자리에서 이시영 시인 등 7명의 문인들이 종로경찰서로 연행되었고, 남은 문인들은 문인협회 사무실에서 농성에 들어갔는데, 나는 농성 도중에 그곳을 나와서 밤차로 광주에 내려갔다. 그리고 그날의 우리 '문학인 101인 선언'은 동아일보를 중심으로 각 언론에 일제히 보도되었다.

7장

천은사 골짜기에서

그 즈음에 고은 시인은 화곡동의 아담한 단독주택에서 혼자 살고 있었다. 그래서 우리 문학인들은 자연히 그의 집을 자유롭게 드나들었으며, 나 역시도 서울에 올라오면 몇 날이고 상관없이 그의 집에서 묵었다. 특히 그가 자실의 대표간사를 맡고 나서부터는 그의 집이 마치 자실의 본부인 듯이 우리가 수시로 출입하였으며, 그의 집에서 소주를 마시고 밥을 먹고 잠을 잤다. 그 엄혹하고 추운 시절에 그는 우리 젊은 문학인들의 대장이고 맏형이었으며 그의 화곡동 집은 자실의 산실이었고 우리의 아지트요 소굴이었다.

　지금도 나는 화곡동 부근을 지날 때마다 그 시절의 고은 시인의 집을 생각한다. 그리고 거기에서 자주 만나던 이들의 얼굴을 떠올린다. 특히 작가 박태순, 이문구, 황석영, 평론가 염무웅, 시인 조태일, 이시영, 송기원 등의 문학 동지들과 어울려서 소주를 마시던 날 밤들과, 통행금지 사이렌이 울리면 그것을 핑계 삼아서 아무도 돌아가지 않고 오랫동안 떠들다가 여기저기 아무데나 누워서 잠을 자던 장면들을 생각한다.

그리고 아침이 되면 그의 집안일을 돕던 마음씨 고운 아가씨인 숙자가 끓여 주던 아욱국의 맛도 잊을 수 없다. 그 시절 우리들의 착하고 다정한 숙자, 그녀는 어쩌면 밤새도록 죽치고 앉아서 떠들어 댄 우리들이 지겹고 밉기도 할 터임에도 불구하고 불평한 마디 없이 생글생글 웃으면서 아침 밥상을 차려 주었으며, 언제 어느 때고 그 얼굴에 싫은 표정을 한 번도 짓지 않으면서 온갖 성가신 잔심부름을 다 해 주었던 것이다. 그녀는 정말 고은 시인의 친척 아가씨를 넘어서 우리들 모두에게는 무척이나 고맙고 착한 누이였다.

또 고은 시인의 동생인 내 또래의 은철이. 그때 그는 어느 은행에 근무했는데, 틈이 나는 대로 화곡동의 형님네 집에 와서 우리 젊은 문인들과 어울리기를 좋아했다. 지금도 나는, 특별히 나에게 더 정을 주고 살갑게 대해 주던, 그 키가 크고 얼굴이 희고 잘생기고 말쑥하게 양복을 차려 입은 그를 잊지 못한다,

1975년 1월, 유신헌법에 대한 반발이 거세지자 박정희 정권은 국민투표에 회부하여 찬반을 묻고 여기에 대통령에 대한 신임을 연계하겠다는 성명을 발표했다. 이에 맞서서 김영삼, 김대중 선생, 윤보선 전 대통령 등의 야당지도자들이 국민투표가 권력에 의해 좌우될 수 있다는 것을 알고 국민투표 거부운동을 벌이겠다고 선언했으며, 여기에 가톨릭의 '정의구현사제단'을 비롯한 종교계와 재야 권에서 동참하면서 국민투표일인 2월 12일을 '국민투표 거부의 날'로 정하고, 그날에 맞추어서 전국에서 동시에 '구국기도회'를 열기로 했다. 따라서 광주에서도 같은 날 YWCA강당에서 '구국기도회'가 열렸는데, 나는 그 모임에 초청 시인으로 참석했고, 거기에서 내가 쓴 시 작품 '겨울공화국'을 직접 낭독했다.

　　그리고 다음 날인 2월 13일, 박 정권은 유신헌법에 대한 국민투표의 결과가 찬성으로 가결되었음을 선포했으며, 여기에 야당과 재야권이 크게 반발하자 박 정권은 유화책으로 다음 날인 2월 14일에 긴급조치 1호와 4호를 해제하고, 인혁당사건 관련자와 반공법 위반자를 제외한 민청학련 관련자 전원을 석방한다고 발표했다. 이렇게 되어 그날 김지하 시인, 이철, 서중석 동지 등 민청학련 관련자 전원이 전국의 교도소 문을 열고 나와서 자유의 몸이 되었다.

　　그렇지만 나에게는 그때가 바로 시련의 시작이었다. 마침 긴급조치가 해제된 상황이었기 때문에 박 정권은 반체제적인 저항시인 '겨울공화국'을 써서 대중 앞에서 낭독하여 파문을 일으킨 나를 즉시 체포 구속할 수는 없었기에 교단에서 내 쫓고자 학교 당국에 구체적인 압력을 행사했다.

따라서 학교 당국은 하루건너 긴급교무회의를 소집했고, 그 자리에서 교장과 교감은 나에게 화를 내고 비난하기를 서슴지 않았으며 모욕적인 언사를 보내기까지 했다. 그들의 주장은 나의 반체제 문단 활동으로 학교 당국이 외부의 압력을 받는 등의 곤란한 입장에 직면해 있다는 것이고, 그로 인하여 학생들의 동요는 물론, 그 학교를 설립하고 운영하는 재벌인 금호그룹에 나쁜 영향을 끼치게 되었으므로 사건을 일으킨 당사자인 내가 이에 대한 응분의 책임을 져야 한다는 것이었다. 그러던 중인 2월 22일, 학교장인 최태근 선생이 나를 교장실로 부르더니 "주위의 압력과 상부 기관의 압력으로 더 이상 학교에 재직시킬 수 없으니 속히 사표를 내라"고 종용하면서, 만일 사표를 내지 않으면 파면시키겠다고 최후의 통보를 했다. 그렇지만 나는 그의 사직 강요를 곧바로 거부했다.

내가 교사직 사표 강요와 파면 위협을 받고 있다는 사실이 학교 밖으로 알려지자 동아일보에서는 그 사실을 적극적으로 취재하고 보도하기 시작했다. 특히 2월 25일자 동아일보에서는 겨울공화국의 전문을 싣고 그 시 작품을 낭독하였다고 하여 내가 정부의 압력으로 사표 제출을 강요받고 있다는 사실을 대대적으로 보도했다. 그리고 마침 그 즈음에 발행된 함석헌 선생의 '씨알의 소리'

3월호에도 겨울공화국의 전문이 실림으로써, 그 시 작품 낭독 사건의 파문은 광주라는 지역을 벗어나서 이미 전국적으로 확산되고 있었다.

그리고 그 다음 날인 2월 26일에는 문인협회 광주전남지부가 나에 대한 학교 당국의 사직 강요와 파면 위협 사건의 진상 조사를 결의했으며, 서울에서도 자실의 집행부인 고은 시인과 이문구 작가, 조태일 시인 등이 이 사건의 조사차 광주에 내려왔다. 그들은 중앙여고의 최태근 교장 선생을 만나는 자리에서 "양성우 교사에 대한 사표 강요는 표현의 자유에 대한 폭거이므로 사표 종용을 철회하라"고 항의했는데, 이런 세세한 사실들까지도 모든 언론의 무거운 침묵 속에 유일하게 동아일보에서만 연일 계속해서 낱낱이 속보로 보도했던 것이다.

물론 그 시기의 동아일보는 기자들의 '자유언론실천선언'의 여파로 인한 '백지광고사태'의 절정기였을 뿐만 아니라, 160여 명의 기자와 사원들이 농성 끝에 강제 해직되는 전후의 시기(그들은 3월 17일 강제 해직되고 다음 날인 3월 18일 '동아자유언론투쟁위원회', 약칭 '동아투위'를 창립한다)에 맞물려 있었던 까닭으로, 오직 동아일보만이 '제약이 없이' 사실을 보도할 수 있었기에, 한낱 지방 학교의 교사일 뿐인 나에 관한 권력의 부당한 처사까지도 본격적으로 취재하고 보도할 수 있었나고 생각된다.

그와 같은 상황 속에서 그곳 학교의 분위기는 무척 무겁고 침울했다. 모든 학생들은 수시로 수업을 거부하고 운동장과 복도 등으로 몰려 나와서 시위하며 소리치고 울부짖으면서 나를 쫓아내지 말 것을 학교 측에 요구하고 있었다. 그리고 학교 교문에는 학생들의 시내 진출을 막는다는 명분으로 전투경찰대가 배치되었으며, 학교 안에는 사복을 입은 경찰들과 수사기관원들이 진을 치고 있었다.

그 일은 마치 활시위를 떠난 화살처럼 누구도 예상치 못한 극단으로 치달았다. 어쩌면 내가 흘린 작은 불씨 하나가 나도 짐작 못하는 사이에 들불처럼 번지고 있었다. 그리고 나는 그 사건의 당사자임에도 불구하고 어떤 순간에는 마치 남의 일인 듯이 구경꾼이 되어 그 싸움의 현장을 우두커니 바라보기도 했다.

나는 한 순간에 여학교의 인기 교사에서 추락하여 사직 권고를 받는 문제 교사가 되어 세상의 한가운데로 던져진 것이다. 그러다 보니 학교 안에서는 학생들과 두어 명의 친구 교사를 제외하고는 아무도 나에게 가까이 하려 하지 않았으며, 잽싸고 눈치 빠른 여러 교사들은 오히려 나에게 등을 돌리거나 적대적인 시선을 보냈다. 그뿐만이 아니라 그들 중에는 나에 대한 험담을 하고 흥허물을 만들어서 퍼뜨렸으며, 아무 근거도 없이 나를 매도하기를 멈추지 않았다. 그들에게는 나라는 사람은 이미 교단에서 내 쫓긴 해직 교사였다. 그렇지만 나는 그들에게 일일이 대응하거나 내색하지 않은 채 학교에 출근했다.

그러나 잔인하게도 학교 당국은 나의 출근마저도 저지했다. 그들은 교무실의 내 책상마저도 치워 버렸으며, 3월이 되어서 신학기가 시작되었음에도 나에게는 수업시간도 배정하지 않았다. 한 마디로 말하여 그들은 나에게 출근하지 말라는 것이었다. 그러나 나는 하루도 빠지지 않고 출근 투쟁을 계속했다. 그때 나는 학교에 출근해도 앉을 자리마저 없었기에 복도를 서성거리거나 서무실이나 수위실에 앉아서 시간을 보내기도 했다.

그렇게 내가 서글프게 출근 투쟁을 하는 동안에 나에게 힘이 되어 주는 편은 그래도 내가 가르쳐 온 학생들뿐이었다. 그들은 무조건 나를 응원하였으며, 나를 감싸주고 나를 대신하여 학교 당국과 맞서 주었다. 그들은 교장실과 교무실에 몰려 들어와서 나의 해직을 철회하라고 요구하고, 모두가 수업을 거부하고 학교 운동장으로 뛰쳐나와서 구호를 외치며 시위를 하고, 교문을 박차고 시내로 나가려는 시도도 여러 번 했다.

그뿐 아니라 그들은 저녁때나 주말이면 무리를 지어서 내가 묵는 하숙집까지 찾아왔으니, 심지어는 내가 담임을 맡았던 반의 학생들은 한 사람도 빠지지 않고 전원이 몰려오는 등, 내 하숙집의 마당과 옥상에 여학생들이 가득히 모여서 웃고 떠들고 노래를 부르는 바람에 이웃들을 놀라게 하고 경찰들을 긴장시킬 때도 몇 번이나 있었다. 그 캄캄하고 엄혹한 시절이었음에도 불구하고 해맑고 순진한 그들에게는 그와 같이 조금도 두려움이 없었던 것이다.

　내가 출근 투쟁을 계속하는 동안의 학교는 초긴장상태였다. 학생들의 교내 시위는 그치지 않았으며, 전투경찰대와 사복형사들이 학교 안팎에 진을 치고, 중앙정보부(현재의 안전기획부) 요원들이 상주하다시피 했다. 그런 상황에서 중앙정보부는 학교 당국에 나에 대한 징계 조치를 빨리 처리하라고 강한 압력을 넣고 있었다. 이에 따라서 당시 금호그룹의 창업주인 박인천 회장이 재단 이사장으로 있던 그 학교의 이사회에서는 4월 12일 아침에 나의 파면을 전격적으로 결정했다.

　그날 나에게 이사회가 내린 파면 결정 사실을 통보한 사람은 학교장인 최태근 선생이었는데, 그가 전하는 나의 파면 사유에는 '겨울공화국'에 대해서는 한 마디도 언급이 없었으며, 나에게는 전혀 상관이 없는 황당한 거짓말들뿐이었다. 그렇게 내가 학교장으로부터 파면 결정 통보를 받는 중에 학교 복도에서 중앙정보부 요원들이 기다리고 있다가 나를 차에 태우더니 중앙정보부 광주 분실로 끌고 갔다.

　중앙정보부 광주 분실에서는 그날 해질 무렵까지 나를 심문했다. 그러던 끝에 그들은 다시 나를 차에 태우더니 어두운 밤길을 달리면서, "너 때문에 광주가 아주 시끄럽다. 광주 시민들이 너를 추방하라고 한다. 광주를 떠나라. 이제 광주에 다시 오면 안 된다"

고 나에게 으름장을 놓았다. 그러나 그것은 단순한 위협만이 아니었다. 그들의 말과 같이 그날 오후에 광주공원에서는 "양성우 추방대회"라는 관제 행사가 열리기도 했다. 그렇게 중앙정보부는 나를 파면한 즉시 광주 사회부터 멀리 떼어 놓을 시나리오까지도 치밀하게 마련해 두었던 것이다.

그렇게 그들은 하루아침에 나를 교단과 광주 사회로부터 들어내고, 그것도 모자라서 나를 사로잡아 검은 차에 싣고 어둔 밤길을 한없이 달려갔다. 그리고 드디어 그들의 차가 멈추고 내 몸을 끌어내린 곳, 그곳은 지리산 골짜기의 퇴락한 옛 절인 '천은사'였다.

그렇게 나는 파면된 날 밤에 중앙정보부에 의해 구례 천은사에 유폐되었다. 그들은 일주문에 경찰을 배치하고 내가 절 밖으로 나가는 것을 막았다. 그러니까 나는, 옛날식으로 보면 유배를 가서 '위리안치'된 것이다. 그것은 당시 흔히 있던 '가택연금'과 비슷하면서도 깊은 산골짜기의 사찰에 가뒀으니 그것과는 또 다른 형벌이기도 했다. 사실 그곳에서 나는 대웅전 옆의 요사채에 머물면서 아침저녁으로 절밥을 먹었지만, 절 밖으로는 자유롭게 출입할 수가 없었으니 그곳의 통제된 생활은 감옥살이나 다름이 없었다.

8장

무작정 상경기

그때의 천은사는 대웅전의 지붕에는 엉성하게 긴 풀이 돋고 그 뒤쪽에 선 절집은 비스듬히 기울었으며 사방에 키 큰 나무들이 우거져서 어둡게 숲을 이룬 가난하고 조용한 절이었다. 거기에다가 그 절에 사는 사람이라고는, 늙은 큰스님 한 분과 주지 스님, 그리고 두세 명의 젊은 스님들에다가 공양주 보살 아주머니들과 절의 잡일을 맡은 일꾼 한 사람, 또 사법고시 공부를 한다는 두 청년들을 포함하여 겨우 열 명 남짓했다.

그렇게 그 절이 조용하고 식구가 단출해서 그랬는지 몰라도, 나는 그곳에 가자마자 금세 그들과 가까이 지냈다. 그들은 모두 내

편이 되어 주었으며 나를 돕고 위로해 주었다. 특히, 법명이 도안道安이라는 내 나이 또래의 스님은 나에게 많은 정성을 쏟아 주었는데, 지금도 천은사 시절을 생각하면 맨 먼저 떠오르는 사람이 그다. 그는 이미 동아일보의 논픽션 모집에 당선된 전력을 가진 논픽션 작가였으며, 큰 나무 뿌리나 나무 둥치를 캐거나 잘라서 껍질을 벗기고 칠을 하는 목공예에 일가견을 가진 사람이었다. 그때에도 그는 절집의 한 구석에다가 작업실을 마련해 놓고 목공예 작업에 열중하고 있었다.

내 기억 속의 도안 스님은 참 부지런했다. 그는 아무리 피곤해도 어느 누구보다 맨 먼저 새벽같이 일어나서 쇠북을 치고 새벽 예불을 이끌었으며, 대웅전 안팎을 청소하고 절 마당을 쓸었다. 사실 그는 그 절의 모든 예불을 다 맡고 있었는데, 그렇게 바쁜 틈에도 그는 나를 돕고 지켜 주었다. 그는 낮에도 몇 번이고 내 방의 문을 열고 안부를 살폈으며, 저녁때가 되면 어김없이 아궁이에 군불을 넣어 내 방을 따뜻하게 해 주었다. 그리고 어쩌다가 구례 읍내에 나가는 길에는 내가 필요하다는 것들을 꼼꼼하게 다 사다 주기도 했다. 또 그는 자청하여 내 가족들에게 전화를 걸고 광주의 친구들과 학생들, 서울의 문학인들에게 연락을 해 주었다. 그가 그렇게 앞장서서 내 손발노릇을 해 주었고 나머지 모든 절 식구들의 정성스런 도움이 있었기에 나는 그 깊고 으슥한 절속의 생활에 점점 적응해 갈 수가 있었던 것이다.

내가 지리산 천은사에 묶여 있다는 사실이 이미 세상에 널리 알려졌고, 웬일인지 나를 지키는 경찰은 그 절에 찾아오는 사람들을 일일이 통제하지 않았기 때문에, 내가 그곳에 머물기 시작하면서부터 그동안 조용하던 절이 갑자기 부산해지기 시작했다. 내 가족과 친척과 광주의 선후배 문학인들은 물론이고, 여러 학교에서 근무하고 있던 친구 교사들과 민주화 운동권의 동지들이 하루가 멀다 하고 그곳을 찾아왔다.

더욱이 주말이 되면, 내가 가르치던 여학생들이 마치 관광을 오는 것처럼 무리를 지어서 그 절에 왔다. 그들은 마치 광주에서 내 하숙집에 찾아와서 그랬던 것처럼 거기에 와서도 깔깔거리며 웃고 떠들어서 평소에는 쥐 죽은 듯이 조용하던 절속을 화들짝 깨우곤 했다. 그러는 중에 언젠가는 서울에서 여자 대학의 교수로 있던 한 친구는 졸업반의 수학여행 코스에 일부러 천은사를 끼워 넣고는 그 절에 많은 학생을 데리고 와서 하룻밤을 머물다가 간 적도 있었다. 그때 그 친구가 데리고 온 학생들과 함께 둘러앉아서 대화를 나누던 장면이 머리에 떠오른다.

또한 내가 그 절에 머무는 기간이 길어지다 보니 자연히 구례 읍내에 사는 이들과도 교류가 생겼다. 그들은 읍내에서 사진관을 열거나 식당을 운영하는 이들로 대게 저녁나절이면 오토바이를 타고 불시에 찾아오곤 했는데, 그들과 나는 절 가까이 흐르는 계곡물에 발을 담그고 앉아서 고기도 구워 먹고 소주를 마시기도 했다.

그리고 또 한 사람이 있었으니, 그는 천은사의 뒤에 있는 높은 산봉우리인 노고단의 산장지기였다. 검고 더부룩한 구레나룻을 두른 그는 마치 산짐승처럼 그 높은 산을 오르내렸는데, 나에게 내려올 때에는 어김없이 한밤중이었으며 그 밤중에 온 길을 되짚어서 다시 노고단으로 올라갔다.

그렇게 나는 여러 사람의 관심과 도움과 격려 속에서 절 생활을 하고 있었다. 다만 교단과 광주 사회에서 추방되었을 뿐, 사람 속에서 완전히 추방된 것은 아니었다. 그것은 어쩌면 나에 대한 중앙정보부의 보복 작전이 실패한 것이라고 볼 수도 있을 것이다. 그래서 그랬는지는 몰라도 그 깊은 산골짜기에 억새 잎들이 시들어 눕기 시작하고 날씨가 싸늘해지면서부터 내 발을 묶는 경찰의 감시가 아주 느슨해졌다.

그래서 나는 그 해 초겨울의 어느 날 경찰의 감시가 소홀한 틈을 타서 천은사를 빠져 나왔다. 그날 마침 광주에 갔다가 구례에 온 고은 시인이 나를 기다린다는 연락을 받고 나는 아무도 몰래 절 문을 나와서 급히 구례 읍내로 간 것이다. 그날 읍내에서 만난 고은 시인은 나에게 "여기 있어 무얼 하겠느냐. 어찌 되었든 서울로 올라가서 견뎌 보도록 하자"라고 말하면서 서울로 갈 것을 강력히 권했다. 그래서 나는 그날 밤에 고은 시인과 함께 구례구역에서 서울 행 완행열차에 고단한 몸을 실었다.

나는 파면 교사로 퇴직금마저도 못 받았기 때문에 돈 한 푼 없이 서울로 올라온 뒤에는 먹고 살 길이 막막했다. 따라서 나는 한동안 수사 기관의 눈을 피해 가면서 고은 시인의 집과 조태일 이문구 등 문단 친구와 후배들의 거처를 전전했다. 주로 낮에는 조태일 시인이 사장으로 있는 창제인쇄소와 염무웅 교수가 주간으로 있는 '창작과비평사(약칭 창비사)', 그리고 이문구 작가가 편집장으로 있는 '한국문학사' 등의 출판사에서 시간을 보냈으며, 해가 지면 친구들을 따라서 허름한 식당이나 술집에 갔다.

그 즈음에 우리 문학인들이 자주 가는 광화문의 '항아리 집'이라는 술집이 있었는데, 나는 그 집의 몸집이 크고 뚱뚱한 주인 아주머니의 도움을 많이 받았다. 그녀는 여러 차례나 그 집의 뒷방에다 나를 재워 주었으며, 밥 굶고 다니지 말라고 걱정하면서 내 손에 돈을 쥐어 준 적이 한두 번이 아니었다. 그러다 보니 그 집의 여자 종업원들까지도 모두 나를 친형제처럼 대해 주고 염려해 주었다.

그리고 그 즈음에 동교동의 김대중 선생(당시의 호칭대로 '선생'이라고 쓴다)으로부터 연락이 와서 은밀히 그를 만났는데, 그 만남이 그와 내가 처음으로 만난 일이었다. 그때에는 그 역시 '현해탄 납치 사건' 이후의 오랜 칩거 중이었음에도 불구하고 나는 그에게서 자상하고 정겨운 위로를 받았으며, 헤어지는 길에 며칠 동안 굶지 않아도 될 만큼의 밥값 봉투를 건네받기도 했다.

그러던 중에 나는 이미 천은사 시절에 써 두었던 '지리산 타령', '새' 등의 시 작품들을 오랜만에 『창작과 비평』지의 가을 호에 싣기도 했는데, 그것은, 내 시 작품을 실을 지면이 봉쇄된 상태에서도 '창작과 비평사'가 과감히 내린 특단의 조치였기에 한때 문단의 화제가 되기도 했다.

그러다가 희끗희끗 눈발이 날리던 어느 날인가 나는, '중앙대 문창과 3총사'로 알려진 이시영, 이진행 시인과 송기원 작가가 살고 있던 흑석동의 연못시장 주변에 겨우 내 몸을 눕힐 정도의 관속 같은 방 하나를 얻어서 들어갔다. 그 방은 무척 시끄러운 동네 다방과 벽 하나를 사이에 두고 있었는데, 더욱이 그 다방에서는 그때 한창 유행하던 송창식의 '고래사냥'을 온종일 반복해서 틀어댔기 때문에 나는 귀가 아플 정도로 그 노래를 들었다.

그리고 그 다방의 옆방인 좁고 어둑한 굴속 같은 나의 거처는 자연히 우리 젊은 문인들의 아지트가 되었다. 이시영, 이진행, 송기원 시인은 거의 날마다 나에게 와서 물심양면으로 도움을 주었으며, 나중에 그들의 부인이 될 연인들도 마치 친누이들같이 나를 정성으로 도와주었다. 또한 이문구, 황석영 작가, 조태일, 임정남 시인 등이 자주 흑석동 그 방에 찾아 왔으며, 중앙대학교의 문창과 재학생들과 시내 몇 개 대학의 운동권 후배들이 예고도 없이 수시로 와서 마치 제 집처럼 머물다가 가곤 했다.

나는 아침에는 주로 연못시장에 가서 콩나물 국밥 등을 사먹었으며, 저녁에는 친구나 후배들을 따라 술판에 끼어서 대충 끼니를 때우곤 했다. 그러던 중의 어느 몹시 추운 날 저녁 무렵에, 나는 시내버스를 탈 동전 한 푼이 없어서 '창비사'가 있던 종로 수송동에서 흑석동까지 먼 길을 걸어온 적도 있었다. 그날, 살 속을 파고드는 매서운 칼바람 속에서 홀로 걸어서 한강대교를 건너던 서글픈 장면이 지금도 눈앞에 생생하게 떠오른다.

그렇게 내가 아무 대책이 없는 떠돌이생활을 하고 있을 때, 누군가에게서 그 소식을 들은 한양대학교의 이영희 교수가 나에게 구원의 손길을 뻗어왔다. 그는 자신이 주도적으로 관여하고 있던 한양대학교 부설 '중국문제연구소'의 촉탁 연구원의 자리를 나에게 마련해 주었던 것이다.

이영희 교수의 덕분으로 나는 그해 겨울 내내 한양대학교에 출근했다. 내가 맡은 일은 중국문제연구소에 속한 교수들의 연구물을 정리하여 『중국문제』라는 제호로 연구논문집을 편집하고 제작하는 일이었다. 마침 그 연구소가 창립된 직후라서 첫 연구논문집을 발행하는 일이었기 때문에 나의 부담이 무척 컸지만, 마포에서 인쇄소를 경영하고 있던 조태일 시인의 도움으로 나는 『중국문제』 '제1집'을 무난히 제작하여 이영희 교수로부터 칭찬을 받기도 했다.

그리고 나는 한 편으로, 서울에 올라온 직후부터 쓰기 시작한 장편 시 작품인 '노예수첩'을 마무리하고 있는 중이었다. 그렇지만 나에게는 이미 반체제 저항시인이라는 딱지가 붙었기 때문에 그 시 작품을 실어줄 지면이 어디에도 없다는 것을 나는 잘 알고 있었다. 그래도 나에게는 그 시 작품을 서랍 속에만 넣어두고 싶은 생각은 조금도 없었다.

그때 나는 바다 건너 중남미의 반체제 시인들이 지하 유통 경로를 통하여 대중들에게 시를 전파해 오는 방법을 쓰기로 결심했다. 그래서 나는 우선 중국문제연구소의 여직원인 미스 박의 도움을 얻어서 시집 한권 분량이 되는 긴 시 작품인 노예수첩을 타이핑하고 그것을 많이 복사했으며, 그것을 일일이 손에서 손으로 은밀하게 전달하는 작업에 착수했다.

따라서 그 작품은 먼저 민주화 운동권의 동지들과 문단 선후배들의 손으로 국내의 여러 사람에게 퍼져 나갔으며, 동시에 내가 알고 지내는 외국인 친구들과 서양선교사들의 손에 의해서 국경을 넘어서 해외의 여러 나라로 건너가게 되었다. 그런 과정에서 그 일로 인하여 내게 조금은 어려운 문제가 생기리라고는 짐작했지만, 설마 그 일 때문에 내가 중앙정보부에 체포되어 중형을 선고받고 오랫동안 감옥에 갇힐 줄은 미처 몰랐다.

내가 한양대학교에서 연구논문집인 『중국문제』 제1집의 제작을 마친 뒤에 다시 2집의 편집과 제작에 뛰어들 무렵인 1976년 5월 중순경에 한국신학대학교의 구약학 교수로 있던 문익환 목사로부터 연락이 왔다. 당시 그는 대한성서공회에서 주관하고 있는 신, 구교 성서공동번역사업의 위원장을 선종완 신부와 공동으로 맡고 있었는데, 나에게 문장 위원을 맡아서 일하라는 말씀이었다.

나는 문익환 목사의 부름에 즉시 응하여 한양대학교 중국문제 연구소를 그달 말로 그만 두고, 그 이튿날부터 종로 보신각 옆 종로서적 건물의 맨 위층에 있는 대한성서공회의 번역실에 출근하기 시작했다. 그때 그 번역실에는 내 또래의 문장가인 이현주 목사와 나뿐이었으며, 우리 두 문장 위원이 맡은 일은 신구교의 번역 위원들이 십 년 동안에 심혈을 기울여서 새롭게 작업한 성서의 번역 원고를 현대의 민중어로 윤문하고 바로잡는 일이었다.

그 일을 맡던 처음에는 나는 무척 우쭐한 생각을 했다. 많고 많은 사람 속에서 하필이면 내가 선택이 되어서 성서의 문장을 손보는 일을 하게 되었다니, 이 얼마나 축복받은 것이냐 하고 혼자 마음속으로 기뻐했던 것이다. 그러나 그것은 잘못된 생각이었다. 나는 그 일이 결코 쉬운 일이 아니라는 것을 며칠도 지나지 않아서 온몸으로 실감했다. 마치 산더미같이 쌓인 성서의 번역 원고에 파묻혀서 한 단어 한 단어와 한 글자 한 글자에 신경을 곤두세우며 날마다 온종일을 끙끙대며 매달린다는 것은 실로 엄청난 고행이었다.

또한 그것만이 아니었다. 성서를 새로 번역하는 것 자체를 불경스럽게 볼 뿐만 아니라, 성서 번역 사업에 하필이면 '겨울공화국

사건'으로 떠들썩했던 내가 끼었다는 사실이 아주 못 마땅한 일부 보수 성향의 기독교 교단 관계자들이 나를 우울하게 만들었다. 그들은 내가 일하는 성서공회의 번역실에 이따금 몰려와서 나를 비난하고 폭언을 하기도 했다. 그러면서 그들은, 예를 들자면 공동번역문 중에서 '하나님'을 '하느님'으로, '여호와'를 '야훼'로, '인자人子'를 '사람의 아들'로 고치는 것까지도 못마땅하다고 트집을 잡고 시비하며 항의했다.

그렇지만 의외로 가톨릭에서는 이와는 전혀 달랐다. 명동성당을 비롯한 일부 성당의 젊은 신부들은 아직 완성되지 않은 번역 원고를 가져다가 주일 미사에서 사용하기도 했다. 그런 소식을 들을 때마다 가슴 뿌듯한 보람도 느꼈던 것이 기억난다.

고속버스에서 만난 사람

내가 서울에 올라와서 만난 사람들 중에서 가장 가까워진 한 사람이 있다. 그는 당시 한국기독교교회협의회(KNCC) 산하에 있는 한국기독학생총연맹(KSCF)의 안재웅 총무다. 그와 나는 만나자마자 흉허물 없는 사이가 되었으며, 거의 날마다 만나지 않으면 안되는 정 깊은 친구가 되었다. 그리고 그런 관계는 별의별 간난신고를 다 겪는 과정에서도 조금도 변하지 않았으며, 지금까지도 우리 두 사람은 처음과 똑같이 둘도 없이 가까운 친구로 지내고 있다.

그리고 안재웅 총무와 함께 KSCF를 이끌다가 뒤에 총무가 된 정상복 부총무, 그리고 그 옆 사무실의 이경배 기독교인권위원회

88 지금 나에게도 시간을 뛰어넘는 것들이 있다

사무국장 또한 너무나도 정겨운 친구요 선배들이었다. 특히 정상복 총무와 나는 그때로부터 몇 년이 지난 뒤에 처남과 처조카를 아무런 조건 없이 결혼시켜서 사돈관계를 맺을 정도로 서로의 믿음이 아주 컸다.

또한 성서공회 번역실의 일을 거의 혼자서 도맡아 해내던 이현주 목사, 그가 아니었다면 성서 공동번역 사업이 무난히 진척되지 않았을 정도로 열심히 일하던 그를 나는 잊을 수 없다. 어쩌면 지나치게 과묵하고 점잖던 그, 어눌하게 보일 정도로 목소리를 낮추어 천천히 말하며 그 얼굴에 언제나 잔잔한 미소를 머금던 그 친구는, 그곳에서 일하는 동안에 늘 나에게 편안하고 든든한 버팀목이 되어 주었다.

그리고 그 즈음에 이현주 목사와 나는 저녁식사를 겸한 성서독회 모임에 자주 참석했는데, 거기에는 내 친구인 이현주, 최완택 목사, 이영후 탤런트가 있었고, 선배인 김영운, 김상수 목사와 후배인 이철수 판화가도 있었으며, 여자들도 몇 사람이 있었다. 그때 그 모임에서 만난 우리는 마치 가족처럼 가까이 지냈으며, 우리의 돈독했던 사이는 세월이 아득히 지난 지금까지도 그때와 똑같이 변하지 않고 있다.

문익환 목사. 나에게 그는, 교사직에서 파면당한 1975년 4월 이후에 처음으로 직장다운 직장을 얻고 월급다운 월급을 받도록 배려해 준 고마운 스승이요 후원자였다. 그는 그때 이미 성서의 번역을 다 마치고 그 번역된 원고뭉치들을 이현주 목사와 내가 앉아 있는 번역실에 넘긴 상태였으므로 출근하다시피 성서공회에 나오지는 않았지만, 한 주일에 한두 번 정도 드문드문 번역실에 나오곤 했다. 그렇게 그는 가끔씩 그곳에 나오면서도, 그때마다 어김없이 이현주 목사와 나를 불러서 점심을 먹이고 커피를 샀다. 나는 그와 함께 자주 가던 종로의 다방을 기억한다. 성서공회 건물에서 보신각 방향으로 몇 걸음을 가다가 왼쪽으로 꺾어서 돌면 거기에 비단집이 있었고 그 비단 가게 지하에 있던 다방의 이름이 '갈릴리'였다.

나는 그곳 갈릴리 다방에서 자주 그와 마주앉아 이야기를 나누면서 오랜 시간을 보냈다. 그뿐만이 아니라, 우리가 일하는 성서공회의 번역실에서, 또 그를 따라서 수유리에 있는 그의 교회인 '한빛교회'를 오가면서, 또는 그의 집을 여러 차례 거듭해서 드나들면서 나는, 그가 티 없이 순진하고 여린 소년 같은 시인에서 분노로 일그러지는 용맹한 전사의 모습으로 바뀌는 과정을 여실히 지켜보았다. 내가 생각하기로는, 그를 그렇게 바꾼 것은 여러 가지의 불합리한 시대적인 조건과 군사 정부의 독재정치였지만, 가장 직접적인 것은 그의 친구인 장준하 선생의 죽음이었을 것이다.

그 당시 반체제 재야운동권의 대표적인 인물인 장준하 선생은, 어느 날 호젓한 등산길에서 의문의 죽음을 당했다. 여기에 충격을 받은 문익환 목사는 눈물이 마를 날이 없을 정도로 울면서 지냈다. 그는 아무데에서나 장준하 선생의 이름만 거론되면 먼저 눈물부터 보였다. 그렇게 그는 눈물이 많은 사람이었다. 그리고 그는 흐르는 눈물도 닦지 않은 채 분연히 일어서서 외쳤다. 그것이 바로 '3.1명동구국선언 사건'이다.

문익환 목사가 중심이 되어 그 선언을 준비할 때, 나는 함석헌 선생과의 연락을 맡기도 했는데, 어느 날인가는 성서공회 옆 골목의 갈릴리 다방으로 그분을 모셔 와서 문익환 목사와 함께 만나도록 한 일이 기억난다. 지금도 그때의 갈릴리 다방을 생각하면, 그 지하 다방의 한 구석에서 그 두 어른이 머리를 맞대고 말씀을 나누던 장면들이 마치 최근에 찍은 영상처럼 눈앞에 생생히 떠오른다.

그리고 또 나에게 선명히 떠오르는 그 옛 장면들은, 바로 어린 시절 윤동주 시인의 만주 용정촌 명동중학교의 동기요 친구로서, 오로지 대학에서 성서 연구에만 파묻혀 온 백면서생의 문익환 목사가 홀연히 빛의 아들로 일어나서 어둠의 자식들에게 맞서기 시작하는 당차고 의연한 모습들이다.

그때 나에게는 절친한 외국인들이 있었다. 한 사람은 다까시끼 쇼지라는 이름의 일본인 교수인데, 그는 내가 광주에서 교사로 있는 동안에도 줄곧 가깝게 만나오던 사람으로, 내가 '겨울공화국사건'으로 학교에서 파면 당하던 전후는 물론이고, 내가 서울에 올라온 이후에도 줄곧 방학 때가 되면 먼 길을 마다하지 않고 바다를 건너와서 여러 날을 내 곁에 머물다가 가곤 하는 친구였다.

또한 그는 나와 함께 오랜 우정을 쌓는 과정에서 재일동포 출신의 한 여성과 사귀기도 했으며, 나중에 결혼까지 했다. 그렇게 그는 나와 함께 여러 해를 어울리면서 스스로 "반은 한국인"이라고 농담 삼아 말할 정도로 한국에 관심을 크게 가지게 되었으며, 그것을 인연으로 해서 한일관계사를 집중적으로 연구하게 된 젊은 지식인이었다.

또 한 사람은 캐더린 엘리자벳이라는 이름의 미국인 여교수로, 보스턴 근교 우스터의 지방 판사를 남편으로 둔 인권운동가이기도 했는데, 한국의 반체제 인사들의 인권 문제를 조사하고 돕기 위하여 태평양을 건너다니는 사람이었다. 처음에 그녀가 내게 온 까닭도, 내가 시 한 편으로 교사직에서 파면당한 사실 때문이었으며, 그 사건 이후로 그녀는 나를 돕는 일이라면 태평양을 멀다 하지 않고 수시로 건너다닐 정도로 발을 벗고 앞장서는 사람이 되었다.

그리고 또 한 사람은 독일의 폴 슈나이스 목사다. 그는 연로한 몸에도 기독교 단체의 회의에 참석하기 위해 서울에 오곤 했는데, 매우 바쁜 일정 속에서도 꼭 나를 불러서 물심양면으로 여러 가지의 도움을 주었다. 그는 언제나 변함없이 나에게 깊은 정을 주는 무척 고마운 분이었다.

이어서 일본인 문학 친구 이노우에 가오루와 우시오 마사꼬, 그리고 그들의 여러 일본인 남녀 친구들과, 한국감리교 재단의 감독이던 매시우스 목사를 비롯한 여러 사람의 미국인 선교사들과 그들의 가족들이 자주 나를 찾아 주고 격려하고 도움을 주었으므로, 나는 결코 외롭지 않았다.

아마 그해 초가을쯤엔가 나는 흑석동 연못시장 주변의 굴 속 같은 좁은 방을 나와서 바로 그 이웃인 중앙대학교 정문 가까이에 있는 작고 낮은 집의 뒷방으로 거처를 옮겼다. 그 집에는 집주인 아주머니와 직장에 다니는 두 남매가 살고 있었는데, 딸의 이름이 '무희'라고 해서 이웃들이 그 집을 '무희네 집'이라고 불렀다.

마침 내가 들어간 무희네 집의 뒷방은 본 건물의 뒤쪽에 덧대어 만든 방으로 외부 출입문도 별도로 나 있어서 내가 혼자 지내기에는 그런 대로 편리했다. 내가 그 방에서 지내는 과정에 그 집 안의 식구들과 일일이 얼굴을 마주칠 기회도 드물고 서로의 존재를 의식할 필요도 적기 때문이었다. 그런 이유로 어찌 보면 마치 작은 별채를 한 채 얻어서 들어간 느낌이 내게 들 정도였다.

따라서 나는 그 방의 문을 아예 잠그지 않았다. 연못시장 주변의 굴 속 같은 방을 글 친구들과 후배들에게 열어 두었듯이, 무희네 집의 그 뒷방 역시 나는 나 혼자 독점하려 하지 않았다. 그러다 보니, 자연히 그 방은 여러 친구나 후배들의 사랑방이 되고 또는 도피처가 되었다. 그리고 특히 중앙대학교의 문예창작과에 다니는 일부 재학생들에게는 한낮에 잠깐씩 와서 쉬었다가 가는 휴식처가 되기도 했다.

내가 그렇게 내 작은 자취방을 열어 두고 나다니던 중에 나는 미처 짐작하지도 못한 충격적인 말을 학생들에게서 전해 들은 적도 있다. 이미 몇몇 학생들이 무시로 나와 함께 어울린다는 소문이 학교 안에 돌아서 그랬겠지만, 어느 노교수 한 사람이 수업 중에 학생들에게 이렇게 경고했다는 것이었다. "양성우는 빨갱이야, 만나지 마라"고. 나는 학생들에게 그 말을 전해 들으면서 겉으로는 헛웃음을 지었지만, 마음속으로는 그 말을 한 그 유명 시인에게 크게 실망할 수밖에 없었다. 왜냐하면, 대게의 문학청년들이 그러듯이 나도 한때 그의 시집들을 탐독하면서 그의 뛰어난 문학적 천성과 재주를 무척 부러워했던 적이 있기 때문이다.

그 즈음에 나는 성서공회의 일을 하는 중에 틈을 내서 경동교회의 강원룡 목사가 발행인이고 내 친구인 임정남 시인이 편집주간을 맡은 『대화』라는 잡지의 편집 일을 도왔다. 그때 임 시인과 내가 젊은 노동자들의 수기라든지, '이 가을에 내 아비 제도 못 지내는데'라는 제목의 내 시 작품까지 게재할 계획을 하면서 혹시라도 나중에 수사기관으로부터 트집을 잡히지나 않을까 하고 망설이던 일들이 기억난다. 그리고 그 책의 편집 방안을 의논하고 비용의 결재를 받을 겸하여 임 시인과 내가 수유리에 있는 '크리스찬 아카데미'로 강원룡 목사를 만나러 다니던 일도 생각난다.

또 나는 가톨릭에서 시작하는 우리 가락풍의 성가를 만드는 일에도 잠간씩 참여하기도 했고, 군정에 의해서 오랜 세월 동안에 숨죽여 온 우리의 농악을 되살리기 위해 모인 젊은 아마추어 풍물패들과 어울려 다니던 끝에, 언젠가는 경기도 남양만의 간척지 한가운데에까지 몰려가서 마음껏 거침없이 징과 꽹과리를 두들기면서 여러 밤을 지새우기도 했다.

그리고 나는 또 아르바이트를 한다는 심정으로, '가나안 농군학교'에서 발행하는 『가나안 농군』이라는 기관지의 제작을 전담했다. 나는 그 책의 편집 계획을 세우고 원고를 모으는 과정에서 이영희 교수에게도 청탁을 하여 '농사꾼 임군에게 보내는 편지'라는 제목의 글을 받았는데, 그 글이 직접적인 원인이 되어 나중에 이영희 교수가 체포되어 투옥될 줄을 그때 나는 미처 생각지도 못했다.

그렇게 내가 직장 일에 덧붙여서 잡지의 편집일도 하고 또한 문화운동까지 한다면서 이리저리 헤매 다니느라고 정신이 없을 때의 어느 주말이었다. 나는 마침 광주에 내려갈 일이 생겨서 서울역 건너편의 고속버스터미널로 가서 무심코 광주행 버스에 올랐다. 그런데 버스 안의 내 옆자리에는 나보다 먼저 와서 얌전히 앉아 있는 묘령의 아가씨가 있었다. 물론 그녀와 나는 가벼운 눈인사는커녕 눈길 한번 서로 주고받지 않은 채, 한 사람은 무엇인가를 낙서하듯 이 메모를 하고 또 한 사람은 눈을 지그시 감았다가 뜨고 이따금 씩 창밖을 바라보면서 두어 시간을 달리는 버스 안에서 흔들렸다. 그리고 어느 휴게소에서 버스가 멈추자마자, 대부분의 승객이 그렇게 하듯이 그녀와 나도 버스에서 내렸다.

그런데, 아주 작은 하나의 사건이 그 직후에 일어났다. 휴게소의 화장실을 나온 나는 그녀에게 줄 커피 한 잔을 더 사서 두 잔의 커피를 들고 버스에 다시 올랐으며, 조금 뒤에 그녀 역시 내게 줄 콜라 한 잔을 더 사서 두 잔의 콜라를 두 손에 들고 조심조심 버스에 올라오는 것이 아닌가. 그렇게 우리 두 사람은 서로 똑같이 두 손에 음료수 잔을 움켜 쥔 채로 마주 보며 웃으면서 첫인사를 나눴다. 그것이 내 아내인 정순과의 첫 만남이었다.

그녀는 서울에서 무역회사에 근무하고 있었는데, 그날 마침 부모님을 뵈러 고향집에 내려가는 중이라면서, 내가 전화번호를 쓴 메모를 건네주자 그녀도 나에게 자신의 직장 전화번호를 적어 주었다. 그러나 내가 아직은 자유롭게 광주에 오가는 입장이 아니었으므로 버스가 광주터미널에 도착하자마자 그녀와 나는 인사도 제대로 못한 채 싱겁게 헤어질 수밖에 없었다. 그런 뒤의 어느 날인가 서로의 얼굴을 잊을 만큼의 시일이 지난 뒤에 그녀와 나는 퇴근 후 명동의 커피숍에서 만났으며, 그날 이후로 우리는 주말의 데이트를 거듭하면서 서로에게 점점 가까이 다가서는 사이가 되었다. 그렇지만 그녀와 나의 만남은 오래 지속되지 못했다. 그녀에게 말 한 마디 전할 틈도 없이 내가 갑자기 체포되어 어디론가 사라졌기 때문이다.

—— 10장 ——

현저동 1번지 4사상 19방

그 즈음에 내가 쓴 장편 시 '노예수첩'은 상당히 많은 부수가 이미 해외에 유포되고 있었다. 그것은 내가 만나는 외국인 선교사들의 손을 통해서 여러 나라에 흘러 들어갔으며, 특히 미국의 캐더린 엘리자벳 교수와 일본의 다까사끼 쇼지 교수의 손을 통하여 적극적으로 전해지고 있었다. 그러던 중에 다까사끼 교수가 일본의 유명 출판사인 '이와나미 문고岩波文庫'가 발행하는 지식인 잡지인 『세까이世界』지에 노예수첩의 복사본을 넘겼고, 그 잡지는 그것을 일본어로 번역하여 1977년 6월호에 전격적으로 발표하였다. 그 『세까이』지는 일본 국내에서 뿐만이 아니라 당시 유신 치하의 우리 지식인들 사이에서도 인기가 매우 높고 구독자도 많은 잡지였다.

그런 일로 어찌 내가 성할 리 있겠는가. 따라서 나는 6월 13일 아침 출근길에 성서공회가 들어있는 종로서적 건물의 입구에서 중앙정보부 요원들에 의해서 체포되었다. 그들은 다짜고짜 나를 끌고 그 옆 골목의 갈릴리다방 앞에 새워둔 검은 차에 밀어 넣더니 검은 천으로 내 눈을 가렸다. 그리고 그들은 한참 동안 차를 몰던 끝에 남산 중턱의 중앙정보부 5국 건물 앞에서 나를 끌어내리더니 두꺼운 철문이 있는 어두운 지하 감방에 가뒀다.

이어서 그 인근에 있는 중앙정보부 4국의 심문실. 그 방의 한쪽 벽면에는 놀랍게도 '양성우 국제간첩단'의 조직표가 그려져 있었으며, 심문관의 철제 책상 위에는 1977년 6월호 『세까이』지가 놓여 있었다. 그리고 일제하에 고등계 형사를 지냈다고 자기소개를 한 H과장과 그의 부하들은, 첫 대면에서 "네가 이제 영원히 글을 못 쓰도록 만들어 주겠다"고 말하면서 내 몸을 짓밟고 오른손을 군화발로 으깼다. 그리고 그들은 뼈가 으스러져서 퉁퉁 부어오른 내 손에 볼펜을 끼우면서 자술서를 쓰라고 강요하였다.

한 편으로 그들은 나의 거처인 흑석동 무희네 집의 뒷방을 수색하여 이불과 옷가지를 제외하고 책과 원고뭉치는 물론이고 심지어는 메모지에 이르기까지 종이로 된 것들은 모조리 압수해 왔으며, 한양대학교 중국문제연구소의 이영희 교수와 타이피스트인 미스 박까지 불러다가 조사했다.

그곳 남산 사람들의 요구는 간단했다. 나에게 국제간첩단을 조직하고 활동했다는 자백을 하라는 것이었다. 그들은 간첩단의 조직표에 나와 친분이 있는 서양 선교사들이나 외국인들의 이름을 끼워 넣고는, 내가 유신체제를 전복할 목적으로 그들을 포섭하여 간첩 활동을 하게 했다는 뜻이었다. 그들이 나에게 터무니없는 자백을 강요하는 과정에 내 앞에 증거라고 내놓는 사진 자료들을 보면서 나는 놀라기도 했는데, 그동안에 그들은 나도 모르는 사이에 내 뒤를 밟으면서, 내가 외국인들과 만나서 밥을 먹고 차를 마시는 장면들을 자세하게 사진으로 찍었다는 사실이다.

나는 저녁이면 중앙정보부 5국의 지하 감방으로 가서 잠을 자고 아침이 되면 4국의 심문실로 가서 조사를 받았다. 지하 감방에서 심문실로 나를 실어 나르는 차는 늘 내가 잡히던 날 아침의 그 검은 세단이었다. 그렇게 나는 마치 출근하듯이 검은 차에 실려서 중앙정보부 5국과 4국을 오가며 혹독한 조사를 받았다. 그리고 그 중에서 한 주일이 넘도록 나에게 해외 간첩 활동을 했다는 자백을 강요하는 그들과 맞서야 했다.

그러던 어느 날, 그들은 국제간첩단 사건의 조사를 갑자기 중단하고 수사 방향을 바꾸었다. 그들은 『세까이』지에 실린 '노예수첩'과 함께 나의 거처에서 압수해 온 문건 중에서 찾아낸 '우리는 열 번이고 책을 던졌다'라는 제목의 미발표 시 작품 원고에 수사의 초점을 맞추었다.

그들, 남산 사람들은 조사 과정에서 나의 머릿속에 들어 있는 생각들이 모조리 죄 있다고 말했다. 그들은 시 작품을 외국의 잡지에 실은 것이 죄이며, 국가를 모독하고 정부를 전복시키려는 의도라고 해석했다. 그렇기 때문에 시 작품의 어느 한 부분이 문제가 있는 것이 아니라, 모든 시 구절과 시어들이 예외 없이 극단적으로 불온하고 죄 있다고 말하면서 그런 입장에서 그들은 줄곧 혹독한 심문을 계속했다.

그러던 어느 날인가, 그들은 나에게 한 무더기의 두툼한 원고뭉치를 건네면서, 그것을 내가 다 읽은 다음에 심문에 들어가겠다고 말했다. 나는 그 원고뭉치를 받아든 순간에 눈앞이 캄캄했다. 그것은 다른 것이 아니라, 당시 문단의 유명 인사들이 쓴 나에 대한 고발 문건이었다. 그들은 이구동성으로 내가 '빨갱이 시인'이며, 이 사회를 어지럽히고 국가 체제를 전복시키려는 자이므로 "이 세상으로부터 영원히 격리시켜야 한다"고 주장했다. 그 유명 문인들의 고발 문건을 한 장 한 장 읽어가면서 나는 6.25전란 중에 있던 '인민재판'에 동원된 군중을 생각하기도 했다.

그런데 놀랍게도 남산의 그들은 그 문학인들의 주장대로 나를 '이 사회로부터 격리시키는' 수순을 밟았다. 그들은 산더미 같은 나의 심문 조서의 앞장에 '국가모독 및 긴급조치 9호 위반'이라는 죄명을 쓴 다음에 나에 대한 장기간의 심문을 마치고 드디어 나의 신병을 검찰로 넘길 채비를 했다. 그리고 그들은 마치 나에게 선심을 쓰듯이 나의 거처에서 쓸어오다시피 압수해 온 원고뭉치들 중에서 공소 유지에 필요한 '노예수첩'과 '우리는 열 번이고 책을 던졌다'라는 두 작품을 제외한 나머지의 원고들을 밖으로 내보내도 좋다고 허락했다. 그래서 나는 고은 시인과의 면회를 요청했고, 연락을 받은 그가 부랴부랴 정보부로 달려왔으며, 그곳의 사람들이 지켜보는 자리에서 나는 그에게 나의 원고뭉치들을 전했다.

나중에 알게 된 일이지만, 처음에 정보부가 나에게 국제간첩단 활동을 한 것으로 덮어씌우려다가 갑자기 수사의 방향을 바꾸게 된 까닭은 바깥에 있었다. 그것은, 당시 정부가 나의 체포 구금에 대한 보도를 일체 못하도록 언론을 철저히 통제하였지만, 어느 날부터인지 내가 남산에 끌려갔다는 사실이 문단을 비롯하여 세상에 알려지기 시작했으며, 그로 인하여 '자실'과 '국제펜클럽 한국본부'등의 문인 단체들과 종로 5가를 무대로 하는 종교계가 중심이 되어서 기독교회관 강당에서 나의 석방을 위한 집회를 열었으며, 그 집회를 시작으로 연일 문학계, 종교계, 재야운동권의 나에 대한 구명운동이 줄을 이었기 때문이었다.

그래서 남산 사람들은 나를 국제간첩단 활동의 수괴로 몰려는 수사의 방향을 바꾸어서 '노예수첩'과 '우리는 열 번이고 책을 던졌다'라는 두 편의 시 작품을 본격적으로 문제 삼으면서, 그 시 작품을 쓰고 발표하게 된 의도와 경위의 수사에 집중했다.

따라서 그들은 수사를 마무리할 때까지 그 여러 날을 밤낮 없이 쉬지 않고 나를 달달 볶고 죄고 위협하면서, 그 시 작품을 쓰고 전파하고 외국 잡지에 발표하게 된 경위와 까닭을 세세하게 심문했으며, 그 과정에서도 그 시 작품들을 그들 나름대로 해석해 놓은 각본에 대하여 나의 동의와 자백을 이끌어 내려는 데에 오랜 시간과 노력을 기울였다. 물론 나는 그들의 엉터리 억지 논리에 이의를 제기하기도 했지만, 그곳의 폭압적인 상황 속에서 나의 말이 그들에게 단 한 마디라도 제대로 먹혀 들 리는 없었다. 오직 한 가지, 해외의 반정부 세력을 선동하고 규합하여 이 나라의 체제를 무너뜨릴 목적으로 내가 그 시 작품을 쓰고 외국의 잡지에 발표했다는 정보부의 해석과 주장을 무슨 방법으로 꺾을 수 있단 말인가.

그래서 나는 그들이 심문 조서를 작성하는 과정에 전혀 속수무책이었다. 그들이 제 아무리 황당한 거짓말을 조서에다 쓸지라도 내가 제기하는 이의는 받아들여지지 않았다. 다만 나의 말은 허공으로 흔적도 없이 사라질 뿐이었다. 그런 식으로 남산사람들은 마치 내가 내 입으로 스스로 진술하는 것처럼 꾸민 무척 두꺼운 부피의 심문 조서를 만들었다. 그러고 나서 그들은, 내가 이 나라를 모독하고 전복시킬 목적으로 장편 시 '노예수첩'을 일본의 다까사끼 쇼지 교수 등을 통하여 『세까이』지에 게재하도록 하였고, '우리는 열 번이고 책을 던졌다'는 시 작품의 복사본을 광주의 이

기홍 변호사를 비롯한 여러 사람들에게 전달하였으므로, 형법상의 '국가모독죄'를 범하였으며 '대통령 긴급조치 9호'를 위반했다고 결론짓고, 1977년 6월 27일 나를 검찰로 넘겼다.

나는 소위 청와대의 특명 사항만을 수사한다고 알려진 치안본부 특수수사대로 옮겨졌다. 그때의 특수수사대는 서대문 쪽에 있었는데, 그곳의 분위기는 정보부와는 전혀 달랐다. 내가 그곳에 머무는 일주일여의 여러 날 동안에 거기에 있는 사람들은 특별히 나에게 위협적인 언사를 하거나 폭행을 하지 않았다. 오히려 그들은 나에게 가끔씩 위로의 말을 해 주기도 했다. 그리고 그들 중의 어느 경찰관은 고향이 광주라고 말하면서 수사대의 건물 밖에 있는 음식점으로 나를 데리고 나가서 점심을 함께 사 먹기도 했다.

그렇지만, 내가 광기어린 권력의 손아귀에 사로잡힌 부자유한 몸으로 특수수사대에서 뜻밖으로 누렸던 그런 작고 보잘 것 없는 여유마저도 결코 오래 지속되지 못했다. 내 몸을 검찰청으로 넘겨줄 준비를 다 마친 특수수사대는, 나를 마지막으로 서대문 경찰서의 유치장에 하룻밤을 재우더니, 그 다음 날 오전에 서대문 현저동의 담장 높은 서울구치소에 가뒀다. 서울구치소의 4사상 19방, 철커덕 감방의 두꺼운 문이 닫히고 나는 마치 서양의 관처럼 생긴 0.75평의 좁은 독방에 갇혔다. 그리고 그 다음날부터 포승줄에 묶이고 수갑을 찬 채 호송차에 실려서 서소문의 서울지방 검찰청으로 검사의 취조를 받으러 다녔다.

당시에 나를 담당한 공안부 검사는 자신이 '노예수첩 사건'을 다루게 된 것을 무척 불쾌하게 여기는 것 같았다. 그는 첫 대면에 서부터 나를 괴롭히기 시작했다. 온몸에 여러 겹으로 두른 포승에 다가 수갑까지 찬 나를 딱딱한 쇠 의자에 긴 시간을 앉혀 둠으로 써 육체적으로 고통을 주었으며, 이마를 찌푸리고 투덜거리고 화를 내고 짜증을 내며 볼펜으로 책상을 두들기거나 던지는 것으로 나를 위협하고 겁박하기를 즐겼다.

어찌 보면, 중앙정보부가 만들어 내려 보낸 나에 관한 수사 문건을 제 마음대로 한 글자도 바꾸지 못하고 복사하듯이 그대로 옮겨 쓰고 있음에도 불구하고, 그는 마치 제 자신의 뜻대로 나를 수사하고 있는 것처럼 으스대면서 나의 자존심을 철저히 짓밟고 무시하며 놀려대고 비아냥거리고 있었다. 그 교만하고 교활한 검사의 눈에는, 온몸이 묶인 채로 꼼짝 못하고 앉아 있는 나는 오직 영혼도 없는 짐승이며 물건일 뿐이었다.

내가 서대문 감옥에서 서소문의 검찰정 공안부로 여러 날 동안 끌려 다니면서 희롱이 섞인 취조를 받은 끝에 기소되고, 이어서 서울지방법원의 대법정에서 비밀재판을 받기 시작하는 과정에 감옥 바깥에서는 몇 가지의 일이 있었다. 그중의 하나는 정순의 일이었다. 그녀는, 어느 날 갑자기 내가 사라지고 아무 소식도 없자 당황하여 여기저기 수소문하던 끝에 이시영 시인과 연락이 닿았고, 그에게서 내가 중앙정보부에 체포되었다는 말을 들었다. 그리고 내가 쉽게 석방되지 못하리라는 것을 알게 된 그녀는 회사에 사표를 던진 채 내 석방 운동과 뒷바라지에 발을 벗고 나섰다.

그리고 고은 시인은, 내가 남산에서 건네주었던 원고들을 정리하여 출판할 생각을 하고, 나와는 둘도 없이 가까운 사이인 한국기독학생총연맹(KSCF)의 안재웅 총무를 만나서 의논하였으며, 이에 안재웅 총무가 종교계 지도자들의 후원을 얻어 내기로 약속하면서 두 사람은 시집의 출간에 전격적으로 합의했다.

이 시집의 출간을 위한 실무는 조태일 임정남 이시영 시인이 맡았으며, 그들은 유난히도 무더운 그 여름날의 밤들을 새워가면서 일사천리로 시집 출판 작업을 진행했다. 그들은 고은 시인에게 시집의 '서문'을 맡겼고, 내가 1975년 12월에 시작 노트 첫머리에 써 두었던 말들을 '자서自序'로 삼았으며, 나의 제2시집인 『신하여 신하여』를 출간한 이후에 발표한 58편의 시 작품들을 묶은 다음에, 조태일 시인의 발문에 신경림 시인, 백낙청 교수, 이문구, 황석영 작가에게 시집 뒷 표지의 '촌평'을 쓰게 하였다. 그렇게 되어 1977년 8월 하순에 마침내 나의 제3시집인 『겨울공화국』이 '화다 출판사'에서 출간되었던 것이다.

시집 『겨울공화국』의 출판 소식은 전국적으로 널리 퍼져 나갔으며, 빠른 시일 안에 의외로 아주 많은 독자에게 배포되었다. 그런데 정보부가 '공소 사실'이 안 된다고 하면서 내게 돌려 준 원고가 시집으로 출간되어 전국적으로 큰 호응을 얻게 되자 이를 못마땅하게 본 정부는 '치안본부'를 앞세워서 이 시집을 문제 삼고 나섰다. 따라서 경찰에서는 이 시집을 출판한 것을 '긴급조치 9호 위반'으로 몰고, 이 일을 주도해 온 고은 조태일 두 시인을 1977년 9월 28일 긴급 체포하고 10월 7일자로 구속 기소하여 서대문구치소에다 그들을 가두었다. 그뿐만 아니라 경찰은 이 시집의 출판에 관여한 임정남 이시영 등의 여러 문학인을 연행하여 조사를 했다.

그런 과정에 이 시집에는 즉시 '판매 금지 조치'가 내려졌으며, 그동안에 이 시집의 판매와 배포에 관여한 많은 사람도 역시 경찰에 강제 연행, 조사를 받았고, 이 책을 증정 받거나 서점에서 구매한 독자들 중에도 경찰에 불려가서 조사를 받은 사람이 많았다. 그로 인하여 우리 문단과 출판계는 한동안 싸늘하게 얼어붙었다.

이런 상황에서 경찰은 또한 전국의 서점을 급습하여 그 책을 전면 수거했으며, 그 책을 가지고 있을 만한 사람들의 온 집안을 압수수색하고, 심지어는 벽장 속과 화장실의 천정까지 샅샅이 뒤지는 짓도 서슴지 않았다고 한다. 그리고 그런 분위기는 광주도 예외가 아니어서, 그곳의 경찰들도 마찬가지로 모든 서점에서 그 책을 수거하고, 그 책을 구매한 독자들의 집안까지 수색하는 등의 소동이 벌어졌다. 그러는 중에 경찰은 광주 양동에 있는 정순의 친가에까지 떼를 지어 몰려가서 마치 이 잡듯이 온 집안을 수색하여 안방 깊숙이 감춰둔 그 시집 한 권을 찾아서 압수해 갔다는 것이다. 그리고 경찰은, 그와 같은 전국적인 압수수색을 통하여 강제로 수거한 『겨울공화국』을 한강변에다 모아 놓고 불태웠다고 했다. 참으로 어처구니없는 광분狂奔이었다.

11장

열두 발 푸른 줄에 묶여

나는 정보부에 체포된 날부터 오랫동안 계속해서 면회가 엄격히 금지되었기 때문에 감옥의 바깥소식을 거의 모르고 지낼 수밖에 없었다. 그래서 나는 바깥의 움직임에 대하여서는 아무 것도 모른 채 날이면 날마다 검찰에 불려 다니면서 '노예수첩'의 시 구절과 시어들에 대한 입씨름으로 그 무더운 여름날을 힘겹게 보내고 있었다. 날마다 똑같이 반복되는 취조 과정에 검찰도 지루한 듯이 자주 짜증을 냈고 나 역시 몹시 고달프고 힘겨웠다.

그러던 어느 날, 담당 검사가 취조 도중에 짜증 섞인 목소리로 나에게 "날마다 문학 강의를 듣는 것도 지겹다"면서 "옆방에서는 마약 사범을 다루는 중인데 나는 뭐냐"라는 말도 했다. 그때 나는, 포승줄에 온몸이 묶이고 두 손목에 수갑을 찬 채 그의 책상 너머에 꼼짝 못하고 앉아 있는 피고인일 뿐이었지만, 그의 짜증과 불평에 동의한다는 뜻으로 가볍게 고개를 끄덕였더니, 그는 계면쩍은 듯이 문을 박차고 밖으로 나간 뒤에는 한참 동안 검사실에 돌아오지 않았다.

그런 식으로 검찰과 나는 무더위 속에서 여러 날 동안 입씨름을 벌였으며, 8월 하순이 다 되어 아침저녁으로 서늘한 기운이 느껴질 즈음에야 그 공방이 끝났다. 그리고 검찰은 그 여러 날 동안의 공방이 결국은 정부에 잘 보이기 위한 연극이라는 것을 증명이라도 하려는 듯이, 정보부에서 작성하여 치안본부 특수수사대의 손을 거쳐서 내려온 나에 관한 수사 서류에서 몇 글자도 고치지 않고 거의 그대로 타이핑하여 심문 조서를 마무리한 뒤에 나에게 자인하는 손도장을 찍기를 강요했다. 그러면서 검찰은 내게 "더 이상 할 말이 있으면 법정에 가서 하시오"라고 말하기를 주저하지 않았다. 그렇게 하여 검찰은 두꺼운 공소장을 만들어서 나를 법원에 기소했고, 나의 '노예수첩 사건'은 서울지방법원 형사합의11부에 배속되었다.

그리고 재판이 열리기 직전에 신경림 시인의 친구인 정춘용 변호사가 내 사건을 수임하고 서대문구치소에 나를 맨 처음으로 면회를 왔고, 이어서 홍성우 변호사와 황인철, 조준희 변호사가 왔으며, 네 분의 변호사들의 합의로 홍성우 변호사가 내 사건의 주임 변호사가 되었다. 그리고 또 광주의 홍남순 변호사가 선임계를 냄으로써 결국은 다섯 분의 변호사가 내 사건의 무료 변론에 나섰던 것이다.

그리고 이어서 나의 재판은 서울지방법원의 대법정에서 비밀리에 열렸다. 물론 언론의 취재를 엄격히 통제했을 뿐만 아니라, 방청객마저도 나의 가족 두세 사람으로 제한했다. 그렇지만 언론의 취재를 통제하고 방청을 제한하는 등으로 진행하는 비밀재판이라고 할지라도 '노예수첩 사건' 재판은 첫날부터 검찰과 변호인단, 검찰과 나의 열띤 공방으로 시작되었다.

'겨울공화국 시집 사건'으로 '자실'의 대표간사를 맡고 있던 고은 시인과 조태일 시인이 경찰에 체포되고 서대문감옥에 갇히게 된 때에도, 내가 재판정에 끌려 다니면서 법정 싸움을 벌이던 중이었다. 그렇게 되자 '자실'은 긴급 간사회의를 소집하고 신경림 시인을 임시 대표간사로 추대하고, 두 시인의 석방 운동에 들어갔다. 자실에서는 두 시인의 석방을 요구하는 진정서를 작성하여 문인들의 서명을 받았으며, 국제펜클럽 한국본부에 진상 조사를 촉구하기도 했다.

이에 따라서 한국펜클럽에서는 10월 24일에 이사회를 열어서 두 시인의 구속 사건에 대한 진상 조사와 함께 정부에 석방을 요구하는 탄원서를 제출하기로 의견을 모았으며, 나흘 뒤인 28일에 펜클럽의 이사장인 모윤숙 시인은, '자실'이 주도하여 275명의 문인들로부터 받은 서명을 첨부한 '석방탄원서'를 검찰총장에게 직접 제출했다. 그렇게 되어 그 다음 날인 29일에 검찰에서는 고은 조태일 두 시인에 대하여 불기소처분을 내렸고, 이에 두 시인은 체포된 지 한 달이 다 되어서 감옥에서 풀려날 수가 있었다.

그렇게 나의 구명 운동을 하다가 경찰에 끌려가서 고초를 당하고 감옥에까지 끌려왔다가 석방된 두 시인을, 나는 서대문 감옥의 담장 안에 여러 날을 함께 갇혀 있으면서도 전혀 만나보지 못했다. 감옥 측에서는 그들과 나를 철저히 격리시켜서 멀리서도 얼굴 한 번 볼 수 없도록 막았으며, 목소리 한 번을 듣지 못하도록 방해하였기 때문이었다. 그때 나는 두 시인에게 너무나도 감사하고 미안하고 죄스러워서 감방 벽에 기대 앉아 가슴을 때리면서 속으로 많이 울었다.

그리고 그 즈음에는 한양대학교의 이영희 교수도 이미 서대문 감옥에 잡혀 들어와 있었다. 그 역시 내가 『가나안 농군』이라는 잡지를 편집하면서 그에게 써 달라고 부탁한 글인 '농사꾼 임군에게 쓴 편지'가 수사당국에 트집이 잡혀서 체포되었으며, 그 길로 그동안에 베스트셀러로 청년학생들에게 인기가 좋았던 『전환시대의 논리』와 『8억인과의 대화』, 『우상과 이성』등의 저서가 모두 '불온'하다고 하여 '반공법 위반'으로 구속되었다.

다시 말하자면, 그동안 정부는 이영희 교수를 체포할 기회를 살피고 있던 중에 마침 '농사꾼 임군에게 쓴 편지'가 발표되었으므로, 그 글을 체포의 직접적인 빌미로 삼은 셈이었다. 그리고 정부는 이 교수의 모든 저작물과 그의 생각을 모조리 '죄 있다'고 몰아서 감옥에 가둔 것이다. 그런데 그가 우연히도 내가 갇힌 감옥 사동의 바로 앞 사동 이층의 맞은 편 감방으로 들어왔다. 그래서 그와 나는 교도관들의 눈을 피하여 날마다 수시로 일삼아서 감방의 쇠창살 사이에 손을 내밀고 손가락 글씨로 열심히 서로 '통방通房'을 했다. 그리고 나는 통방 중에 몇 번인가를 "죄송해요"라고 손가락 글씨를 그에게 써 보냈고, 그때마다 그는 두 손가락을 걸쳐 가위표를 만들어서 철창 사이로 흔들었다.

한 주일에 한 번씩 열리는 '노예수첩 사건' 재판정의 분위기는 언제나 숨이 막힐 듯이 무겁고 어두우면서도 한 편으로는 열기가 있었다. 그곳은 처음부터 문학 언어와 법률 언어의 충돌과 함께, 문학은 정치 체제로부터 자유로울 수 없다는 검찰의 틀에 박힌 법리에 맞서서 그것을 부정하고 '표현의 자유'를 주장하는 나의 진술이 거세게 부딪치는 논쟁의 현장이었다. 거기에다가 홍성우 변호사를 중심으로 하는 변호인단이 재판 때마다 치밀하게 준비해 온 수준 높은 변론이 있어서, 어쩌면 그곳은 마치 나를 벌주려는 법정이 아니라 현대문학 세미나장 같은 생각이 들 정도였다.

어쩌면 유신정권의 하수인의 입장이 아니라고 할 수 없는 공안부 검찰과 형사재판부 앞에서 원칙적인 문학 논리를 설파하고 창작과 표현의 자유에 대하여 강변한들 그들에게는 다만 '쇠귀에 경 읽기'였겠지만, 나와 변호인단은 그 재판을 통하여 한국 현대문학사뿐만 아니라 이 나라의 역사에 한 획을 긋는 심정으로 열심히 준비했으며 지칠 줄 모르고 재판에 임했다. 그리고 비록 정부의 통제로 언론 취재도 안 되고 방청도 자유롭지 못해서 법정 바깥의 대중이 알지 못하는 비밀 재판이었음에도 불구하고, 그곳 '노예수첩 재판정'에서 이루어진 모든 질의응답과 변론이 언제인가는 세상에 자세히 알려질 것이라는 믿음이 있었기에, 나와 변호인단은 조금도 위축되지 않고 언제나 담담하게 의견과 주장을 펼쳐 나갈 수가 있었다.

그렇게 내가 머뭇거리거나 자포자기하지 않고 열심히 법정 싸움을 하고 있는 동안에, 자실을 중심으로 하는 문단과 종로5가의 기독교계에서는 나의 구명 운동을 본격적으로 벌이고 있었다. 특히 자실에서는 한국 펜클럽을 앞세워서 청와대에 수차례 진정서를 제출하고 직접 법무부장관을 만나서 나의 석방을 요구하는 등 적극적인 활동을 벌였으며, 이에 따라서 세계 펜클럽 본부에서도 긴급히 임시회의를 열고 나의 체포 구속에 대한 항의와 함께 석방을 강력히 촉구하는 서한을 만들어서 청와대로 보내기에 이르렀다.

이런 일련의 구명 운동이 영향을 주어서 나는, 그해 12월 26일

의 결심공판에서 '국가모독'과 '긴급조치 9호 위반'으로 징역 10년
에 자격정지 10년의 중형을 검찰로부터 구형받았지만, 재판부로부
터는 징역 3년에 자격정지 3년이라는 형을 선고받게 된 것이다.

그날, 나의 결심공판이 열리고 있는 서소문의 대법정, 포승을
두르고 수갑을 찬 채 피고인석에 앉아서 1심재판부의 기나긴 판결
문 낭독을 듣고 있는 시간에 나는 무척 실망스럽고 허탈했다. 재판
장이 읽고 있는 판결문의 내용은 검찰의 공소장을 그대로 복사한
듯이 몇 글자도 틀리지 않은 것이기 때문이었다. 거기에는, 1심 재
판을 받던 기간 내내 내가 쉬지 않고 주장하고 홍성우 변호사와
황인철 변호사가 번갈아 가면서 열심히 강변한 것들이 전혀 한 마
디도 반영되지 않았으며, 남산의 심문실에서 문학에는 아무 인연
도 관심도 없는 정보부 요원들이, '노예수첩'을 비롯한 내 시 작품
의 모든 문장과 시어들과 내 머리 속의 생각들까지 모두 죄 있다
고 하여 일방적으로 기록한 심문 조서의 내용들이 마치 먹지를 대
고 눌러서 베긴 것처럼 그대로 적혀 있을 뿐이었다. 따라서 나는
그 자리에서 고등법원에 항소하기로 결심하였으며, 홍성우 변호사
에게도 그런 의사를 전했다.

그 해에 정순은 스물네 살밖에 안 된 젊은 직장 여성이었다. 그
런데 그런 그녀가 내 옥바라지를 자청하고 나선 것이다. 그녀는 서
대문감옥을 자주 오가면서 나에게 책과 옷가지들을 영치하였고,

나의 석방 운동에 앞장서서 여기저기 부지런히 뛰어다녔다. 나는 감옥에 갇힌 뒤로는 면회 금지 조치 때문에 그녀를 오랫동안 직접 만나볼 수는 없었지만, 재판 때마다 법정 마당이나 방청석에 있는 그녀의 모습을 보면서 언제나 눈물겹게 감사하면서도 한 편으로는 그녀에게 죄스럽고 미안했다. 비록 결혼을 약속한 사이라고 할지라도 남자가 감옥에 들어간 경우에 젊은 미혼 여성의 입장에서 옥바라지를 자청한다는 것은 쉬운 일이 아닌데, 정순은 그다지 오래되지 않은 연인 사이임에도 불구하고, 내가 정보부에 잡혀 가는 때부터 줄곧 쉬지 않고 나를 구하기 위해 동분서주하였으며, 내가 감옥에 갇히게 되자 아예 내 옥바라지에 발을 벗고 나섰던 것이다.

정순이 처음에 내 옥바라지를 시작했을 때 나는 무척 놀랐다. 나는, 그녀가 내 옥바라지까지 할 것이라고는 짐작하지 못했을 뿐만 아니라, 내가 걷는 거칠고 험한 길에 그녀를 끌어들일 생각이 전혀 없었기 때문이었다. 그럼에도 불구하고 나는 그녀가 감옥 안으로 넣어 주는 영치물을 받으면서 감격하고, 수시로 열리는 재판정에서는 그녀의 얼굴을 잠깐씩 먼빛으로 돌아보면서 눈시울을 적시기도 했다.

그런 상황에서 그녀와 나에게는 단 한 번도 직접적으로 대화를 나눌 기회는 주어지지 않았다. 다만 감옥 안으로 나를 면회 오는 홍성우 변호사를 통해서 간접적으로 소식을 주고받을 따름이었다. 그리고 감옥과 바깥의 비밀 연결고리였던 나종남, 김재술 교도관 등이 가끔씩 그녀와 나 사이의 메신저가 되기도 했다. 그래서 나는 언제부터인가 몰라도 그녀에게 내가 읽고 싶은 책들의 목록까지 써 보내기 시작했으며, 그녀도 역시 시중의 책방을 다 뒤져서 내가 원하는 책들을 일일이 다 구해서 내게 영치해 주기에 이르렀다. 그러다 보니 그녀와 나의 입장이 바뀌지고 있는 것 같았다. 나는 감옥 안에서 책이나 읽으며 한가롭게 앉아 있고, 그녀는 가족들의 비난까지 무릅쓴 채 내 옥바라지를 위해서 울면서 홀로 헤매는 사람이 되었으니까.

그 즈음의 서대문 감옥은 이미 반체제 민주인사들로 가득했다. 그들 중에서 대표적으로 김지하 시인은, 1974년 민청학련 사건으로 구속된 뒤에 긴급조치 4호의 해제로 그 해 말에 잠시 석방되었다가, 인혁당 사건이 조작되었음을 폭로하는 글을 동아일보에 게재함으로써 다시 구속된 이래 그때까지 5년 가까이 감옥살이를 하고 있었다. 감옥 측에서는 워낙 철저하게 그를 감시하고 통제하였기 때문에, 그곳의 한 담장 안에 갇혀 있으면서도 그와 나는 한 번도 얼굴을 볼 수가 없었다.

더욱이 감옥 측에서는 그를 특별히 서쪽의 맨 마지막 사동의 2층 한쪽의 구석에 가두어 엄격하게 격리시켰으므로, 그곳을 담당하는 교도관이 아니라면 어느 누구도 거기에 접근할 수가 없었으며, 나 역시 동쪽 끝 사동의 2층 끝에 있는 독방에 갇혀서 꼼짝 못하고 있었기 때문에 그와 나는 말 한 마디도 쉽게 전하지 못했다. 그렇지만 한 편으로는 은밀하게 민주인사들을 도와주는 교도관들이 있었기에 우리는 서로의 안부 정도는 확인할 수 있었다.

그리고 건너편 사동의 마주 보이는 감방에 갇힌 이영희 교수. 그가 거기에 있어서 나는 든든했으며 덜 외로웠고 덜 심심했다. 비록 촘촘히 박힌 철창 틈일지라도 시시때때로 서로 살아 있음을 확인할 수가 있으며, 어렴풋이 보이는 손짓일지언정 대충 짐작으로라도 서로의 의사를 전달할 수가 있다는 것은, 그와 나에게는 남들이 모르는 기쁨이었다.

또, 앞뒤 감옥 사동의 아래 위층에는, 김경택, 박석운, 김영환, 김관석, 성종대 동지들을 비롯한 많은 대학생과 이해학, 함윤식, 이철용, 이경식, 김봉우, 설훈 동지 등의 청년, 지식인들이 거의 한 감방 건너서 한 사람씩일 정도로 붙잡혀 와서 갇혀 있었는데, 그곳에서 그들의 얼굴을 가끔씩 볼 수 있는 기회가 바로 감옥 마당에 나가서 잠깐 걷는 운동 시간이었으므로 나는 그 시간을 무척 기다리기도 했다. 재소자들에게 주어진 운동 시간이라는 것이 고작 30여 분 정도였겠지만, 담당 교도관의 마음대로 늘기도 하고 줄기도 했기 때문에 우리 민주화운동권 사람들은 마당에 나가자마자 누가 먼저라고 할 것도 없이 바삐 달려가서 서로 손을 잡고 얼싸안았다. 우리가 서로 직접 만나는 것을 막는 척 해 보려는 교도관들의 호각소리에 아무도 아랑곳하지 않으면서.

못 끝으로 시를 쓰다

어느 날 오후 한때의 일이었다. 나는 감방의 벽에 기대고 앉아서 책을 읽다가 살며시 조는 중에 깜짝 놀라서 눈을 떴다. 마치 꿈도 같고 환상 같기도 한 것을 내가 보았던 것이다. 서울의 하늘에 전투기들이 날고 기관총 탄환들이 빗발치듯이 허공을 덮는 장면이었다. 그래서 나는 몸이 허약하기 때문에 그런 헛꿈을 꾼다고 혼자 생각하면서 그날의 지루한 시간을 넘겼을 뿐이었다.

그런데 더욱 이상한 일은 그 꿈을 꾼 지 사흘쯤 지난 뒤에 있었다. 사흘 뒤의 어느 시간엔가 실제로 국방부 직할 부대의 기관총소리가 감옥 안의 내 귀에까지 들려왔으며, 그 총소리를 들으면

12장 | 못 끝으로 시를 쓰다 119

서 나는 가슴이 몹시 두근거리고 뜨거워지는 것을 참기 힘들 정도였다. 그날, 교도관이 전해 주는 말에 의하면 서울 하늘에 가상 적기 한 대가 출현하였으며, 그 이유로 이곳저곳의 빌딩 옥상에 설치된 대공포화가 모두 불을 뿜는 방공훈련이 있었다는 것이었다. 교도관의 그 말을 듣는 순간에 나는 또 한 편으로 놀라지 않을 수 없었다. 그 까닭은, 내가 지극히 예민해지고 거의 미친 듯한 상태에서 문득 사흘 뒤에 일어날 일을 미리 보았다는 사실 때문이었다.

나는 지금도 그때의 그 일을 잊을 수 없다. 내가 전무후무하게 그런 뚜렷한 환상을 보았으니 어찌 잊을 수 있겠는가. 그래서 나는 그 일을 경험한 뒤로는, 사람이 홀로 외딴 곳에 오래 앉아 있게 되면 정신이 놀라울 정도로 맑아져서 보통 때와는 다른 지각 능력을 발휘할 수도 있다는 생각을 가지게 되었다.

어쩌면 그때의 내가 너무 오랜 감옥 안의 독방 생활 때문에 어느 정도는 미쳐 있었는지 몰라도, 나는 사흘 전에 분명히 사흘 뒤의 일을 미리 보았던 것이다. 그뿐만이 아니라, 갑자기 내 마음속에는 뜻밖의 시상들이 마치 샘물이 차오르듯이 밀려 올라오기 시작했다. 그러나 나는 시 한 줄을 종이에 메모하지 못하고 입 속으로 중얼거릴 수밖에 없었으니, 그것은 내 손에 종이 한 장 볼펜 한 자루도 못 가지게 하는 감옥 측의 혹독한 격리 조치 때문이었다. 그래서 궁리 끝에 요령을 부린 것이, 운동 시간에 마당에서 주운 조그만 못 끝으로 성경의 여백에다 눌러서 시를 쓰는 일이었다.

그와 같이 교도관들의 눈을 피해서 성경 갈피에 못 끝으로 눌러서 시를 쓰는 형편이었지만 그래도 그때 나는 많은 작품을 만들었다. 그리고 그해 겨울이 끝날 즈음에 나는 이미 은밀한 나의 동지가 된 김재술 교도관을 통해서 그 작품들 중의 거의 대부분을 밖으로 내보냈다. 김재술 교도관이 일부러 내가 갇힌 사동의 당번으로 와서 나에게 볼펜을 넣어 주면, 나는 그 볼펜으로 누런 휴지에다 성경에 쓴 시 작품을 급히 옮겨 적어서 그에게 건네주고, 그는 그 시 작품들을 모자 속에 감추어 가지고 밖으로 나가는 식이었다. 그렇게 해서 나중에 내가 출소한 뒤에 출판사 '창비'에서 그 옥중시들을 묶어서 출간했는데, 그 시집이 바로 『북치는 앉은뱅이』였다.

그 당시 서대문 감옥의 수감자들 사이에는, 감옥 생활의 스트레스를 푸는 방법의 한 가지로 플라스틱 밥그릇을 철창에 대고 힘껏 긁어대는 것이 있었다. 특별히 누구라고 할 것도 없이 어느 감방에서인가 답답증을 못 이긴 수감자가 갑자기 밥그릇을 철창에 대고 긁어대기 시작하면, 마치 기다리고나 있었다는 듯이 이 감방과 저 감방에서 드르륵 드르륵 밥그릇을 긁어댐으로써 드디어 온 감옥이 그 소리로 시끄러울 정도가 되는 것이다. 그뿐만이 아니라, 입이 걸고 고약한 성질을 가진 수감자들은 그 소란한 틈을 이용하여 허공에 대고 목청껏 서로 욕설을 해댔는데, 그것은 마치 이 세상의 욕쟁이 고수들이 모여서 '욕 시합'을 벌이는 것처럼 보일 정도였다.

그 일은 마치 정해진 행사(?)처럼 거의 날마다 저녁밥 한 덩이씩을 으깨서 먹은 다음의 한가한 시간이면 여지없이 진행되었으며, 그 소동을 막으려는 교도관들의 호각 소리와 복도를 바쁘게 뛰어가는 구둣발 소리도 역시 날마다 그 시간이면 어김없이 들을 수 있었다. 그런 행사에 반체제 민주 인사들이라고 해서 결코 귀를 막고 있지 않았다. 오히려 우리는 시일이 지나면서 점점 한두 사람씩 그 행사에 은근히 동참하기 시작했다. 그리고 며칠이 지나지 않아서는 그 감옥 안에 갇힌 모든 동지가 일반 수감자들보다 더 앞에 나서서 그 행사를 이미 주도하게 되었으며, 그런 까닭으로 이미 그 행사는 일반 수감자들의 손을 떠나서 결국은 우리의 것이 되고 말았다.

그러나 우리의 구호는 욕설이 아니었다. 우리는 발을 구르고 플라스틱 식기로 철창을 긁어대면서 "박정희 물러가라" "유신헌법 철폐하라" "긴급조치 해제하라"고 소리쳤던 것이다. 어느 감방에서 누구인가 철창에 식기를 긁고 구호를 외치기 시작하면 여기저기에서 우리는 반사적으로 거기에 응답하고, 나중에는 일반 수감자들까지도 거기에 적극적으로 동참하여 서대문 감옥 안의 모든 수감자가 온 힘을 다해서 입을 모아 반정부 구호를 외쳐대면, 그 큰 소리는 마치 서대문 감옥을 뒤덮고 드높은 담장 바깥의 현저동 주변뿐만이 아니라 그 앞의 인왕산마저 흔드는 것처럼 느껴질 정도였다.

그렇게 서대문 감옥에 갇힌 동지들은 노란색 빈 식기와 목소리와 발버둥과 몸부림으로 '옥중투쟁'을 벌였다. 그리고 또 우리는 여러 차례나 모두가 다 같이 몇 날 며칠이고 밥을 굶고 버티는 싸움을 벌이기도 했다. 그럴 때마다 감옥 측에서는 긴장하여 단식을 풀도록 설득하거나 그것이 어려울 때에는 교도관들이 입안에 막대기를 집어넣고 죽을 먹이는 강제 급식이라는 극단적인 수단을 사용하기도 했는데, 그런 고단한 단식투쟁의 과정에서 동지들 중의 한두 사람이 탈진해 쓰러져서 의무실에 실려 가는 일도 종종 있었다.

우리의 옥중투쟁의 불길은 감옥 당국의 치열한 설득과 진압에도 불구하고 마치 마른 숲을 태우는 산불처럼 꺼질 줄 모르고 타올랐다. 어쩌면 아이들이 즐기는 두더지게임기와 같이, 이쪽에서 소리치는 것을 막으면 다른 쪽에서 식기를 긁어대며 구호를 외치고, 저쪽의 소리를 막으면 이쪽에서 더 큰 함성을 지르는 식으로 날마다 저녁이 되면 우리는 쉬지 않고 발을 구르며 목이 터질 듯이 반정부 구호를 외쳤다.

그러는 중에 몇몇 동지가 번갈아 가면서 감옥의 책임자들에게 불려가기도 했으며, 또한 몇몇 동지는 소위 '벌방'이라는 곳으로 끌려가서 여러 날 동안 고생을 하다가 오기도 했다. 나도 역시 구치소장실에 불려가서 모욕과 협박도 받았고 커피 대접을 받기도 했다. 그러나 이미 '죽기로 각오한' 우리의 옥중투쟁의 대열을 아무도 함부로 무너뜨릴 수 없었다.

그러다 보니 일반수감자들의 호응도 점점 확대되었다. 처음에는 그저 재미 삼아서 우리의 구호를 따라 외치는 것 같았지만, 점점 시일이 지남에 따라서 그들도 우리에게 힘을 실어 주려는 듯이 진정으로 반정부 구호를 힘껏 외치게 되었다. 또 그뿐만 아니라, 그동안에는 우리 '반정부사범'으로 구분되는 사람들과는 어느 정도의 거리감을 가졌던 그들이 드디어 마음을 열고 스스로 다가섰던 것이다. 그리고 그런 변화는 내가 홀로 갇힌 감방의 주변에서도 눈에 띄게 일어나고 있었다.

마침 그 즈음에 무슨 비리 사건으로 구속된 모 재력가 한 사람은, 나와는 일면식도 없음에도 불구하고 일부러 '특식特食'을 구입하여 나에게 여러 번이나 보내 주기도 했으며, 유명한 조직폭력단의 두목 한 사람은 가끔씩 내 감방 앞에 와서 철창 사이로 안부 인사를 건네기도 했다. 그것만이 아니라, 운동이나 목욕 시간에 내가 감방을 나와서 사동의 복도를 걸어가면, 이 감방 저 감방의 일반수감자들이 일어나서 내 이름을 부르거나 손을 흔들었다. 그리고 밥을 나르는 '소지' 일을 맡은 한 젊은 살인범은 다른 감방에 갇힌 내 동지들과의 연락책을 자원하기도 했다.

그러던 어느 날, 내 옆 감방에 이 모라는 수감자 한 사람이 들어왔는데, 그 사람의 신분은 남산 정보부의 고위 인사였다. 그는 서울의 모 호텔에서 미CIA 동아시아 담당자와 만나서 대화하는 중에 "박정희 정권의 종말은 시간문제다"라고 말했는데, 그 대화가 도청되었으며, 그로 인해 남산에 체포되어 감옥으로 오게 되었다는 것이다. 그 남산 사람이 내 옆 감방에 들어온 지 여러 날이 지나고 나서 내게 전한 검찰의 공소장 사본을 읽어 본 다음에 나는 감옥 안의 여러 동지에게 한 마디로 이렇게 전달했다. "박정희 정권의 종말은 시간문제다"라고.

그렇게 우리들, 서대문 감옥 안에 갇힌 반체제 민주청년학생 지식인들은 누가 먼저라고 할 것도 없이 서로 앞장서서 옥중투쟁을 벌였다. 그러나 이를 지켜본 감옥 측과 수사기관에서는, 그 주모자로 하필이면 나를 지목했다. 그래서 나는 여러 차례 교도소장실에 불려가서 남산과 검찰에서 나온 사람들 앞에서 심문을 받았다. 그것은, 내가 알기로는 정보부와 검찰이 나를 추가로 법원에 기소하기 위한 절차였던 것이다.

그리고 나에 대한 수사기관의 일방적인 심문이 다 끝난 다음 날, 서대문 감옥에 있던 대부분의 '긴급조치 동지들'은 전국의 여러 지방의 감옥으로 삼삼오오 나뉘어서 이송되었다. 따라서 나 역시 대학생 몇 사람들과 함께 호송 버스에 실려서 청주 감옥으로 옮겨졌다. 그날은, 내가 서대문 감옥 문을 나서서 청주 감옥으로 가던 아침시간에 호송버스 차창 틈새로 샛노란 개나리꽃잎들이 보였으니까, 아마 1978년 4월 초쯤의 어느 날이었을 것이다.

　내가 청주 감옥으로 이송되기 훨씬 전인 3월 중순경의 어느 날, 나의 고등법원 항소 문제를 상의할 겸해서 홍성우 변호사가 면회를 왔었는데, 그 자리에서 그가 내게 정순의 이야기를 꺼냈다. 정순이 감옥 문밖에 날마다 오가면서 내 옥바라지를 하느라고 무척 고생을 하고 있음에도 불구하고, 정작 '직계 가족'이 아니라는 이유로 나를 면회 한번 못하고 있는 실정이니, 그 문제를 해결하기 위해서라도 행정 관청에 혼인신고를 먼저 하는 것이 어떠냐고 그는 말했다. 그리고 그것은 정순의 굳은 뜻임은 물론이요, 감옥 바깥에서 내 구명 운동에 매달리는 모든 문학인과 친지들이 바라는 일이기도 하다는 말을 그는 덧붙였다.

　홍 변호사의 그 말을 듣는 순간에 나는 잠깐 놀라긴 했지만, 한 편으로는 누를 수 없는 감동이 가슴의 밑바닥에서부터 갑자기 차올랐다. 그래서 나는 그 자리에서 차마 입이 열리지 않아서 아무 말도 못한 채 홍성우 변호사의 손을 잡고 소리죽여 울었다.

　그때, 내가 변호사의 손을 잡고 운 것은, 내가 남산 사람들에게 잡히기 훨씬 전부터 결심했던 것, 즉 정순을 내 싸움의 거친 길에 끌어들이지 않겠다는 생각이 실현되지 못했을 뿐만 아니라, 이제는 오히려 감옥에 갇힌 나의 아내로 만들어서 그녀에게 무거운 짐을 안겨 주게 되었다는 사실이 가슴을 죄었기 때문이었다. 그러나 어찌할 것인가, 이미 운명은 그녀와 나를 부부로 묶어 놓은 것을.

그렇게 되어 정순은, 반체제 시인으로 감옥에 갇혀서 언제 출소할지도 모르는 나의 아내가 되기 위해서 혼인신고를 할 준비에 들어갔는데, 그 과정에 여러 가지 난관이 있었다. 그중에서도 가장 힘든 것은, 그녀의 가족들을 설득하는 일이었다. 물론 그 일은 쉽지 않았으니, 도대체 부모나 형제들 중의 어느 누가 어린 딸이나 누이가 감옥에 갇혀 있는 자와 옥중결혼을 하겠다는데 쉽게 찬성해 줄 사람이 있겠는가. 그래서 그녀는 이런저런 갈등 끝에 결국 혼자 집을 나오게 되었으며, 겨우 어머니의 도움만으로 서울의 쌍문동 산비탈에 방 한 칸을 얻어서 자취생활을 시작했다. 따라서 그녀에게는 쌍문동 자취방은, 너무나도 서럽고 외로운 눈물뿐인 은신처가 된 셈이었다.

그곳, 쌍문동 자취방을 거점으로 하여 정순은 나의 옥바라지와 석방운동을 위하여 '발바닥에 못이 박히도록' 부지런히 뛰어다니는 한편으로, 자주 광주에 오르내리면서 우리 두 사람의 혼인신고를 허락받기 위해서 그녀와 나, 두 집안의 가족들을 일일이 만나러 다니기도 했다. 그런 과정에서 다 말을 못할 여러 가지의 우여곡절을 겪은 다음에 결국 그녀는 내 고향인 함평에까지 내려가서 면사무소에 혼인 신고서를 당당히 접수했으니, 그때가 아마 내가 청주 감옥에 옮겨진 지 한 달쯤 뒤인 1978년 5월 중순경이었을 것이다.

청주 감옥은 청주시 내덕동의 한가운데 있었는데, 그곳 감옥 측에서는 나를 긴장 속에서 받아들였다. 그곳의 책임자들은 나를 중죄인으로 취급했으니, 감옥 건물의 2층을 다 비우고 맨 끝의 감방에 나를 가두는 것이었다. 그리고 그들은 내가 갇힌 독방의 철창문들을 모조리 판자로 막았으며, 감방 앞의 복도에도 흰 선을 그어놓고 담당 교도관을 제외하고는 함부로 그 선을 넘지 못하도록 철저히 통제했다. 따라서 나는 사방이 깜깜하게 막힌 독방에 홀로 갇히게 된 것이다.

그렇게 나는 철저히 밀폐된 감방에서 청주의 혹독한 감옥 생활을 시작했다. 다만 내 귓전에 들려오는 소리라고는 담당교도관의 발자국소리와 밥 때가 되면 식구통을 열고 밥 덩어리를 던져주는 '소지' 청년의 두런거리는 소리와 감옥의 담장 너머 어느 집에서 치는 피아노 소리와 멀리에서 들려오는 생선 장수의 외치는 소리들이 전부였다. 나는 그런 식으로 사람과의 접촉을 일체 차단당했으며, 햇볕 한 점을 쏘이기는커녕 감방 밖의 사물을 보는 것마저도 허락되지 않았다. 나는 완전히 빈틈없는 상자 안에 갇힌 셈이었으며, 문자 그대로 세상으로부터 완전히 격리되었다.

그런 최악의 상태로 여러 날을 보내고 여러 주일을 보내는 과정에서 나는 신경이 무척 예민해질 대로 예민해져 가고 있었다. 거기에다가 몸까지도 점점 쇠약해지는 것을 느낄 수가 있었다. 거기에다가 습기 찬 마룻바닥에서 지내는 탓으로 몸의 여기저기에 습

진까지 생겨나기 시작했다. 그래서 나는 감옥 측에 수시로 항의를 했지만, 그들은 '상부의 지시'이니 어찌할 수 없다는 말만 되풀이할 뿐, 아무 조치도 취해 주지 않았다. 그러는 동안에 나는 문득 두려움을 느끼기도 했으며, 그런 상태에서 내가 죽을 수도 있겠다는 생각도 가끔씩 했다.

또 그와 같은 밀폐 공간에 갇힌 기간이 길어지면서 내 혀끝에서 말이 제대로 만들어지지 않았다. 내가 아무리 정확하게 말을 한다고 해도 내 말을 듣는 교도관이나 소지들이 내 말의 뜻을 잘 알아듣지 못하는 때가 많게 되었다. 따라서 그들은 내게 왜 말을 웅얼거리느냐고 핀잔을 주면서도, 내게 너무 말없이 앉아 있지만 말고 혼잣말이라도 자주 해서 혀가 굳어지지 않도록 하라고 조언하기도 했다.

감옥 측의 그런 혹독한 조치로 인하여 내가 거의 탈진해 있을 무렵인 5월 말경에 혼인신고를 마친 정순이 드디어 처음으로 면회를 왔다. 비록 면회실의 구멍 뚫린 유리창 너머로 만나는 그녀와 나였지만, 우리는 엄연한 법적인 부부였다. 그리고 또 우리 두 사람은, 내가 감옥에 들어간 이후에 그녀가 거의 날마다 줄곧 옥바라지 보자기를 들고 감옥 앞에 오고 갔지만 우리는 서로 얼굴 한 번 제대로 마주보지 못했고, 겨우 이따금 열리는 재판정에서나마 먼 빛으로 잠깐씩 바라 본 것을 빼고는, 이별한 지 거의 한 해만에 가까이에서 다시 만나고 있는 연인이었다.

그렇지만 그날의 우리의 면회는 무척 서글펐다. 그녀는 그녀대로 나의 옥바라지와 구명 운동으로 힘겹고 지친 몸에다가 갑자기 맹장수술까지 한 직후여서 무척 야위고 핼쑥한 모습이었으며, 나 역시 최악의 감옥살이로 대꼬챙이처럼 마른 몸으로 우리는 눈물을 글썽이면서 서로 얼굴을 마주보았을 뿐, 처음에는 무슨 말을 어떻게 꺼내야 할지 몰라서 우두커니 서 있기만 했다.

─── 13장 ───
전사가 된 아가씨

그날, 내 아내와의 첫 면회 시간을 지금도 나는 잊지 못한다. 그 까닭은, 비록 철창 사이로 보는 서로의 얼굴이지만, 그녀와 나는 참으로 오랜만에 지척에서 감격적으로 만났기 때문이었다. 그리고 또 다른 까닭은, 그곳 감옥의 교도관들이 매우 민감하게 반응하면서 우리 두 사람의 대화를 노골적으로 방해하는 등 소란을 피웠기 때문이다.

여느 감옥이건 다 그런 식이지만, 거기 청주 감옥의 면회 시간도 매우 짧았다. 그래서 내 아내와 나는 몇 가지의 짧은 대화를 나눈 뒤에 자연히 내가 감옥 안에서 어떻게 지내는지를 묻고 대답하기에 이르렀다. 그래서 나는 철저히 밀폐된 감방에 갇혀 지내는 중이라고 아내에게 말을 했는데, 그 말을 꺼내는 순간에 면회실에 입회한 교도관과 그의 동료들이 우르르 달려들어서 손바닥으로 내 입을 틀어막고 면회실에서 강제로 나를 끌어내는 것이 아니던가. 그런 상황에서 면회실의 내 젊은 아내는 울며 발을 구르면서 항의를 했고, 나는 속수무책으로 교도관들의 손에 이끌려서 아무도 없는 감옥 2층의 맨 끝에 있는 밀폐된 감방으로 되돌아올 수밖에 없었으니, 그것이 불쌍한 내 젊은 아내와의 눈물겨운 첫 면회였다.

물론, 내 아내는 그 길로 서울에 돌아가서 자실을 비롯하여 여러 단체에 나의 입장을 알렸으며, 동시에 그 단체들은 정부 측에 여러 차례나 탄원하여 시정을 요구하였다. 그러나 정부 측에서는 아무 조처도 하지 않았으며, 청주 감옥 측에서도 역시 나에 대한 혹독한 처우 방침을 조금도 바꾸려고 하지 않았다.

그러는 중에 설상가상으로 청주지방검찰청에서 나를 불러서 서대문 감옥의 옥중투쟁을 주도한 혐의로 취조하고, 긴급조치 9호위반으로 청주지방법원에 전격적으로 나를 기소했다. 청주 검찰은 나에게 서대문 감옥 안의 '시국사범'들을 선동하여 오랫동안 줄곧 반정부 옥중투쟁을 선도해 왔으며, 그것이 대통령긴급조치 9호에 위반된다는 것이었다. 그렇게 되어 나는 감옥살이를 하는 도중에 별도의 사건으로 다시 재판에 회부되는, 소위 '추가 재판'이라는 것을 받아야 하는 신세가 되었다.

내가 청주 감옥의 호송차를 타고 서울의 서소문에 있는 서울고등법원에 출두한 날은 아마 6월 말경이었을 것이다. 아직 동트기 전부터 서둘러서 수갑을 차고 포승에 묶여서 먼 길을 달려가서 도착한 서울 시청 앞에는 무심한 시민들의 발걸음만 분주할 뿐, 불쌍한 내가 타고 있는 청주 감옥 소유의 구식 미니버스를 유심히 쳐다보는 사람은 아무도 없었다.

그리고 서울고등법원의 형사지법 117호 법정, 변호인석의 홍성우, 황인철, 조준희, 홍남순 변호사와 방청석의 내 아내와 두 형님과 큰형수, 고은, 조태일 시인, 박태순, 이문구 작가 등의 자실 임원들과 안재웅 총무, 이해동 목사 등 몇 사람의 기독교계 인사들만 미리 와서 앉아 있는 그곳의 분위기는 무척 무겁고 침울하기까지 했다.

이어서 열린 나의 항소 법정, 그것은 차마 재판이라고 말할 수 없는 것이었다. 고등법원 재판부는 이미 정해진 시나리오가 있는 듯이 변호인단의 항의도 묵살하면서 짧은 시간에 일사천리로 재판을 진행하였다. 따라서 그들은 나의 항소를 '이유가 없다'고 일방적으로 기각하였으며, 1심과 똑같이 검찰은 징역 5년에 자격정지 5년을 구형했고 이에 발맞추어서 재판부는 징역 3년에 자격정지 3년형을 선고한 뒤에 마치 도망치듯이 순식간에 자리를 뜨고 말았다. 그리고 호송교도관들은 나에게 아내와 변호인들과 친지들을 향해서 손을 흔들 틈도 주지 않고 재판정의 뒷문으로 내 등을 밀어댔던 것이다.

당시의 암울한 시대적인 분위기에서 내가 2심 재판에 대한 기대를 조금이라도 가진 것은 아니었지만, 내가 법정에 서서 말 한마디도 제대로 하지 못한 채 아주 짧은 시간 안에 허망하게 재판이 끝났다는 사실은, 그동안 감옥에 오래 갇혀 있으면서도 그나마 쥐고 있던 내 몸과 마음의 긴장을 풀게 만들었다. 그래서 그랬는지 몰라도, 나는 밥맛을 잃었으며, 몸이 쇠약해질 대로 쇠약해지고 있었을 뿐만 아니라, 몸의 여기저기에 눈에 띄게 병이 깊어지기 시작했다. 그리고 그 중에서도 나를 가장 괴롭히는 것은 항문 주변에서 점점 악화되고 있는 악성 치질과 탈장이었다.

그렇게 병이 든 몸으로 나는 숨이 막힐 듯이 굳게 밀폐된 감방에서 무더운 한여름을 보냈다. 그리고 그 여름이 다 갈 무렵인 8월 말쯤엔가는, 내 아내가 면회 올 때마다 줄곧 영치해 준 책들을 주섬주섬 싸들고, 청주시 미평동의 산비탈에 새로 지어 놓은 감옥으로 옮겨 갔다. 그리고 그때 비로소 내 아내와 동지들의 탄원을 뒤늦게 받아들인 법무부의 지시로 새 감옥에서는 나를 다만 감옥 건물의 2층 맨 끝 감방에 가두었을 뿐, 감방의 앞뒤에 나 있는 철창문들을 판자로 가리는 짓은 하지 않았다. 그래서 나는 청주 감옥으로 이송된 이후에 처음으로 감방의 철창으로 바깥을 내다볼 수 있는 '자유'를 얻은 셈이었다.

그때 나는, 사람이 눈으로 산과 들과 풀과 나무들을 볼 수 있다는 것이 무척 큰 축복이라는 것을 새삼스럽게 깨달았다. 그리고 그곳 감옥 주변의 산과 들은 마치 축복처럼 내 시야에 들어왔다. 비록 내가 직접 다가가서 만나볼 수는 없을지라도, 내 눈 앞에 가득히 펼쳐지는 초록의 들녘과 그 들녘의 끝에 아스라이 누워 있는 차령산맥의 푸른 산등성이들은 내 안에 깊숙이 남모르는 위안을 주었다. 거기에다가 아침이면 감방의 마룻장 위로 마치 쏟아지듯이 들어오는 햇살이라든지, 먼 들녘으로부터 발자국소리도 없이 달려오는 서늘한 바람결은, 이따금씩 울컥울컥 치솟는 내 안의 슬픔들을 어루만져 주기도 했다.

그렇게 내가 청주 미평동의 새 감옥에 닻을 내리고 철창문에 붙어 서서 저 멀리 구비치는 차령산맥을 바라보면서 이름 모를 산봉우리들과 인사를 나누면서 낯을 익히고 있을 무렵인 9월 12일, 청주지방법원에서 나를 불러 '대통령긴급조치 9호 위반'이라는 죄명으로 '추가 재판'을 열었다. 그날, 그 재판에는 홍성우 변호사가 변론을 하였으며, 내 아내와 '민주화운동구속자가족협의회(민가협)'의 몇 분 어머니들과 이해동 목사를 비롯한 기독교계 인사들이 서울에서 내려와 방청을 했다.

마치 무엇엔가 급히 쫓기듯이, 인정 심문에서 선고에 이르기까지 두어 시간 만에 서둘러서 끝내버린 그 재판에서 검찰은 나에게, 서대문 감옥 안에서 반정부투쟁을 주도했다는 이유로 '징역 5

년에 자격정지 5년'을 구형했으며, 재판부는 '징역 2년에 자격정지 2년'을 선고했다. 따라서 나는, 이미 서울고등법원에서 확정된 '징역 3년에 자격정지 3년'의 형량에다가 서울지방법원이 선고한 형량을 합쳐서 '징역 5년에 자격정지 5년'의 중형을 선고받고 징역살이를 하는 장기수가 되었다.

내 아내는 한 주일에 두세 번씩이나 서울에서 청주를 오고갔다. 나는 그녀에게 그렇게 너무 자주 면회를 오지 말라고 당부했다. 그러나 내 마음은 내 입에서 나오는 말과는 전혀 달랐다. 나는 면회실에서 그녀와 얼굴을 잠깐 마주 보다가 헤어져서 감방으로 돌아오자마자 또다시 그녀가 보고 싶었다. 그리고 그녀가 서울로 돌아가는 길을 염려하고, 또 그녀가 서울에서 나의 구명 운동을 하느라고 지치도록 여기저기를 헤매는 일들을 걱정하였다. 그러면서도 내 마음의 한쪽에서는 벌써부터 하루 건너서 그녀가 서울에서 고속버스를 타고 청주에 내려오는 모습을 그려보고 있었다.

비록 아주 짧은 시간에 면회실의 두꺼운 유리창 너머로 잠깐 동안 바라보는 그녀의 얼굴일 뿐이었지만, 당시의 나에게는 하루 건너일지라도 그녀를 만난다는 것은 유일한 기쁨이었다. 그러는 중에 어쩌다가 내 아내가 서울에서 바쁜 일이 있거나 주말이 끼어서 면회를 오지 못하고 사나흘을 건너뛰는 동안에는, 나는 마치 좁은 우리에 갇힌 들짐승처럼 안정을 찾지 못하고 하릴없이 감방 속을 이리저리 서성거리면서 많은 시간을 헛되게 흘려보내기 일쑤였다.

그렇게 나는 감옥 안에 앉아서 단순하게 아내의 면회를 기다리는 입장일 뿐이었지만, 겨우 십분도 채 되지 않은 짧은 면회 시간을 위해서 서울과 청주 사이의 그 먼 길을 자주 오고 가야 하는 아내의 고통은 차마 말로는 다 표현할 수 없는 것이었으리라. 더욱이 그녀는 내 옥바라지를 시작한 뒤로부터는 회사에도 사직을 했을 뿐만 아니라 홀로 쌍문동에 자취 생활을 하게 된 이후로 집안에서 본격적인 지원을 받을 수 없는 입장이 되었기 때문에 경제적으로도 어려움이 겹친 상태였다.

그럼에도 불구하고 그녀는 조금도 위축되지 않고 꿋꿋하게 민주화운동으로 구속된 사람들의 가족모임체인 민주화운동구속자가족협의회(약칭 민가협)의 활동에 적극적으로 함께하였으며, 반정부 시위와 집회에도 일일이 참석했고, 종로5가 기독교 회관의 금요기도회에는 빠지는 날이 거의 없었다. 그러는 과정에 그녀는 몇 번인가를 경찰차에 강제로 실려서 난지도 등의 외곽 지역에 버려진 적이 한두 번이 아니었으며, 마포경찰서 유치장에 갇혀서 밤을 지새운 적도 있었다. 참으로 서글프게도, 오랜 세월을 군사정부와 맞서오던 나는 감옥 안에서 아무것도 하지 않고 누워 있는데, 세상을 모르던 순진하고 어린 아가씨일 뿐인 내 아내가 나를 대신해서 깃발을 들고 전사가 되어 길거리에 나선 것이다.

죽음의 집인 감옥 안에서도 시간은 흐르고 있었다. 나노 모르는 어느 틈에 가을이 끝나고, 내 감방의 철창 문턱에도 하얗게 서리가 내리기 시작했다. 옥사 앞에 멀리 펼쳐진 빈 들녘은 이미 황량해지고 뿌연 흙먼지와 지푸라기를 날리는 거친 바람결이 마치 제철을 만난 듯이 이따금씩 휩쓸고 지나갔다. 그리고 청주의 하늘은 하루가 다르게 낯빛이 변하면서 금세라도 한바탕 눈이라도 쏟을 것 같은 표정으로 초라한 대지를 내려다보고 있었다.

그렇게 나를 둘러싼 모든 사물이 운명이듯이 겨울을 맞이하던 그 즈음의 나는, 이미 깊어진 항문의 종양으로 인한 통증으로 끙끙 앓으면서 좁은 감방 안을 맴도는 중이었다. 그런 나의 고통을 하루라도 빨리 멈추게 해 주려고 감옥 바깥에서는 내 아내와 자실이 정부 측에 줄곧 탄원을 해 왔지만, 정부에서는 나의 치료에 대한 근본적인 조치를 미루고 있었으며, 그러던 중에 겨우 청주 시내의 외과병원에 나가서 가끔씩 응급 치료를 받게 하는 것이 고작이었다. 그런데 이상한 것은, 내가 수갑과 포승을 찬 채 청주 시내의 조그만 외과병원에 갔다 온 뒤에는 바늘로 찌르는 듯한 통증이 잦아들고 질질 흘러대던 출혈도 한동안 깨끗이 멈추는 것이 아니던가.

내가 그렇게 깊어지는 질병과 씨름하면서 어둔 감옥의 시간을 죽이고 있던 그 초겨울의 어느 날, 음산하게 진눈개비가 내리던 새벽녘이었다. 내가 갇힌 감옥 사동의 아래층 끝 감방에 갇혀 있던 대학생들 중의 한 사람이 조심스런 목소리로 나를 부르는 소리가 멀리서 들려왔다.

"선생님, 우리, 지금, 서울로, 항소 재판, 받으러, 갑니다!".

내가 귓전에 손바닥을 세우고 들은 그의 말은, 그날이 그들 아래층 감방에 함께 갇힌 대학생들이 서울 고등법원의 항소 재판이 있어서 새벽부터 일찍이 서울로 실려 갔다가 오겠다는 것이었다. 그런 그의 말끝에 나도 그처럼 입에 손나팔을 하고 한 마디 한 마디씩 말을 끊어가면서 가만가만히 이렇게 대꾸해 주었다.

"잘들 가게, 서울 시청, 앞에, 가면, 시민들이, 자네들을, 구해 줄 거야!"

그것은, 그 춥고 음산한 겨울날 새벽길에 수갑을 차고 포승에 묶인 채 호송차에 실려서 재판을 받으러 서울로 가는 젊은 동지들에게 내가 해 줄 수 있는 격려의 말이었다. 현실에서는 그들을 실은 호송차가 서울고등법원이 있는 서울 시청 부근을 지나게 되면 서울 시민들이 그들을 구해낼 리는 없는 일이지만, 그날 하루만이라도 그들이 몸과 마음의 지극한 고통 속에서나마 그런 상상을 해 보는 것이 조금은 위로가 될 것 같아서 나는 그렇게 말해 주었던 것이다.

그리고 그날의 낮 시간이 모두 지나가고 감옥의 구석구석에까지 마치 독수리의 날개와 같은 어둠의 자락이 소리도 없이 내려앉을 무렵이 되자, 서울에서 재판을 마치고 이제 갓돌아 온 그 학생의 목소리가 아래층 맨 끝 감방으로부터 또다시 띄엄띄엄 들려왔다.

"선생님, 서울 시청 앞에, 한 사람도, 우릴, 쳐다보지도, 않았어
요".

—— 14장 ——

처음으로 오래 울다

지금 그는 이 세상의 사람은 아니지만, 내가 청주 감옥에 있을 당시에 그곳 청주 사람으로는 유일하게 나를 위해서 크게 염려해 준 이로 정진동 목사가 있었다. 그는, 내가 서대문 감옥에서 청주 감옥으로 옮겨간 이후로 수시로 책과 영치금을 보내 주는가 하면, 나를 위한 기도 모임을 이끌기도 했다. 그가 그렇게 나를 위해 애쓰는 것을 알고 난 뒤로 나는, 청주의 하늘 아래에도 나를 위해 일하는 이가 있다는 사실 하나만으로 스스로 큰 위안을 삼기도 했다.

그는 단지 내 직계 가족이 아니라는 이유로 나를 면회할 수는 없었지만, 책과 기타의 영치물들을 통하여 그 자신이 감옥 앞에

다녀갔다는 신호를 수시로 내게 보내줌으로써 내가 그의 마음을 충분히 읽고 헤아리며 감동하게 만들었다. 그렇다고 해서 그와 내가 평소에 친교가 있었던 사이도 아니었다. 그럼에도 불구하고 오직 하나 뜻을 함께하는 '동지'라는 이유만으로 그는 감옥에 갇힌 나를 돕는 일에 발 벗고 나섰던 것이다. 더욱이 청주라는 곳이 서울과는 달라서 지역이 넓지 않은 까닭만으로 지극히 처신이 어려울 것임에도 불구하고, 그는 그런 환경을 조금도 의식하지 않고 당당하게 감옥 앞을 오고 가면서 적극적으로 나를 도왔다.

그런데 나는, 나중에 감옥에서 나온 뒤로 그에게 아무 보답도 해 주지 못했다. 어쩌면 나의 구차한 변명에 불과한 것이겠지만, 시대의 격랑 속에 벌거숭이로 던져진 채로 이리저리 부딪치고 떠밀리며 지내는 중에 막상 그를 만나서 따뜻한 국밥 한 그릇이라도 대접하는 것마저도 실행하지 못하고 말았다. 그러는 사이에 그는 세상을 떠났으며, 나는 이미 번잡한 일상 속에서 거의 그를 잊고 살아왔을 뿐이다. 앞으로 언제인가 내가 죽어서 그가 머무는 곳을 찾아간다면, 나는 그에게 너무 미안해서 그의 얼굴을 어찌 대할지 모를 것 같다.

그해 겨울 청주 감옥에서도 시간은 흘러갔다. 그것이 비록 풀숲의 민달팽이처럼 아주 느리고 게으를지라도 분명히 어디론가 조금씩 흘러가고 있었다. 그리고 어느 사이에 그것은 나도 모르게

1979년으로 넘어갔다. 그러고 보니 신기하게도 나는, 그곳 산비탈의 침묵 깊은 외딴 성인 죽음의 집에서 혹독한 격리와 감시, 몸속에 깊이 든 병으로 유난히 힘든 '곱징역'을 살아오면서도 아직은 죽지 않고 버젓이 숨을 쉬고 있었다.

그렇게 내가 그곳의 길고 춥고 외롭고 어두운 무수한 밤을 넘기면서도, 차마 내 손으로 내 목줄을 끊지 않고 견뎌냈던 배경에는 여러 가지 까닭이 있었겠지만, 그중에서도 가장 내 마음을 수시로 일깨우고 잡아당겨서 희망의 끈을 놓지 못하게 만드는 것이 있었으니, 그것은 날마다 온종일 내 눈앞에 어른거리는 내 어린 아내의 실루엣이었다. 그뿐만 아니라, 비가 오나 눈이 오나 상관없이 서울에서 청주에까지 나를 보려고 발바닥에 못이 박힐 정도로 자주 오고 가는 그녀를 기다리는 일이 또한 나를 하루하루 숨을 쉬며 살게 만들고 있었다.

그해 2월의 어느 날도 역시 그랬다. 지난밤부터 폭설이 내리더니 아침이 되자 감옥을 둘러싼 산과 들이 모조리 흰색의 바다가 되었다. 감옥 마당에서는 거의 무릎까지 쌓인 눈을 치우느라고 재소자들과 교도관들이 바삐 움직이는 모습도 보였다. 나는 철창 틈으로 그런 장면들을 막연히 바라보면서도 마음의 한 편에는 걱정이 생겼다. 그것은, 이런 날에도 설마 내 아내가 어찌 면회를 올 것인가 하는 생각에 겹쳐서 내 아내는 이런 눈을 헤치고도 틀림없이 면회를 올 것이라는 생각이 만드는 걱정이었다.

나는 그런 걱정으로 안절부절 못하면서 오전의 시간을 보냈다. 그러는 중에 감옥 안에 점심때가 되어 밥을 실은 수레 소리가 나는가 싶더니, 그때에 맞추어서 면회 담당 교도관이 빙긋이 웃으면서 내 감방 앞으로 다가오는 것을 나는 보았다. 그리고 그 순간에 나는 시야가 뿌옇게 흐려지는 것을 느꼈다. 내 눈가에 눈물이 왈칵 맺혔던 것이다.

그날에도 내 아내는 나의 예상대로, 무릎까지 쌓인 눈길을 헤치고 면회를 왔다. 그리고 나는, 면회실에서 잠깐 내 아내를 만나 보고 감방으로 되돌아온 뒤에도 내내 혼자 속으로 울었다. 내가 그렇게 운 것은 감옥에 들어와서는 처음 있는 일이었다.

그날, 감옥의 면회실에서 내 아내가 전하는 말에 의하면 며칠 전인 2월 5일에, 내가 1975년 2월 12일에 '겨울공화국'을 낭독했던 곳인 광주 YWCA강당에서 '양심범을 위한 문학인의 밤'이라는 이름의 행사를 열었다는 것이었다. 그 시기에 감옥에 갇힌 문학인들로는 김지하 시인, 문익환 목사, 송기숙 교수와 나를 합쳐서 네 사람이었는데, 이 네 사람의 석방을 촉구하는 행사였다. 그 행사에는 이문구, 박태순 작가, 조태일, 이시영 시인 등의 많은 문학인이 서울에서 내려와 참석했으며, 광주 지역의 문학인들을 비롯하여 종교계의 인사들과 재야권의 인사들이 대거 참석하여 그곳 강당을 가득히 메웠다고 했다. 그리고 그 행사 프로그램의 하나로 내 아내가 단 위에 올라가서 '날마다 오소서'라는 내 시 작품을 낭송했다는 것이다.

여느 때와는 달리 유난히 눈보라가 심하게 치던 그날 밤에 나는 춥고 불 꺼진 감방에 누워서 광주에서 치렀다는 '문학인의 밤'을 상상해 보았다. 거기에는 나에 관한 일이라면 언제든지 한 순간도 머뭇거리지 않고 발을 벗고 앞장서는 조태일, 이시영 시인, 박태순, 이문구 작가 등의 다정한 얼굴들이 클로즈업되었다. 그리고 광주의 뜻 곧은 많은 선후배 동지, 문학인들, 종교계와 법조계의 선배들과 친구들의 얼굴에 이어서 여러 남녀 교사 친구의 얼굴도 겹쳐 보였다. 그리고 오직 나를 살리려고 오랫동안 동분서주하는 중에 이제는 마음이 조금은 강해져서 본래의 수줍음을 떨치고 수많은 대중 앞에 서서 내 시 작품을 떨리는 목소리로 낭독하고 있는 내 아내의 앳된 모습까지도.

내가 비록 처음으로 오래 울고 난 뒤의 깊고 추운 감옥의 겨울 밤이었지만, 그날 밤에 나는 광주의 그 행사를 상상하면서 마음속으로 실낱 같이 가느다란 희망을 보았다. 어디에선가 알 수 없는 먼 곳에서 희미한 작은 불빛이 내게 비춰오기 시작하는 것만 같았다. 그것은, 병이 깊은 내가 남은 형기도 다 채우지 못한 채 그 깊고 어두운 감옥 안에서 아무도 모르게 숨을 거두게 되는 것이 아니라, 당당히 살아남아서 내 아내와 동지들을 다시 만나게 되리라는 믿음의 불빛이었다. 그리고 그 불빛은 점점 커지면서 봄이 되어 내가 그곳의 감옥 문을 나서는 순간까지 꺼지지 않고 내 안을 비추고 있었다.

어느 틈에 감옥 안의 길고 혹독한 겨울 한 철도 다 지나갔다. 감옥 주변의 산자락에 남은 눈들도 자취도 없이 사라지고 감옥 마당 끝의 응달에 버티고 있던 얼음 무더기도 다 녹았다. 그러다 보니 철창 사이로 스며드는 바람결마저도 이제는 제법 약해지고 부드러워졌다. 드디어 내가 갇힌 그곳 청주 감옥이 자리 잡은 미평동에도 아주 서서히 봄이 오고 있었던 것이다. 그렇게 내가 낮이면 철장 가에 붙어 서서 봄을 기다리는 동안에, 나는 항문의 종양이 더욱 크게 악화되어 피를 많이 흘린 탓으로 몇 번인가 쓰러지기도 했고, 그런 까닭으로 내 아내는 면회 올 때마다 내 야윈 얼굴을 쳐다보면서 울기도 많이 울었다.

그러는 동안에 아래층에 갇혀 있던 대학생들이 한 사람 한 사람씩 차례로 석방되었다. 그들은 누구나 석방되는 날 아침이면 큰소리로 나를 불러서 떠나는 인사를 해 왔는데, 그들의 모습을 눈으로는 직접 볼 수 없었지만, 그때마다 한 편으로는 부럽기도 하고 서운하기도 하면서도 그렇게도 기쁠 수가 없었다. 특히 그들 중에서 한 사람, 나중에 시인이 되고 정치인이 된 연세대학교 치과대학생이던 김영환 동지가 석방될 때에는 더욱 그랬다.

더욱이 그는, 그 즈음에 면회라든지 운동을 나가는 길에 우연히 스치면서 내가 전해 주는 시 작품들(싯누런 휴지에 급히 갈겨 쓴 것)을 즐겨 외우던 청년이었던지라, 나는 그가 석방된다니 그렇게도 좋을 수가 없었다. 물론 뒷날에 내 옥중 시집 『북치는 앉은뱅이』를 출간할 때에는 그가 외워둔 두어 편의 시 작품들도 거기에 실리게 되었던지라, 그때 그가 머릿속에 외워서 감옥 밖으로 가지고 나간 시가 빛을 보게 된 셈이 아니었던가.

그 즈음에, 나는 아래층 감방에 갇혀 있던 대학생들이 다 떠난 뒤의 '통방'도 없는 무료한 시간을 우두커니 철창 밖을 바라보는 것만으로 때우면서 하루하루를 무료하게 보내고 있었다. 그러던 어느 날부터였다. 마치 무엇인가를 찾고 있는 사람처럼 먼 들녘을 날마다 바라보고 서 있는 내 눈에는 분명히 그곳 들녘의 색깔이 하루가 다르게 조금씩 변하고 있는 것이 보이기 시작했던 것이다. 그냥 무심코 지나가는 사람의 눈에는 보일 리 없는, 거무스름한 빈 들녘에 희미하게 너울거리는 연초록의 아지랑이 같은 것들이.

그리고 그곳에도 우수 경칩이 지나는가 싶더니 곧장 거칠고 딱딱한 나무껍질을 트고 노란 개나리꽃잎들이 화들짝 피어나고, 이어서 희고 붉은 봄 꽃잎들이 앞서거니 뒤서거니 서로 시샘하면서 피는 4월이 되었다. 그러고 보니 내가 그곳 청주 감옥으로 옮겨간 지도 어느덧 1년이 넘었으며, 그 1년이 마치 10년이나 되는 것 같은 길고 아득한 시간을 겨우 겨우 이겨 내면서 나는 감방의 차디 찬 마룻바닥에 쓰러져 죽지 않고 살아남았던 것이다.

　그런 다음에 나는 드디어, 병든 채 감옥에 갇혀 있는 남편을 살리려는 마음 하나로 겨우내 발바닥에 못이 박히도록 여기저기 뛰어다닌 내 아내의 애끓는 탄원을 정부가 받아 주었으며, 며칠 뒤에는 내 신병이 서울의 병원으로 옮겨져서 수술을 받게 되리라는 소식을 그녀에게서 들을 수 있었다. 청주 미평동의 그 감옥 안에도 봄기운이 완연한 어느 한낮에, 그곳의 면회실 유리창 너머로 그 소식을 내게 전할 때에도 나의 앳되고 슬픈 내 아내는 또다시 두 눈에 가득히 눈물을 글썽이면서 울먹였다.

　그날, 내 아내에게서 그 소식을 들은 다음부터는 그곳의 남은 시간이 무척 지루하기도 했지만, 웬일인지 한 편으로는 아쉽기도 했다. 특히 그곳에서 나를 지키느라고 애쓴 담당 교도관들과 의무실의 담당간호사라든지, 감옥 앞의 미평동 들녘과 저 멀리 느긋하게 누워 있는 차령산맥까지도 그곳에 그냥 두고 가기에는 어딘가 조금은 서운할 것만 같았다. 그중에서도 특히 너무도 오래 홀로 갇혀 지낸 까닭으로 혀도 굳고 말문도 막힌 나에게, 그래도 가끔씩 시의 요정들을 보내서 내 마음에 드는 시상詩想들을 문득문득 떠올리게 해 준 그곳 감옥의 무수한 불면의 밤을 결코 잊을 수는 없을 것만 같았다.

　나는 그렇게 제대 말년의 병사처럼 들뜬 마음으로 며칠을 보낸 다음에 드디어 청주 감옥을 떠났다. 그때 내가 청주 감옥을 떠나던 날은, 그곳으로 온지 1년쯤 되던 4월 12일이었으니, 마치 지난해 청주에 올 때쯤과 다름없이 유난히도 샛노란 개나리꽃들이 곳곳에 무리지어 화들짝 핀 것을 호송차의 차창 틈으로 볼 수 있었다.

——— 15장 ———

내 시를 읽어 봤소?

그날 내가 도착한 곳은 서울의 영등포 교도소였다. 나는 그 교도
소의 병사病舍로 들어갔는데, 말이 병사였지 그동안 내가 갇혀 지내
던 여느 감방과 전혀 다르지 않은 좁다란 마룻바닥이었으며, 그 건
물의 좌우로 들어 선 감방들은 모두 텅 비어 있었다. 또한 그 감방
은 1층에 있었기 때문에 교도소 바깥 풍경은 전혀 보이지 않았으
며, 다만 교도소 안의 사동들이라든지 좁은 마당에서 움직이는 재
소자들과 교도관들만이 시야에 들어올 뿐이었으므로 무척 답답
했다. 그뿐만이 아니라, 내가 갇힌 감방이 남의 눈에 잘 뜨이는 곳
에 있었기 때문이었는지 몰라도, 그 주변을 지나다니는 교도관들

이 나에게 관심을 보이고, 여러 교도관이 번갈아 가면서 내 감방의 철창 앞에 다가와서는 이것저것 말을 거는 까닭에 나는 몹시 불편하고 귀찮기도 했다.

그러던 어느 날 오후쯤이었을 것이다. 몸집이 크고 배가 나온 부장 교도관 한 사람이 내 감방의 철창 앞에 와서 우뚝 멈춰 서더니 나에게 시비조로 말을 던졌다.

"여보, 양 선생, 시인이라는 사람이 왜 욕만 잔뜩 써 갈겨서 이 고생이우?"

그의 거칠고 교만에 찬 목소리를 듣는 순간에 나는 금방 대답할 말을 찾지 못하고 그의 얼굴만 힐끗 쳐다보았을 뿐이었다. 그러자 그는 얼씨구나 하고 다시 한 번 내 가슴을 조준하여 말의 독화살을, 마치 염려이며 충고인 것처럼 위장하여 힘껏 쏘아 보냈다.

"시인이 그러면 안 되지, 욕만 써 갈기면 안 된다고, 쯧쯧!"

그가 제법 우쭐대면서 짧은 두 문장을 토해낸 다음에 마치 내 얼굴에 침을 뱉듯이 말끝에 혀를 차면서 내게 등을 보이고 막 돌아서는 순간이었다. 그때, 내 뇌 속의 말을 관장하는 신경이 재빠르게 혀를 움직여서 한 줄의 의문문을 만들어 입 밖으로 내보냈다.

"부장님은 내 시를 한 줄이나 읽어 보았소?"

"……"

그는, 나의 공격적인 질문을 미처 예상하지 못한 것처럼 멈칫하면서 깜짝 놀란 듯이 나를 돌아보았다. 그리고 한참 동안을 아무 말도 하지 않은 채 우두커니 서 있더니, 급히 할 일이 생각난 것처럼 몸을 돌려서 빠른 걸음으로 그 자리를 떠났다. 그런 다음에 그는 내가 훨씬 뒤에 그곳의 감옥에서 석방될 때까지 내 감방 앞에 한 번도 가까이 접근하지 않았다.

그날 이후로 세월이 아득히 지날 때까지 나는 그때의 그 장면을 아주 많이 곱씹어 생각해 봤지만, 그때의 그 몸집 크고 교만한 부장 교도관은 나를 헐뜯고 비난하는 사람들이 만들어 퍼뜨리는 악성 루머만 얼핏 들었을 뿐이지, 아예 내가 쓴 시 작품의 한 줄이라도 읽어 보기는커녕 우리 문학 세계의 언저리에도 전혀 얼씬거린 적이 없는 사람이 아니었겠느냐는 확신을 내 머리 속에서 차마 떨쳐 버릴 수 없었다.

내가 항문 종양 수술을 받기 위해서 영등포 시립병원으로 옮겨진 것은, 영등포 교도소에 머문 지 2주쯤 뒤였다. 나는 그 병원의 2층에 있는 한 병실에 입원했는데, 병실문은 교도관 두세 명이 지켰으며 병원 정문은 경찰들이 지켰다. 내가 그곳에 입원하던 날 저녁 시간에 내 아내가 연락을 받고 급히 달려 왔으며, 나는 두 해 전에 남산 사람들에게 체포된 이후 처음으로 그곳 병실에서 내 아내의 손을 잡아볼 수 있었다.

내가 병실에서 내 아내를 만나고 있던 그 시간에, 병원의 아래

층 현관 쪽에서 떠들썩한 소리가 들려왔고, '양성우를 석방하라'
고 외치는 소리도 들려왔다. 병원 현관에서 큰 소리로 떠들고 구호
를 외치는 사람들은 나를 만나려고 내 아내와 함께 그곳에 왔다가
경찰과 교도관들에게 제지를 받은 자실의 문학인들이라고 아내가
전했다. 아니나 다를까, 내가 가만히 들어 보니 귀에 익은 문학 동
지들의 목소리였는데, 그중에서도 특히 내 친구 조태일 시인과 박
태순 작가의 목소리가 더욱 크고 두드러지게 쩌렁쩌렁 내 귓전을
때렸다.

그렇지만 그날 저녁, 그들과 나의 해후는 끝내 이루어지지 못했
다. 그리고 내 아내가 내 손을 놓고 병실에서 나간 뒤에 곧바로 그
녀를 앞세우고 그들이 병원을 떠났는지, 그곳 병원 현관 쪽에서는
아무 소리도 들려오지 않았으며, 이어서 그들이 그곳에 몰려왔다
가 사라진 그날 밤 내내 내게는 오랫동안 잠 못 들고 뒤척이는 시
간이 있었다. 아무튼 나는 오랫만에 잡아본 내 아내의 두 손과 오
랫만에 들어본 문학 동지들의 목소리 때문에 무척 흥분되어 있었
다. 그리고 그 흥분이 다 가라앉기도 전인 그 다음 날 아침 일찍
무거운 몸으로 수술실로 실려 갔다.

이윽고 나는 그동안 나를 괴롭힌 항문의 종양을 제거하는 수
술을 받기 위해 수술대 위에 눕혀졌는데, 워낙 종양의 뿌리가 크
고 깊어서 수술 부위가 넓은 까닭으로 무려 네 시간 가까운 수술
을 받았다. 나중에 집도 의사로부터 들은 바에 의하면, 내 몸에 있

는 본래의 항문을 제거하고 인조 항문을 만드느라고 그렇게 수술 시간이 오래 걸렸다는 것이다.

내가 그렇게 오래 수술을 받는 동안에 내 아내는 수술실 밖에서 애를 태웠고, 무사히 수술을 마치고 마취가 풀려서 내 몸이 입원실로 옮겨지는 것을 본 다음에 그녀는 오후 늦게 서둘러서 병원을 떠났다. 그날 저녁 시간에 종로 5가의 기독교 회관에서 마침 자실의 주최로 '옥중문학인의 밤'이 열리고, 거기에서 그녀가 인사말을 하기로 예정되어 있었기 때문이었다. 그날이 4월 27일이었다.

나는 수술 부위의 상처가 어느 정도쯤은 아물기를 기다리며 두 주간이 넘도록 영등포 시립병원에 입원하고 있었다. 나를 수술한 의사는 회진 때마다 나에게 은근히 농담을 걸기도 했는데, 언제인가는 내게 '꼬리'를 만들어 주었다는 말을 하면서 껄껄 웃기도 했다. 그에게 그 말을 듣던 당시에는 그냥 농담인 줄로만 알았는데, 나중에 상처가 아문 뒤에 살펴보니 내 항문 부위에 손가락 한 마디 정도의 가느다란 살점이 마치 꼬리처럼 붙어 있는 것이 아닌가. 그것은 결국 내 몸의 일부가 되고 말았지만, 지금도 그것을 확인할 때마다 그 의사의 웃는 얼굴이 눈앞을 스치곤 한다.

그리고 내가 그곳 병원에 입원해 있는 동안에 내 아내는 날마다 아침저녁으로 병실에 면회를 왔는데, 비록 교도관들이 두 눈을 부릅뜨고 지켜보고 있는 중이라고 할지라도 그것은 우리 두 사람 사이에서는 모처럼의 즐겁고 짜릿한(?) 해후였다. 왜냐하면 우리는 감옥의 면회실과는 달리 곰보딱지 유리창이 가로막지 않은 곳에서 직접 얼굴을 맞대고, 말로만 말을 하는 것이 아니라 눈짓으로도 말을 했으며 얼굴 표정으로도 온갖 말을 다 할 수 있었기 때문이었다. 그뿐만 아니라 우리는 감옥의 면회실에서는 손가락 한번 잡아볼 수 없었지만, 그곳 병실 안에서는 교도관들의 시선 따위는 아랑곳하지 않고도 서로의 손을 마음대로 잡아 볼 수 있었기 때문이었다.

그렇게 나는 입원실에서 두 주간쯤 보낸 뒤에 영등포교도소로 다시 돌아갔다. 수술 부위의 깊은 상처들이 아직 완전히 낫지 않은 상태에서 나는, 병원에 입원하기 전에 갇혀 있던 그 감방에 다시 갇혔다. 사방에는 흑회색의 벽과 녹이 슨 철창뿐인, 한 평도 안 되는 우중충한 감방이 마치 식충 식물처럼 내 앙상한 몸을 송두리째 빨아들여 짓누르고 죄었다. 거기에서 나는 또다시 한 순간에 무기력한 한 사람의 '수인囚人'이 되었으며, 내 스스로는 한 발자국도 새장 밖으로 나갈 수 없는 슬프고 외로운 '작은 새'가 되고 말았다. 그리고 어느 틈에 그곳 새장 주변에도 첫 여름이 천천히 다가오고 있었다.

그곳의 감방에 다시 갇혀서 하루하루를 지내다 보니 생각보다는 빨리 내 몸의 상처들이 나아지고 있었다. 날마다 면회실에 와서 나를 안타깝게 바라보는 내 아내의 염려와는 달리 나는 드디어 나를 오랫동안 괴롭혀 온 병마로부터 벗어나고 있었던 것이다. 그러자 나를 짓누르고 있던 어둡고 칙칙한 부정적인 의식의 껍질들도 점점 사라지고, 내 가슴의 저 깊은 밑바닥에서부터 무엇인가 알 듯 모를 듯한 희망의 신호들이 연기처럼 희미하게 피어오르기 시작했다. 그것은 아마도 내가 죽지 않고 살아서 철창 밖으로 나갈 수 있다는 신호들이었는지도 모르는 것이었다.

그런 생각들을 하게 되면서 나는, 내 시야에 다가와서 부딪치는 감옥 안의 사물들이 낱낱이 새삼스러워지기 시작했다. 그리고 그것들은 예전과 달리 내 가슴에 상처와 같이 시뻘겋게 긴 줄을 그어댔다. 그중에서도 특히, 너무 오래 감옥에 갇혀 있다 보니 정신적으로 한계를 넘어서 스스로 눈시울을 바늘로 꿰매 버린 장기수라든지, 밤마다 담석증의 고통을 참지 못하고 나뒹굴던 재소자의 비명 같은 울부짖음들, 그리고 갑자기 숨이 진 무연고 재소자의 시체를 내 감방 바로 앞으로 메고 와서는 옷을 벗기고 담요로 둘둘 말아서 옆 감방에 보관하던 장면 등은 지금까지도 내 가슴에 흉터처럼 붉고 긴 줄로 남아서 절대로 지워지지 않고 있다.

그리고 그런 참담한 상황에서 내가 아무것도 할 수 없다는 무력감이 또 얼마나 내 가슴을 후볐던가. 소위 세상을 바꿔보겠다고 결심했던 내가 감옥 안에서 고통 받는 어느 한 사람도 돕지 못하고, 오히려 나 혼자만 살아보겠다고 하여 병원에 가서 수술을 받고 또 몸을 회복한다는 핑계로 병사에 앉아 있다는 것이 너무나도 부끄럽고 한심스러웠다. 그렇지만 오직 나에게는 서글픔만 밀려올 뿐, 속수무책이었다. 거기에다가, 나는 그저 영등포교도소에 갇힌 많은 재소자 중의 한 사람일 따름이라는 사실이 내 의식의 정수리에 계속해서 못질을 해대고 있었다. 그리고 내가 그곳에서는 아무것도 아니라는 생각이 문득문득 밀려오는 자괴심을 무디게 만들어 주었던 것이다.

온 세상을 덮고 있는 시간이라는 사물이 어찌 감옥 안팎으로 차이가 있겠는가마는, 내가 보기에는 그것은 너무나 크게 다른 것이었다. 내 눈에는 그것은 분명히 둘로 나눌 수 있는 것일 뿐만 아니라, 절대로 하나로 합쳐질 수 있는 것이 아니었다. 다시 말해서, 감옥 바깥의 시간이란 마치 여울물처럼 끊임없이 흐르는 것이라고 한다면, 감옥 안의 시간이란 깊은 웅덩이에 고여서 썩고 있는 물과 같은 것이었다. 그리고 나는 그렇게 꼼짝달싹하지 않고 고여서 썩고 있는 시간의 물웅덩이 속에 마치 돌멩이처럼 또다시 던져진 상태였다.

그런 극한적인 상태에서도 나는 초조하기는커녕 점점 태평스러워지고 있었다. 아마 그것은 내가 감옥살이를 오래해서 이제는 일명 '빵잽이'가 다 된 까닭인지도 모르는 일이었다. 그러다 보니, 철창 속에 갇혀 있는 내 몸과는 달리 내 의식은 자유로워서 아무 거침이 없을 정도였다. 그러는 중에 나는 자주, 나를 가둔 군벌들이 내가 고통스러워하는 것을 보면서 얼마나 기뻐할까도 생각했고, 이 세상에서 영원히 나를 격리시키라고 주장한 어용 문인들의 뜻이 그대로 이루어진 것을 보고 그들끼리 만족하고 즐거워하는 모습을 그려 보기까지도 했다. 비록 내가 그런 생각들을 하는 것이 생뚱맞은 것 같기도 했지만, 대부분의 희망들을 모두 내려놓아 버린 나로서는 쓸쓸하기도 하면서도 한 편으로는 재미스럽기도(?) 했다.

그런데 그것이 다만 나의 생각에만 그친 것이 아니라는 사실을 나중에 알게 되었을 때의 놀라움이란 결코 작은 것이 아니었으니, 이미 군벌 정권에 편드는 사람들이 알게 모르게 나를 비난하고 헐뜯는 것은 차치하고라도, 일찍이 내가 참여했던 성서공동번역 사업 과정에서 내게 반발하던 일부 목회자들이 내가 감옥에 들어가는 것을 보고 '저주'를 받았다고 말하는가 하면, 심지어는 몇몇의 이름 있는 문학인들까지도 내가 감옥에 오래 갇혀 있는 것을 당연시했다는 사실 등을 전해 들었을 때, 나는 그저 쓴웃음을 지을 수밖에 다른 도리가 없었다.

그 여름날, 내가 그렇게 영등포교도소의 축축한 감방에서 마치 습관처럼 책 속에 파묻혀 있거나 혹은 우두커니 앉아 하찮고 헛된 생각들에 빠져 있는 동안에 바깥에서는, 문학계는 물론이고 정치계와 종교계의 지도자들과 민가협의 어머니들, 재야의 동지들이 거기에 합세하여 밤잠을 설치면서 모든 시국 사범들과 나의 석방을 위해서 동분서주했다. 특히 자실의 문학인들은 쉬지 않고 성명서를 발표하고 정부 당국자들을 만나서 내 석방을 촉구하고 탄원하였으며, 광주와 서울 등지에서 '옥중문학인의 밤'이라는 이름으로 집회를 열고, 해외에까지도 여러 경로로 나의 석방 여론을 확산시키는 운동을 벌이기도 했다.

그러는 중에 자실의 문학인들은 마침 서울에서 열린 세계시인대회의 현장에도 뛰어 들어가서 성명서를 읽다가 몇 사람이 경찰에 끌려가기도 했고, 심지어 내 아내마저도 민가협의 어머니들과 함께 길거리에서 구속자 석방을 요구하는 시위를 하다가 경찰서 유치장에 갇히거나 '닭장차'에 실려서 난지도 부근에 버려진 일이 한두 번이 아닐 정도였다. 그리고 그들의 그와 같은 눈물겹고 치열한 싸움으로 인하여 결국 나는 죽지 않고 살아서 감옥 문을 나설 수가 있었다.

—— 16장 ——

잠실, 내 아내의 품으로

나는 제헌절 하루 전인 7월 16일 오후에 내가 '특별 사면'의 대상
자에 포함되어 석방될 것이라는 소식을 들었다. 그 소식을 가지고
나를 찾아온 사람들은 남산의 중앙정보부 요원들이었다. 그들은
몇 시간 뒤인 다음 날 새벽녘에 내가 수술 후의 가료를 위한 '병보
석' 조치로 '형 집행정지 가석방'이 될 것이라고 말했다. 그들의 말
을 듣는 순간에 나는 뛸 듯이 기뻤지만, 그 사람들 앞이기 때문에
아무런 내색도 하지 않았다. 그러나 내 가슴은 마구 두근거렸으며,
얼굴이 후끈거릴 정도로 달아오르기도 했다. 그 자리에 아무도 없
이 나 혼자 있다면 목청껏 소리라도 치고 싶은 그런 마음이었다.

그날, 감옥의 바깥에서 나의 석방 소식을 들은 내 아내를 비롯하여 고은, 조태일, 이시영 시인, 이문구, 박태순 작가 등 자실에 속한 여러 문학인의 경우에도 나와 마찬가지였다. 그들은 언론 보도를 통해서 그 사실을 알게 되자마자 급히 서로 연락하여 영등포교도소 부근의 한 여관방에 모였으며, 그곳에서 뜬눈으로 자정을 넘겼던 것이다. 그리고 대게 새벽 3시쯤이면 내가 석방될 것이라고 예상하고 2시 이후에는 모두들 교도소 정문 앞으로 자리를 옮겨서 커다란 철문이 열리기를 목을 빼고 기다리고 있었다.

그렇지만, 당시의 정부는 민주 인사들의 석방 환영 열기를 막고자 했다. 따라서 그들은 자실의 문학인들이 교도소 정문 앞에 모여서 나의 석방을 떠들썩하게 환영하는 것을 용납할 수가 없었고, 더욱이 그것을 언론이 보도하는 것을 허락할 수는 없었다. 그런 까닭으로 남산에서 온 정보부 사람들은 새벽 3시쯤이 되자 내 아내 한 사람만을 담장 안으로 조용히 불러들였으며, 그녀와 나를 검은 차에 태우고는 마치 도망치듯이 뒷문을 통해서 은밀하게 감옥을 빠져나갔던 것이다. 그리고 그들은 어둔 강변길을 쏜살같이 달려서 잠실벌의 한 구석에 있는 내 아내의 거처인 시영아파트 단지에 우리 두 사람을 내려놓고 사라졌으니, 그것이 바로 혹독한 감옥살이 2년이 넘어서 비로소 내 손목에서 수갑이 풀리는 순간이었다.

그날 새벽에 아내와 나는 오랫동안 서로 붙들고 울었다. 그리고 해가 뜨자마자 우리 두 사람은 택시를 잡아타고 화곡동의 고은 시인의 집으로 달려갔다. 왜냐하면, 거기에는 영등포 교도소 앞에서 나를 만나지 못하고 허탕을 친 동지들이 모여 있었기 때문이었다. 그날 아침에 거기에서 나는, 고은 시인을 비롯하여 백낙청, 염무웅 교수, 박태순, 이문구 작가, 조태일, 박용수, 이시영, 송기원, 이진행 시인 등의 문학 선후배들과 임채정 선배, 양관수, 이명준, 장선우 성종대 동지 등의 운동권 후배들과 얼싸안고 감격의 눈물을 흘렸다. 그리고 고은 시인이 즉석에서 "양성우 해방 만세!"라고 커다랗게 붓으로 휘갈겨 쓴 신문지를 문설주에 붙여 놓고 우리는 그 아래 모여 앉아서 박용수 시인의 카메라 렌즈에 시선을 모으고 기념 사진도 찍었다.

그리고 그날 저녁때인지 그 다음날 저녁때인지 몰라도 나는 종로 5가의 기독교회관에서 열린 민주 인사 석방 환영 기도회에 갔는데, 그곳에 마침 민주 교육 지표 사건으로 구속되었다가 그때 갓 풀려난 전남대학교의 송기숙 교수도 광주에서 올라와서 나와 함께 참석했다. 또 그 자리에는 종교계를 비롯한 각계의 인사들이 많이 모였는데, 한국교회협의회(KNCC)의 총무인 김관석 목사, 제일교회의 박형규 목사 등 종교계의 많은 지도자와 동지들, 그리고 민가협의 어머니들, 동아일보투쟁위원회의 언론계 형제들, 운동권의 남녀 청년학생들, 반체제 지식인들과 야당 정치계의 인사들과의 눈물겨운 해후는 나를 몹시 흥분시키고 들뜨게 했다.

특히 그곳에서 한국기독학생연맹(KSCF)의 안재웅 총무의 얼굴을 보는 순간에 나는 마구 눈물이 쏟아지는 것을 억누를 수가 없었다. 그이야말로 내게는 누구보다도 가슴이 저리도록 고마운 사람이었기 때문이었다. 나는 감옥에 들어가기 훨씬 전에 그를 만났는데, 그는 일찍이 종교 기관에서 일해 오면서도 줄곧 민주화운동에 앞장섰고, 그 과정에서 '민청학련사건'으로 구속되어 고생한 몸으로 자신을 추스르기에도 어려웠음에도 불구하고, 내가 '겨울공화국사건'으로 교사직에서 파면되어 서울로 올라온 직후부터 마치 나를 친형제보다도 더 가까이 하고 자상하게 보살펴 주었으며, 더욱이 내가 구속된 이후에는 나의 구명 운동에 아예 발을 벗고 나서 준 이었으니, 그를 만나는 순간에 어찌 내가 두 눈에 가득히 넘치는 눈물을 참아낼 수 있었을 것인가.

아내와 나는 서둘러서 광주에 내려갔다. 먼저 처가에 가서, 감옥에 앉아 있는 생면부지의 사내에게 어린 딸을 보내 혼인신고를 하고 옥바라지를 하도록 허락해 준 장인장모님께 큰절을 올렸다. 그리고 하나밖에 없는 여동생인 내 아내가 이 감옥 저 감옥을 전전하는 반체제사범일 뿐인 나에게 온몸을 다 던져서 희생하는 일로 인하여 알게 모르게 마음고생을 많이 해온 처남들과 처형들에게도 나는 무릎을 꿇고 엎드렸다. 그렇지만, 처가의 가족 중에서 어느 한 사람도 내게 서운한 표정을 보이지 않았으며, 오히려 그들은 마치 오래도록 간절히 기다리는 사람이 나타난 것처럼 나를 반기며 따뜻하게 맞아 주었다. 그날의 나의 처가는, 내가 갇혀 있는 동안에는 한숨이 넘치고 어두운 그늘이 덮인 침묵의 집이었겠지만, 이제는 멀고 가까운 곳에 사는 친척들까지 다 모여서 아내와 나를 반겨주는 떠들썩하고 웃음꽃이 가득히 핀 잔칫집이었다.

역시 광주에 있는 내 형님집도 처가와 다르지 않았다. 내가 체포된 이후에 줄곧 웃음을 잃은 형님의 웃음소리가 들렸고, 형수의 목소리도 들떠 있었다. 어린 조카애들은 삼촌인 내가 죽었다가 살아 돌아온 것인 양 내 팔을 붙들고 매달리거나 새 숙모가 되는 내 아내의 주변을 맴돌았으니, 그것을 보는 내 눈시울이 붉어지고 가슴까지 뭉클했다. 그와 같이 그곳의 내 형님 집에도 여러 해를 짓누르던 슬픔만 있었던 것이 아니라, 오랜만에 먹구름이 걷히고 햇살이 비치는 맑은 날도 있었다.

그렇게 가족과 함께 다시 만나는 기쁨으로 넘치는 나의 광주행은 가슴이 벅차도록 행복했다. 거기에다가 오랜만에 다시 만나는 광주의 문학 친구들과 선후배 동지들까지 내 몸을 붙들고 놓을 줄을 몰랐으니, 그런 들뜬 환영 분위기 속에서 나는 새삼스럽게 깊고 어두운 감옥 안에서 죽지 않고 살아서 돌아온 것을 하늘에 감사하고, 또한 나의 석방을 위해서 끊임없이 싸우고 노력해 준 자실의 문학 동지들을 비롯한 모든 이에게 감사했다. 그뿐만이 아니었다. 광주에서 머물던 그 며칠 사이에 아내와 나는 처가와 친가 어느 쪽에도 전혀 다른 의견이 없는 입장에서 결혼식 날짜를 잡고 서울로 돌아왔으니, 우리 부부의 출항 준비는 무척 순조로웠다.

내 아내와 내가 서울 명동의 YWCA 강당에서 결혼식을 올리던 그 8월 25일의 한낮은 유난히도 후덥지근했다. 그렇게 그 여름의 더위가 막바지 기승을 부리는 날씨에다가, YH무역의 여성노동조합원들이 신민당사에 들어가서 농성을 한 끝에 경찰의 진압 과정에서 나이 어린 여공인 김경숙 양이 추락사한 'YH사건'의 충격파가 있던 직후임에도 불구하고 그곳 강당의 안팎은 하객들로 북적거렸다. 물론 하객들은 자실동지들을 비롯한 문학인들이 중심이었으며, 그 밖에는 재야운동권의 선후배동지들과 종교계인사들이었는데, 그들이 그곳에 모여서 웅성거리는 모양은, 나의 결혼을 축하하려고 온 것이 아니라 마치 무슨 큰일을 저지를 것 같이 보일 정도였다. 그래서 그랬는지 몰라도 그곳 마당의 여기저기에는 사복형사들과 수사기관원들이 무리지어 선 채 눈빛을 번쩍였으며, 길모퉁이에는 전투경찰대원들이 새까맣게 진을 치고 있었다.

그런 어수선한 분위기 속에서 나의 결혼식은 진행되었고, 내 아내는 자꾸 울어서 땀인지 눈물인지 모를 정도로 두 뺨이 얼룩진 채로 내 팔을 잡고 주례를 맡은 기독교계 민주화운동권의 지도자 박형규 목사 앞에 가늘게 몸을 떨면서 서 있었다. 나도 역시 무더운 날씨에다가 많은 축하객이 지켜보는 가운데 신랑노릇을 하느라고 긴장해서인지 쉴 새 없이 땀을 흘렸던 기억이 지금까지도 생생하다.

그날 그렇게 결혼식을 치르자마자 나는 신혼여행지인 제주행 비행기를 타려고 김포공항으로 출발했다. 그런데 내가 탄 차가 퇴계로를 벗어나자마자 갑자기 눈앞이 안 보이게 소나기가 쏟아지기 시작하는가 싶더니, 그 뒤로 계속해서 더 많은 비가 하늘에서 동이로 물을 쏟아 붓듯이 내렸던 것이다. 그러다 보니 결국에는 제주행 비행기가 뜰 수 없었고, 내 아내와 나는 허탈한 심정으로 몸을 돌릴 수밖에 없었다. 그런 뒤에 우리 두 사람은 마땅하게 갈 곳이 없는 상황에서 무작정 택시를 잡아탔고, 그 길로 찾아든 곳이 바로 수유동의 숲 속에 있는 작고 아담한 호텔인 '크리스챤 아카데미'였다. 그런 사연으로 우리 부부에게는 수유동의 크리스챤 아카데미가 잊지 못할 신혼여행지가 된 것이다.

그렇지만 내 아내와 나는 조금도 서운하지 않았으며, 오히려 기쁘고 행복하기만 했으며, 동지들과 가족들에게 감사했다. 더욱이 우리의 결혼식을 위해서 그 여름날 내내 이곳저곳을 땀 흘리며 뛰어다닌 조태일, 이시영 시인, 이문구(그는 내 결혼식의 사회도 맡았다), 송기원 작가를 비롯한 자실의 문학 동지들, 그리고 분에 넘치는 혼수품을 장만하여 광주에서 서울에까지 트럭으로 가득히 실어 보낸 처가의 부모님과 형제들, 그들의 눈물겨운 사랑이 크리스챤 아카데미에서 하룻밤을 머무는 우리 두 사람을 울렸다. 그날 밤, 내 아내와 나는 숙소의 유리창에 흐르는 빗물을 하염없이 바라보면서, 가슴에 넘치는 감동을 식히느라고 오랫동안 잠들지 못했다.

결혼식 이후에는 나에게도 신혼 시절이 있었다. 비록 내 아내와 내가 신혼부부가 되어 머무는 곳이 잠실 시영파트 남의 집 문간방이었을지라도, 그곳은 분명히 우리 두 사람만의 보금자리였다. 그리고 거기에는 마치 심연처럼 나를 끌어당기는 내 아내의 사랑과 정성이 있었으며, 대게의 신부들이 다 그렇듯이, 혹시라도 내가 바깥에 나갔다가 늦을라치면 애타고 조바심하는 그녀의 간절한 기다림도 있었다. 그것은 세상의 모든 신혼부부의 경우와 별로 다르지 않은 것이었다.

그렇지만 우리에게는 남들과는 다른 것이 있었으니, 그것은 내가 박정희 군벌독재정권의 광기가 극단으로 치닫는 상태에서 '형 집행정지로 가석방된 자'일 뿐인 반체제 시인이라는 사실이었다. 그래서 자칫하면 형 집행정지가 취소될 수도 있고 또한 아무도 모르게 어디론가 끌려갈 수도 있다는 염려가 늘 있었다. 그리고 그런 긴장된 분위기가 바로, 나의 귀가 시간이 늦어질라치면 내 아내가 아파트 창문가에 서성거리면서 초조하게 남편을 기다리는 첫 번째의 이유였던 것이다.

그러나 세상은 내 아내의 바람대로 되지 않았다. 아마도 그 시절이 내 몸을 놓아 주지 않은 탓도 있었겠지만, 그 즈음에 나는 이곳저곳의 집회에 참석하는 일과 여러 대학의 초청 강연 등으로 거의 쉴 날이 없을 정도였다. 그러다 보니 내 주변을 그림자처럼 따라다니거나 내 숙소 근처를 배회하는 사람들은 사복형사들과 수사기관원들뿐이니, 그동안의 많은 시련으로 굳어졌다고는 하지만, 정작 내 아내의 마음이 느긋하고 편안하고 행복해질 리가 없었다. 그것이 나의 어리고 슬픈 신부에게는 꿀처럼 달기는커녕 외롭고 불안하고 쓰디쓴 '허니문 기간'이었다.

—— 17장 ——

나는 모자를 던지지 않았다

내가 감옥에서 나오자마자 결혼식을 올리고 나서 세상에 적응하려던 때인 1979년의 가을철은 바로 이 나라 현대사의 한 정점이었다. 그때에는 박정희 군벌 유신독재체제의 광기가 이미 극단을 치닫고 있었으며, 이에 따른 국민의 저항 역시 자연히 거기에 비례하고 있었다. 그중에서도 대표적인 저항 운동이 바로 10월 16일부터 20일까지 부산과 마산 지역 일원에서 있었던 '부마민주항쟁'이었는데, 그 치열한 부마항쟁을 짓누르기 위하여 박정희 정권은 부산에 비상계엄을, 마산에 위수령을 내리는 등으로 극약 처방을 하였던 것이다.

그러나 총과 칼의 힘만 믿고 있던 독재자는 부산과 마산의 청년 학생과 시민들이 목이 터지라고 외치는 함성이 자신의 몰락을 알리는 전주곡이요, 경찰력만으로는 모자라서 군대까지 풀어서 국민의 입을 막고 억누르는 계엄 조치가 결국에는 그들 자신의 발등을 찍는 짓이라는 것을 차마 짐작도 못했다.

　그래서 그랬을까? 부산과 마산 지역에 군대가 진주한 지 일주일도 안 되는 날인 그달 26일 저녁에 청와대 근처의 궁정동 안가에서 정보부장 김재규의 총탄 세례를 받고 대통령 박정희가 죽었다. 아이러니하게도 영구집권을 노리던 한 독재자가 하필이면 자기가 가장 믿던 2인자의 손에 비참하게 목숨을 잃었다니, 그 소식은 충격적이면서도 동시에 여러 가지 복잡한 생각을 하게 만들었다.

　나 역시 박정희가 죽었다는 소식을 듣는 순간에 갑자기 멍청해진 듯이 아무 감정도 일어나지 않았다. 그리고 그때 언뜻 내 머리를 스치고 지나가는 것은, 러시아 작가 솔제니친이 '지하작가'에서 "스탈린이 죽었다는 소식을 듣고 감옥 안의 모든 죄수들이 모자를 던지며 기뻐했다"라고 쓴 고백이었다. 그렇지만 나는 솔제니친과 그의 감옥 동료들처럼 그때 모자를 던지며 기뻐하지 않았다. 물론 내 머리에는 허공에 던질 모자도 없었지만, 어딘지 모르게 예봉이 꺾인 듯한 허전한 느낌이 물안개처럼 희부옇게 내 가슴 안을 휩싸고 돌았다. 내 팔에 잔뜩 힘을 주고 활시위를 당기려고 하는 순간에 마치 누군가가 일부러 과녁을 치워 버린 것처럼.

그러면서도 또한 내 가슴의 한 편에서는 나도 모르게 불끈 치솟는 흥분이 있었다. 그것은 독재자의 죽음으로 세상이 크게 바뀌지리라는 기대로 인한 것이었다. 그러나 그런 생각은 나의 어리석음에서 온 판단 착오요 오산임을 깨닫는 데에는 결코 오랜 시간이 필요하지 않았으니, 그것은 궁정동 안가의 술자리에서 벌어진 한밤의 총질이 이 나라의 정치 체제를 바꾸려는 거사가 아니라, 박정희 군벌 독재집단의 내분에 불과하다는 사실이 금방 세상에 널리 알려졌기 때문이었다.

　18년 동안이나 권좌에 앉았던 군벌 대통령 박정희가 부하의 총질에 죽었지만 세상은 조금도 변하지 않았다. 어둠은 더욱 깊어졌고 민심은 무척 뒤숭숭했다. 어느 누구도 감히 이 나라가 어디로 가는지 분명히 짐작하기가 어려운 시점이었다. 거기에다가 박정희를 죽인 김재규가 국군보안사령부에 체포되어 수사를 받는 과정에서 마치 이 나라의 권부가 그곳으로 옮겨진 것 같은 분위기가 형성됨으로써 그에 따라 국민들이 느끼는 불안감은 매우 크고 복잡했다.

　그뿐만이 아니라, 박정희의 죽음 전후에 정부가 발표한 '남조선인민혁명당(약칭 '남민전')사건'에 연루되어서 수많은 지식인, 청년들이 체포되었으며, 그들이 극심한 고문과 구타 등의 강압적인 수단으로 수사를 받고 있다는 소문으로 세상의 분위기는 흉흉했다.

물론 그 '남민전'이라는 반체제 저항 운동 조직이 내가 감옥 안에 있는 동안에 만들어졌고 활동을 했기 때문에 나와는 직접적으로는 관련이 없었지만, 거기에 일찍이 내 친구들과 동지들, 후배들이 여럿이 연루되었고, 그들이 모두 체포되어 극심한 고문을 받고 있다는 사실이 몹시 내 가슴을 후비고 흔들었다. 그러나 그 당시 내게는 그들을 도울 아무 수단도 없었고, 다만 아직은 술집에 나올 수 있는 자유(?)를 가진 문학 친구들과 함께 앉아서, 그 사건으로 잡혀간 평론가 임헌영, 재야운동가 이재오, 김승균 동지, 후배 시인 김남주 동지 등을 안주 삼아 쓴 소주잔을 기울일 수밖에 없었다.

그런 암울한 분위기 속에서 나는 문학 전문 출판사인 '창작과비평사'와 출판 계약을 맺고, 지난 감옥살이 과정에서 남몰래 써서 담장 바깥으로 은밀히 빼내어 이곳저곳에 숨겨 둔 '옥중 시 작품'들을 모아서 정리하는 일에 몰두하기도 했으며, 또 한편으로는 '일월서각'이라는 이름의 출판사를 경영하다가 남민전 사건에 연루되어 갑자기 투옥된 재야권의 동지인 김승균 사장을 도우려고 그 출판사의 기획과 편집 일을 무보수로 떠맡기도 했다.

그렇게 내가 '일월서각'에 나다니기 시작할 그 즈음에 내 아내의 배는 제법 둥글게 불러 올랐으니, 내 아내의 몸 안에는 나의 출소와 함께 들어선 우리 두 사람의 분신이 이미 사람의 형상을 다 갖추고 열심히 꼼지락거리고 있었던 것이다.

그리고 내가 출판사의 힘든 일을 마치고 돌아와서 내 아내의 둥근 배를 쓰다듬으면서 기뻐하던 그 무렵의 저녁 TV뉴스에는, 그 동안에 한 번도 듣지도 보지도 못한 낯선 한 사내가 등장하기 시작했다. 그 사내의 이름은 박정희의 부하 중의 한 사람인 보안사령관 전두환이었는데, 그는 얼마 쯤 지난 뒤의 한밤중에 부하들을 동원하여 국군참모총장을 사로잡는 것을 시작으로 대대적인 군사반란을 일으켰으니, 그것이 바로 '12,12사태'라는 것이었다.

　그 즈음의 나에게는 동전 한 푼의 수입이 있을 리가 없었다. 도대체 감옥에서 나온 지 몇 달도 되지 않은 내가 어디에서 무슨 수단으로 돈을 만들어서 아내에게 줄 수 있단 말인가? 따라서 나는, 그 이전에도 그랬으며 당시에도 그랬고 그 이후에도 그래왔듯이 내 아내가 아니라면 감옥에서 나오자마자 길거리에서 굶어 죽었든지 아니면 한강 다리에서 몸을 던졌을지도 모를 몸이었다.

　그런 까닭으로 우리의 신혼 가정의 살림은 온전히 아내가 전담했으며, 그 배경에는 물론 처부모님을 비롯하여 처남들과 처형들의 눈물겨운 도움의 손길들이 있을 수밖에 없었다. 그럼에도 불구하고 나는 늘 속수무책일 뿐이었고, 우리는 여전히 잠실 시영아파트의 열세 평 순애네 집 좁다란 문간방에 살고 있었으며, 그 형편을 아는지 모르는지 아내의 뱃속에 있는 우리의 아기는 점점 자라고 있었다.

그런데, 그때 하늘의 도움이 있었을까? 광주에서 조그만 자영업을 하고 있던 둘째처남이 갑자기 서울역 건너편 동자동에 있는 단독주택 한 채를 샀고, 그 집이 다시 팔릴 때까지 우리가 거기에 들어가서 그냥 살아도 좋다는 것이었다. 그래서 우리는, 앞마당에 유난히 큰 대추나무가 서 있어서 '대추나무집'으로 불리는, 무척 넓고 우람한 이층의 멋진 주택으로 부랴부랴 이사를 했다.

그리고 내가 귓전을 때리는 찬바람 속에서 주섬주섬 신접살림을 싣고 이사하던 날, 나를 지키던 경찰들도 얼굴이 새로 바뀐 채 그 큰 대추나무집의 시커먼 철 대문 앞에까지 따라왔다. 이제 그들은 남대문 경찰서에 소속된 사람들이었으며, 그들을 이끄는 사람은 김 아무개라는 형사였다.

아마 그때가 1980년 벽두쯤 될 터인데, 그것이 나의 '동자동 시절'의 시작인 것이다. 지금도 눈에 선하지만, 마치 그곳 언덕 위에 옛 성처럼 서 있던 그 집에 정착하면서 내 아내와 나의 삶은 다채로워졌으니, 그것은 밖으로는 이 나라 현대사의 질곡을 편린으로나마 직접 눈으로 보고 겪는 것이었고, 안으로는 세상의 모든 사람이 다 그렇게 살아오듯이 딸과 아들을 연년생으로 낳아서 기르는 어미아비로서의 당연한 분주함과 고단함이 바로 그것이었다.

그래서 간혹 내 사정을 잘 모르는 사람들은 나를 부자로 알기도 했다. 내가 마치 저택과도 같은 큰 집에 살며, 여러 사람이 부단히 찾아오고, 대문 밖에는 경찰들이 지키고 서 있으니, 겉으로 보기에는 내가 돈도 많고 지위도 높은 사람으로 본 것이다. 그들은, 내가 반체제 시인으로 오랜 감옥살이 중에 병이 깊어져서 '병보석 가석방 조치'로 출소한지 얼마 안 되는 '형 집행정지' 중인 죄수요, 쌀 한 톨을 사들고 집에 들어오지 못하는 문자 그대로의 '백수건 달'이라는 사실을 전혀 몰랐다.

그 즈음의 어느 날, 내가 서울에 올라온 직후부터 만나오고 도움을 주던 동교동의 김대중 선생으로부터 급히 만나자는 연락이 왔다. 내가 그에게 가니, 그는 내게 앞으로 있게 될 대통령 선거에 대비하는 자신의 '홍보 기획 업무'를 맡아주기를 원했다. 나는 그 자리에서 응낙했으며, 그 다음 날부터 한승헌 변호사와 함께 곧바로 그 일에 착수했다.

한승헌 변호사는, 그동안에 인권 변론을 도맡다시피 하여 당시에는 변호사 자격마저 박탈당한 상태였고, '삼민사'라는 이름의 출판사를 손수 어렵게 꾸려가고 있는 중이었는데, 굳이 내가 그 일을 맡는 것을 사양하지 않고 수락하게 된 까닭의 하나도 그이와 함께 일하게 된다는 사실에 있었다. 그래서 우리 두 사람은 서둘러서 신촌 로터리 부근에 비밀 사무실을 열었고, 거기에서 본격적으로 김대중 선생에 대한 홍보 기획과 홍보물의 제작에 몰입했다.

아마 그 사무실에서 맨 처음에 만든 홍보물은 김대중 선생이 걸어온 길을 화보집으로 꾸미는 일이었을 것이다. 그때 나는 집에도 못 가고 밤을 새워서 그 일에 매달리기도 했다. 그래서 그럴까? 지금 이 순간에도 편집 용지 위에 김대중 선생의 사진들을 배열하고 그 사이사이에 그의 부인과 주고받은 옥중 서신들을 끼워 넣는 식으로 화보를 만들던 그때의 그 사무실 정경이 내 눈앞에 생생히 떠오른다. 그리고 일손이 모자랄 때에는 한승헌 변호사까지 직접 나서서 손으로 사진 식자를 오려붙이거나 교정을 보던 모습이라든지, 그렇게 하여 완성된 인쇄물을 을지로의 인쇄소에서 찾아 트럭에 싣고 동교동으로 달려가던 장면들도 기억난다.

그리고 또 한편으로 나는 김대중 선생의 연설 원고를 만드는 일도 거들었다. 그분 자신의 견해를 바탕으로 여러 차례 논의를 거친 다음에 초고를 작성하고 그것을 또다시 꼼꼼히 검토하는 과정을 몇 차례 반복하면 그의 마음에 드는 연설문이 만들어지곤 했는데, 그가 그것을 거의 다 외우다시피하여 대중 앞에서 연설을 하고, 수많은 청중으로부터 박수와 환호를 받을 때에는, 강연장의 맨 뒤에 서 있는 나도 짜릿한 전율을 느끼기도 했다.

그렇게 내가 김대중 선생의 일을 뒷전에서 돕는 과정에, 나의 일과는 갈수록 점점 바빠졌다. 그의 정치 활동이 활발해질수록 신촌의 홍보 사무실은 밤새 불을 끄지 못할 때가 많았으며, 혹시라도 그의 연설 일정이 연이어 잡힐 경우에는 연설문 초고를 만들기 위해서 그가 묵는 동교동 집과 호텔 등을 허겁지겁 오가느라고 시간 가는 줄을 모를 때가 많았다. 그런 식으로 내가 일 속에 파묻혀서 정신없이 뛰어다니는 사이에 나뭇가지에 새움이 돋는가 싶더니, 시중에는 곳곳에 군벌 퇴진과 민주화를 요구하는 깃발들이 펄럭이기 시작했다. 드디어 '서울의 봄'이 온 것이다.

그 즈음에 창작과 비평사에서 나의 옥중 시집이 『북치는 앉은 뱅이』라는 제목으로 출간되었지만, 그 시집은 서점으로 나가자마자 정부에 의해서 '판매 금지 조치'를 받았으며, 모든 서점에서 수거되었다. 물론 그 시집을 제작하는 동안에 미리 주의를 하여 '옥중시'라는 흔적을 아무 곳에도 보이지 않았음에도 불구하고 결과는 참담할 뿐이었다.

그리고 내가 그 시집의 판금 조치로 인하여 우울해 하고 있을 때 이미 봄꽃들이 지천에 화들짝 피어났으며, 그것을 신호 삼아서 서울을 비롯한 전국의 여러 대학의 학생들이 길거리로 뛰쳐나와서 민주화 시위를 벌이기 시작했다. 그리고 특히 그중에서 서울에서 벌어진 대학생들의 시위는 점점 그 규모가 커졌으니, 그 거센 시위의 물결은 곳곳에서 전투경찰이나 '백골단'의 장벽을 오히려 밀어붙일 지경에 이르기도 했다.

그러던 중에 내게는 아주 특별히 잊을 수 없는 시간이 또 있었다. 그동안 너무 긴장하며 살아온 탓이었는지 몰라도, 만삭이 되기까지 입덧 한 번 제대로 못하고 지내온 내 아내가 드디어 산기를 느끼게 되었는데, 하필이면 나는 김대중 선생의 연설문을 만드느라고 그와 함께 시내의 어느 호텔방에서 밤을 새우다시피 하던 때였다. 그렇지만 어찌할 것인가. 나는 하던 일을 멈추고 부랴부랴 내 아내를 병원에 입원시켰으며, 그날 바로 아무 탈이 없이 순산할 것으로 믿고 있었다. 그러나 그것은 오직 나의 단순한 생각일 뿐이었다. 왜냐하면 내 아내는 자연분만을 원했지만 정작 그녀의 뜻대로 잘되지 않았기 때문이었다.

　내 아내의 산고는 말로는 이루 다 표현할 수 없을 정도였다. 그녀는 극심한 진통으로 고통스러워했고, 온몸에 땀을 흘리고 신음하기를 멈추지 않았다. 그러나 그런 상태에서 여러 시간이 지나가도 그녀의 문은 열릴 기미를 보이지 않았다. 그리고 그 시간에 병실의 창문으로 바라다 보이는 남대문 언저리는 수많은 학생 시위대와 경찰의 대치로 하늘을 찌르는 함성소리, 자욱한 최루가스, 새까맣게 널브러진 보도블록의 파편들로 아수라장이었다. (나중에 들었지만, 그날 그 시간에 그 아수라장 속에서 전투경찰대원 한 사람이 경찰버스에 치어 죽기도 한 바로 그 시위 현장이었다.)

　마치 누군가가 일부러 짜 맞춘 시나리오처럼, 병실 안에서는 내 아내가 아이를 낳는 진통을 겪고 있었고, 바깥에서는 청년 학생들이 '새 세상'을 낳는 진통을 겪고 있었다. 그날, 결국 내 아내는 오랜 진통 끝에 자연분만을 포기하고 제왕절개 수술로 아이를 낳았으니, 그 아이가 바로 내가 감옥에서 나오자마자 하늘이 내게 준 첫 선물인 내 딸 '율희'다. 그날은 4월 23일이었다.

다행히 갓 태어난 아기는 건강했다. 그렇지만 내 아내는 수술 뒤의 치료 때문에 아기와 따로 떨어진 채로 여러 날 동안 입원하지 않으면 안 되었다. 내 아내와 아기가 입원해 있는 동안의 병실 바깥인 남대문 근처는 여전히 시위대와 경찰의 대치로 소란스러웠으며, 가끔씩 꼭꼭 닫아 걸은 병실의 창틈으로도 최루가스 냄새가 스며들기도 했다. 지난 하루 몇 시간의 진통과 수술 끝에 내 아내는 이미 아기를 낳았지만, 병원 바깥세상의 사람들은 밀고 밀리는 치열한 공방전과 최루가스와 아우성 속에서도 아직은 새 세상을 낳지 못하고 있었다.

그런 긴박한 상황에서도 나는, 아내와 딸이 함께 누워 있는 병원과 신촌의 사무실과 김대중 선생이 머물고 있는 호텔 등을 오가는 일뿐만 아니라, 재야운동권 등의 모임에 참석하느라고 무척 바빴다. 그런 과정에 내가 틈틈이 비운 아내의 병실침대 곁을 '민가협'의 어머니들이 지켜주기도 했다.

그리고 그때의 일을 생각하니 문득 어느 한 사람이 떠오르는데, 그는 해직 기자 출신으로 출판사를 연 사람이었다. 그는, 내 아내의 병실에까지 찾아와서 마침 그 즈음에 내가 기획하고 정리하고 있던 김대중 선생에 관한 출판 자료를 자신에게 넘겨 달라고 오랜 시간 사정을 했으니, 때와 장소를 구분하지 않고 일을 밀어붙이는 그의 억척스런 집념에 내가 깜짝 놀랐던 장면이 기억난다.

물론 그 당시의 복잡한 정황으로 그의 요구는 실현되지 못했지만, 한 여인이 제왕절개수술로 아기를 낳고 누워있는 병실에까지 찾아가서 산모의 남편에게 책의 원고를 자기에게 넘기라고 집요하게 부탁할 수 있는 그런 사람이 어찌 보통의 출판사 대표라고 어찌 말할 수 있겠는가? 그때의 그런 무서운 억척으로 그는 결국 성공한 출판인이 되었으며, 지금은 우연히 나를 만나도 마치 낯선 사람을 보듯이 데면데면히 대하는 부자가 되었다.

── 18장 ──

찬란한 슬픔의 봄을

그 즈음은 '서울의 봄'이라고 일컬어지는 시기였다. 겉으로 보기에는 군벌 정치가 비로소 끝났으며, 이제는 직접 국민의 손으로 정부를 만들 수 있을 것만 같았다. 그러나 그것은 착각이었다. 눈에 보이는 것은 다 허상이었으며, 보이지 않은 곳에서 벌어지는 도둑들의 정치 권력 장악을 위한 음모 작당이 치열했던 것이다. 물론 그 도둑들의 정체는 전두환을 우두머리로 하는 12.12쿠데타의 주역들인 소위 '신군부'였다. 그리고 그들은 점점 격렬해지는 청년 학생들의 시위를 빌미삼아서 발톱을 드러낼 채비를 하는 중이었다.

그러나 세상에서는 그들이 언제 어떻게 덮쳐 올지 알고 있는

18장 | 찬란한 슬픔의 봄을 **181**

사람이 별로 없었다. 그렇기 때문에 뜻있는 대부분의 사람은 그들의 존재에 대하여 의식하고 긴장하면서도, 한 편으로는 '설마' 하는 마음으로 서로 다른 주의 주장에 매달리던 '백화제방'의 시기가 바로 그때였다. 수 천 수만의 벚꽃이 열흘도 못 되어서 바람에 다 진다는 것을 모른 채 서로 다투어 피어나는 것처럼.

거기에는 나 역시 예외가 아니었다. 나도 남들과 마찬가지로 한 가닥의 기대와 희망을 가지고 있었기 때문이었다. 그것은, 전두환의 신군부가 대통령 최규하를 중심으로 하는 허수아비들을 앞세우고 조종한다고 할지라도 설마 청와대까지 넘보지는 못할 것이라는 생각이었다. 그렇지만 그런 나의 생각은 너무 어리석은 것이었으니, 실질적으로는 그들 전두환 일당은 이미 정권을 모조리 손아귀에 거머쥔 상태였을 뿐만 아니라, 그 사실을 명실공이 겉으로 공포할 기회를 엿보고 있는 중이었기 때문이다. 그런 줄도 모르고 나는 오직 그 기회에 군벌 정치의 시대를 끝내야 한다는 마음 하나로, 갓 출산한 아내와 아기를 돌보기보다는 동교동과 신촌 로터리를 허겁지겁 오가면서 김대중 선생의 일에 몸을 던지다시피 하고 있었다.

지금에 와서 다시 그때처럼 그렇게 뛰어다니라고 하면 나는 손사래를 치겠지만, 어쩌면 그때의 나는 조금 미쳐 있었거나 아니면 영악스럽지 못하고 우둔하여 그렇게 물불을 가리지 않고 그런 일에 빠졌는지도 모른다. 그러나 나는 그때 내가 그렇게 그런 일에 매진했던 것을 한 번도 후회한 적은 없다. 다만, 마을 한가운데 이미 마적단이 들어와 있음에도 불구하고 그 사실을 깨닫지 못한 채 잔치를 즐기는 사람처럼, 나 역시 전두환 일당이 이미 이 나라를 송두리째 집어삼켰다는 사실을 제대로 인식하지 못하고 "김칫국을 먼저 마시는" 격으로 김대중 선생의 대통령 선거 출마 준비에 골몰했으니, 누가 내게 상황을 제대로 파악할 줄도 모르는 미욱한 사람이라고 비판해도 나는 전혀 할 말이 없을 뿐이다.

큰 지진이 오는 징후를 물고기나 들짐승들이 먼저 지각하듯이, 사람에게도 눈비가 오겠다는 식의 일상적인 예감이 아닌 어떤 특별한 큰 일이 닥쳐오리라는 것을 미리 몸으로 느껴서 아는 감각 기능이 있는 것일까? 마치 그렇기라도 하듯이 어느 이른 아침에 급히 만나자는 김대중 선생의 전갈이 왔다. 그의 전갈을 듣고 부리나케 동교동으로 달려간 나에게 그는, 시국 상황이 매우 좋지 않다면서 거기에 미리 대비하는 방편의 하나로 신촌 로터리의 사무실을 즉시 폐쇄하라고 말하면서, 내가 감옥에서 나온 지 몇 달도 안 된 데에다가 이제 갓 태어난 아기도 있는 처지이니 우선 멀리 몸을 피하는 것이 좋겠다는 말도 덧붙였다.

그의 말을 듣고 나는 서둘러서 사무실로 달려갔고, 우선 중요한 자료들만 추려서 묶고 나머지는 모두 파기했다. 그런 과정에서 내가 마땅히 몸을 숨길 만한 곳이 잘 떠오르지 않아서 이런저런 궁리 끝에 신경림 시인에게 전화를 했더니, 충청도 예산의 예당저수지 쪽으로 가는 것이 어떠냐면서 그는 그곳에 사는 후배에게 연락해서 숙소를 마련해 놓도록 할 테니 아무 염려하지 말고 곧바로 떠나라고 말했다. 그래서 나는 그날 밤 안으로 예당저수지에 도착할 생각을 하고 작은 짐차를 불러서 자료 박스들을 실었다. 그리고 먼저 집으로 달려가서 깜짝 놀라서 어쩔 줄 모르는 내 아내와, 아직은 너무 작아서 손으로 만져 보기도 조심스런 내 딸아이와 작별한 다음에, 긴장한 눈으로 사방을 살피면서 서울을 빠져나갔다.

그날의 나는, 쫓는 자가 누구인지도 모르며, 무엇 때문에 도망치는 줄도 모르고 무작정 도망치는 겁 많은 도망자였다. 나는, 오직 이번에만은 감옥에 잡혀 들어가지 않기를 바라는 마음에서, 형체도 없는 불길한 예감에만 매달려서 마치 동물처럼 본능적으로 몸을 사리는 비겁자일 뿐이었다. 서쪽산 등성이들 너머로 천천히 내려가는 저녁 해를 따라서 털털거리면서 달리는 작은 짐차의 조수석에 앉아서 내 자신을 비웃으면서 이런저런 갈등을 하는 동안에 나는 예당저수지에 도착했고, 그곳의 물가에 있는 허름한 농가의 조그만 방 한 칸에 짐을 풀었다. 그날이 바로 전두환의 신군부가 5.17 확대 계엄을 내린 전날이었다.

이런 경우를 일컬어서 '극적'이라고 말하는 것일까? 전두환의 신군부가 하루아침에 김대중 선생을 비롯한 동교동 사람들을 체포해 갈 때, 아주 우연한 도피로 인하여 '간발의 차이'로 나 혼자만 그들의 그물에 걸려들지 않았으니, 그것을 어찌 '극적'이지 않다고 말할 수 있겠는가. 그렇게 나는 마치 어느 시나리오 작가가 상황을 일부러 상대적으로 비틀어 놓기라도 한 것처럼, 전두환 일당의 광기가 극단으로 치닫는 그 시점에 멀리 충청도의 저수지 마을 농가의 뒷방에 몸을 웅크리고 숨어 있었던 것이다.

비로소 '서울의 봄'은 끝났다. 그것은 오는 듯이 가 버린 '찬란한 슬픔의 봄'이었다. 그리고 그 자리에 전두환을 앞세운 신군부 패거리들의 분탕질만 있었다. 그들은 5.17 확대 계엄을 통하여 서울을 비롯한 전국의 주요 도시에 계엄군을 진주시켰으며, 가장 먼저 동교동을 급습하여 소위 '내란 음모' 혐의로 김대중 선생과 그 주변 사람들을 대부분 체포하였으며, 이어서 청년 학생, 재야운동권의 수많은 지도급 인사를 속속 끌어갔다.

그날 나는 은신처에서 서울의 소식을 간접적으로 전해 들으면서, 마음의 한 편으로는 그동안 내가 일하던 신촌 사무실의 책임을 맡아 온 한승헌 변호사만은 체포되지 않기를 은근히 바라기도 했다. 그러나 그도 역시 집안에 몰려 든 무장 군인들에게 무자비하게 끌려 나갔다는 것이었다. 나는 눈앞이 캄캄해졌다. 그들의 발톱이 나에게도 점점 죄어오는 것을 실감할 수 있었기 때문이었다. 그리고 그런 나의 느낌은 빗나가지 않았다.

아니나 다를까, 한 무리의 군인이 내 집에 들이닥쳤으며, 당장

나를 내놓으라면서 온 집안을 벌집 쑤시듯이 뒤집다가 돌아갔다
는 것이다. 그들이 군화를 신은 채 이 방 저 방을 헤집고 다니는
동안에 놀라고 당황한 얼굴로 갓난아기를 껴안고 서 있는 내 아내
의 얼굴이 눈에 선했다. 그 소식을 전해 들으면서 나는 화가 나고
서글펐지만, 다만 도망자로서 속수무책일 뿐이었다. 거기에다가 그
다음날부터 틈틈이 들려오는 광주의 소식은 너무 참담하고 기가
막혀서 차마 실감이 나지 않는 것들이었다. 굳이 나는 그런 비극적
인 소식들을 일일이 믿고 싶지도 않았다. 그러나 그것들은 모두 사
실이었으며, 그곳에서 현재 진행 중이었다.

그때 내가 듣기로는, 전두환이 정권을 장악하는 길에 국민적인
저항을 미리 봉쇄하는 수단으로 '광주'라는 한 도시를 임의로 선
택하여 무자비한 탄압을 자행하려고 미리 계획했다는 것이었다.
그래서 그는, 김대중 선생의 체포와 계엄 조치에 항의하는 대학생
들의 비폭력 평화 시위를 진압한다는 명분으로 경찰 병력이 아닌
'특전사' 병력을 대거 광주 일원에 투입하였으며, 그들로 하여금 무
고한 청년 학생과 시민들을 무차별 학살토록 하였다는 사실이다.
이것이 '광주 5.18'의 도화선이었으며, 이것을 기점으로 광주 시민
들이 총을 들고 계엄군과 맞선 '민중항쟁'이라는 장엄하고 비장한
역사의 무대가 펼쳐지게 된 것이 아닌가.

내가 은신처에 숨어서 이따금씩 희미하게 전해 듣는 바깥소식

은 참담하고 기가 막힌 것들뿐이었다. 김대중 선생과 그의 일행은 육군 교도소에 수감되어 내란 음모죄로 수사를 받고 있는 중이나, 그들의 운명을 아무도 짐작할 수가 없다는 말도 들려왔고, 광주에서는 여전히 계엄군의 시민 학살이 공공연히 자행되고 있는 중이며, 이에 분연히 총을 들고 맞서는 시민군을 진압하기 위해서 전두환은 더욱 많은 무장병력을 그곳으로 투입하였으며, 그와 동시에 광주시의 외곽 지역을 빈틈없이 모조리 봉쇄했다는 것이다. 따라서 광주 시민들은 이제 꼼짝없이 진압군의 총칼에 다 죽게 되었다는 것이었다.

나는 눈앞이 캄캄했다. 더욱이 그런 상황에서 나는 친가와 처가마저 모두 광주에 있기 때문에도 걱정이 늘어났다. 그러나 두 집안의 가족들 중에 아직은 아무도 해를 입은 사람이 없다는 말을 전해 듣고 한 편으로는 걱정을 조금 덜기도 했다. 그렇지만, 이곳저곳에서 무시로 들려오는 총소리에 무섭기도 하고, 또한 계엄군은 어디를 막론하고 사람의 모습이 눈에 뜨이기만 하면 조준 사격을 해서 죽이기 때문에 대개는 집안에 숨어 있거나 심지어는 방문 앞에 이불을 치고 아이들을 숨긴다고도 했다. 그러는 중에 연달아서 계엄군과 시민군의 밀고 당기는 총격전이 있었고, 드디어 시민군의 치열한 공세에 밀려서 계엄군이 시의 외곽으로 후퇴했다는 말도 들려왔다. 그리고 서울의 아내에게서는 일단의 군인들이 나를 찾으려고 두 차례나 더 집안에 들이닥쳤다는 연락이 있었다.

그런 상황에서 나는 크게 갈등하고 있었다. 비록 내 몸은 시골에 숨어 있었지만, 내 마음의 한 부분은 이미 광주에 가 있었고, 나머지 한 부분은 세상에 나온 지 아직 한 달도 미처 못되는 내 아기와 아내에게 가 있었다. 그리고 그 두 부분의 무게가 서로 비슷했다. 그러다가 어느 순간, 나도 모르는 사이에 내 마음은 갑자기 아기와 아내 쪽으로 기울기 시작하더니, 다시는 이전처럼 평형을 이루지 않았다. 그와 같이 나는 광주의 비극을 전해 듣고 있었으면서도 가족을 핑계로 꼼짝달싹하지 않고 숨어 지냈다.

　　그러다가 전남 도청을 지키던 시민군들이 계엄군들에게 처절하게 살해당한 광주항쟁의 마지막 날 밤이 지나고, 도청 직원들이 강제로 출근하여 도청 청사의 곳곳에 고인 희생자들의 핏물을 씻어내고 있다는 슬픈 소식을 전해 들었다. 이어서 광주항쟁에 관련되었다는 혐의로 수많은 시민과 청년학생 및 재야인사들이 계엄군에 체포되거나 수배되었다는 것이었다. 그곳 광주의 참담한 현장이 눈앞에 선하게 그려지는 것 같았다. 그동안의 치열한 항쟁 속에서 수백 명의 시민이 죽고 다치고 행방불명이 되고 끌려간 깊은 상처 위에 또다시 군대가 들어와서 진을 치고 행패를 부리고 있다니, 그 참담한 소식에 나는 몸서리쳤다.

　　그리고 또 며칠이 지난 뒤에 김대중 선생과 그의 동지들에 대한 군검찰부의 '내란 음모 사건' 공소장의 발표도 있었다. 물론 그 내용은 모두 근거도 없는 황당한 픽션이었다. 그 공소장 중에는, 김대중 선생이 내란을 일으켜서 정부를 세운 다음에 내각을 구성하려고 미리 장관 명단을 작성하여 보관하고 있었다는 대목도 있었는데, 나는 그 대목을 읽으면서 헛웃음을 웃기도 했다. 왜냐하면, 5.17 직전에 신촌 사무실에서는 '내가 본 김대중'이라는 가제목으로 단행본을 출판하려는 기획을 했고, 거기에 원고를 써 줄 만한 필자들을 선정한 다음에(물론 원고 청탁도 하기 전에 5.17이 났지만), 내가 그 명단 한 부를 복사해서 김대중 선생에게 전달했는데, 그 이름들이 '미래의 김대중 정부'의 장관들이 되어 그 공소장에 그대로 올라 있었기 때문이었다. 그러니 내가 어찌 웃음을 참을 수 있었겠는가.

그렇지만 한 편으로는, 그 공소장 발표는 나에게도 하나의 고비를 넘기는 일이었다. 그날의 신문에 발표된 공소장만으로는 나는 그 사건에서 비켜난 것이었으며, 따라서 나는 어느 정도는 안심해도 될 것 같았다. 그래서 나는 곧장 저수지 마을을 떠나서 서울로 들어가야겠다는 생각을 했다.

그 다음날 해질 무렵에 나는, 내 연락을 받고 서울에서 급히 내려온 몇몇 동지의 도움으로 짐을 싸서 차에 싣고 예당저수지를 떠났다. 서울의 아내와는, 내가 직접 집으로 들어가지 않고 봉천동의 친척집에 숨는 것으로 은밀히 합의를 본 상태였다. 그렇지만 나는 서울에 올라가서 내 아기를 볼 수 있다는 생각만으로 가슴이 두근거렸다. 그곳 저수지 마을에 머물던 날들이 겨우 삼 주간도 못 되었음에도 불구하고 그동안에 나는 내 아기가 보고 싶어서 얼마나 애가 탔던가. 그래서 그랬는지 몰라도 나는, 그날 저녁의 상경 길 내내 겉으로는 드러내지 않았지만 마음속으로는 무척 흥분된 상태였다.

그날 밤 늦게 나는 서울에 도착했지만, 곧바로 봉천동으로 가지 않았다. 나는 후암동 시장 부근의 뒷골목에 동지들을 세워둔 채 혼자서 마치 도둑처럼 아내와 아기가 있는 집으로 들어갔다. 오랜만에 나타난 나를 보고 아내는 소리 죽여 울었고, 아기도 울었다. 그러나 나는 아내와 아기의 곁에 오래 앉아 있을 수 없었다. 전두환 패거리의 분탕질이 어느 정도의 고비를 넘길 때까지는 숨어 지내기로 아내와 이미 약속을 했기 때문이었다. 그래서 나는 그 밤에 곧바로 발자국 소리마저 죽여 가면서 봉천동의 언덕 중턱에 있는 친척집의 이층 방으로 갔으며, 그 집에서 그해 초여름을 거의 다 보냈다.

그러다 보니 남의 집 이층 방에 오랫동안 숨어 지내는 것이 진력날 뿐만 아니라, 아내와 아기를 보고 싶은 마음도 불같이 일어나서 나는 방안에 꼼짝 않고 앉아 있기가 힘들었다. 거기에다가 그 친척집 가까이에는 경찰 파출소가 있어서 그 집안 식구들이 늘 긴장했으며, 그것 때문에 심지어는 그 집의 아이들에게까지도 입단속을 시키는 것을 보면서 나는 그 집에 오래 숨어 있는 것이 너무 미안하기도 했다. 그뿐만이 아니라 시골에 숨어 있을 때와는 달리, 서울의 한 하늘 아래 숨을 쉬면서 아내와 아기를 만나지 못하는 내 자신이 무척 처량하고 궁상맞다는 생각마저 들기도 했다.

그런 이유로 나는 언제부터인가 밤이 되면 봉천동의 언덕을 조심스럽게 내려와서는, 부리나케 택시를 잡아타고 집으로 갔다가 돌아오는 남모르는 작은 모험을 즐기기 시작했다. 또 그런 다음의 어느 날부터인가 나는 아예 봉천동의 친척집으로 돌아가지 않았다. 그리고 오랜 뒤에 나는, 그때 내가 집으로 들어갈 수 있었던 까닭이 바로 감옥에 갇힌 김대중 선생과 한승헌 변호사 두 분이 군 검찰의 혹독한 심문과정에서도 나를 적극적으로 감싸주었기 때문이라는 것을 알게 되었다.

—— 19장 ——

침묵의 한 시절에

그 당시에, 이 나라의 지도에서 '광주'를 지워 버리려던 전두환 일당의 악랄한 의도는 광주 시민들의 치열한 항쟁으로 실현되지 못했다. 그렇지만 그 역사적인 싸움 속에서 정확한 숫자를 알 수 없을 정도로 많은 시민이 목숨을 잃었고, 다친 사람들은 죽은 이들보다도 훨씬 많았다. 그렇게도 눈앞이 캄캄한 환란 중에 그나마 시민들의 손에 들어온 시신들의 숫자가 무려 2백이 넘었으니, 실제로 얼마나 많은 이가 죽었으며 다쳤는지 그 누가 알겠는가? 그래서 세상에는 잔혹한 진압군이 광주 희생자들을 상당수 아무도 모르는 곳 여기저기에 암매장했다는 말이 파다하게 떠돌고 있을 정도였다.

그리고 어디 그뿐인가? 무고한 시민들은 떼죽음시키고도 만족하지 못한 전두환 일당은, 소위 '광주사태 관련자'라는 딱지를 붙여서 무더기로 시민들을 체포하여 감옥에 가두었으니, 그 신군부 집단의 광분은 차마 말과 글로서는 다 표현하지 못할 정도였다. 그래서 오죽하면 항쟁 중에 체포되어 광주 교도소에 갇혀 있던 광주 항쟁 지도자 중의 한 사람인 전남대학교의 박관현 학생이 단식 끝에 스스로 목숨을 끊었을까?

그렇게 차마 현대 사회에서는 미리 짐작도 못하던 극한 상황이 마치 폭풍처럼 휩쓸고 지나간 광주를 먹구름처럼 덮고 있는 것은 '살아남은 자들'의 슬픔뿐이었다. 그리고 그 큰 슬픔 속에서 거룩한 희생자들은 망월동의 공동묘지에 나란히 묻혔다. 겨우 허리에 닿을까 말까 하는 작은 돌비석에 새겨진 이름만을 남겨 둔 채 젊은 피 뜨거운 그들은 세상을 떠났다. 그렇게 슬픈 그들은 차디 찬 땅 속에 눕고, 그들을 죽인 도둑들은 축배를 들었다.

또한 그 도둑들은 자축연을 하는 중에 보란 듯이 군사재판을 열어서 김대중 선생에게는 내란 음모죄로 사형을, 나머지의 인사들에게는 중형을 선고했다. 그리고 이 나라의 대부분의 언론은, 광주 항쟁 당시에도 줄곧 시민군들을 일컬어 '무장간첩'이며 '폭도'라고 보도했듯이, 군사재판정에 함께 앉은 김대중 선생과 그의 동지들을 모두 '내란 음모자'라고 목소리를 높여서 겅쟁하듯이 보도했다. 그러나 이 나라의 어느 한 언론도 이에 맞서서 그게 아니라고 보도하는 곳이 없었다. 무자비하게 총칼을 휘두르는 전두환의 신군부 집단 앞에서 어느 누구도 감히 진실을 말할 수 없는 깊은 침묵의 한 시절이 또 다시 온 것이다.

그해 여름 내내 서울의 거리에는 총 끝에 칼을 꽂은 무장 군인들을 가득히 태운 군용 트럭들이 휘젓고 다녔다. 그들의 번쩍이는 칼끝은 모든 사람을 두려움으로 몰아넣었으며, 그 두려움은 어느 누구도 함부로 그들 앞에서 팔을 치켜들고 막아서지 못하게 만들었다. 그래서 그랬겠지만, 당시의 서울은 유난히도 조용하고 후덥지근했다.

세상의 그런 답답한 분위기 속에 굳이 문학인들이라고 해서 별다른 방법이 있을 리가 없었으니, 6월의 어느 날이던가 자실의 주요 멤버들이 청진동에서 은밀하게 만나 대책을 협의한 것이 고작이었다. 그런데 그 모임이 트집이 되었는지 몰라도 며칠 뒤에 자실의 간사인 신경림, 조태일 시인과 구중서 평론가가 영문도 모른 채 종로경찰서에 붙잡혀 갔고, 이어서 신경림 시인과 조태일 시인 두 사람이 '김대중 내란 음모 사건'에 엮어져서 서울구치소에 구속 수감되는 일이 벌어진 것이다.(나중에 두 사람은 기소유예로 풀려났지만, 신경림 시인은 1개월 반쯤, 조태일 시인은 2개월 넘게 고생했다.)

그리고 그 일만이 아니라, 더욱 일찍이 5.18 확대 계엄과 동시에 자실의 대표인 고은 시인과 후배 작가인 송기원 동지가 김대중 선생과 함께 '내란 음모'와 '계엄령위반' 등의 혐의로 육군 형무소에 수감되어 재판을 받고 있는 중이었으니, 어쩌면 우리 '자실'의 경우에는 전두환 계엄군의 손에 풍비박산이 났으며, 그로 인하여 잠시 휴면기에 들어간 셈이었던 것이다.

그와 같은 상황은 내가 잔뜩 몸을 낮추어 칩거하고 있는 내 집의 안팎에서도 마찬가지였다. 대문 밖에는 늘 경찰들이 지키고 서 있었고, 그동안 자주 찾아오던 친지들의 발걸음도 자연히 뜸해졌다. 그래서 아내와 아기와 나, 이렇게 세 사람이 웅크리고 있는 집 안에는 오직 아기 울음소리 이외에는 온종일 거의 아무 소리도 들리지 않을 정도였다.

그와 같은 무거운 분위기 속에서도 내 집 주위를 남다르게 부지런히 배회하는 한 사람이 문득 기억나는데, 그는 서울역 앞 남대문경찰서의 정보과 형사였다. 겉모습부터 사람이 좋아 보이는 그는, 물론 그 사람 나름대로의 노련한 전략이었겠지만, 나를 감시하는 담당 형사로 배치되던 첫날부터 스스로 '심부름꾼'을 자처하고 나섰으니, 그동안 서로간의 상당한 갈등을 거친 뒤의 어느 때부터인가는 그와 내가 서로 조금씩은 필요한 사이로 접근해 있었다. 그런 이유로, 그 당시 내가 꼼짝 못하고 집안에만 틀어박혀 지내는 동안에 그는, 나를 감시하는 업무와 병행해서 나의 잔심부름까지도 자청하여 맡아 주었으니, 어떤 면에서 그는 내 가족과 나에게 스트레스를 준 동시에 도움도 준 셈이 되었던 것이다.

그리고 또 두 사람의 친구가 생각난다. 내가 광주에서 교사 생활을 하던 때부터 잘 알고 지내던 한 승려 친구가 있었고, 또 한 사람 서울에서 만난 한 승려 친구가 있었는데, 그들 두 승려가 어느 날 느닷없이 내 집의 대문 앞에 작은 짐차를 타고 나타나서는, 아주 큰 쌀자루를 차에서 끄집어 내리는 것이 아닌가. 그 광경을 보고 나는 그들의 승복 자락을 붙잡고 웬일이냐고 물었더니, 그 두 승려는 내가 쌀이 없어서 굶고 있다는 소문을 듣고 모 사찰에서 '시주 쌀가마니'를 들쳐 매고 나왔다고 말하면서 껄껄 웃었다. 그때 그들은 윗몸을 뒤로 젖히면서 호탕하게 웃었지만, 나는 그만 가슴이 울컥해지고 눈시울이 뜨거워지는 것을 참을 수가 없었다.

그렇게 엉뚱하고 고마운 승려 친구들의 덕분에 나는, 그해 여름과 가을을 쌀 걱정 없이 지낼 수가 있었다. 지금 이미 수십 년이 지난 옛 일이지만, 내가 어찌 그 두 친구들의 이름, '지선'과 '진관'을 잊을 수가 있겠는가?

내가 숨다시피 하면서 살고 있는 집이 서울역의 지근거리에 있었던 까닭이었을까? 그해 여름 날 내 집 마당의 키 큰 대추나무가지에 열린 대추알들이 제법 굵어지고 있을 무렵쯤에는, 대문 앞을 지키는 경찰들을 아랑곳하지 않고 내 친구들과 후배들이 그 부근을 지나는 길에 간혹 나를 찾아와서는 잠깐씩 머물다가 가곤 했다. 이제는 무척 오래된 지난 일이지만, 그때를 생각하면 맨 먼저 머리에 떠오르는 얼굴들이 있으니, 그들은 내가 서대문 감옥에 갇혀 있을 때 알게 모르게 나를 도와준 김재술 교도관과 그의 동료들이다. 왜냐하면, 이미 훨씬 전에 감옥 안에서도 그렇게 했듯이 그들은 전혀 아무 것도 두려워하지 않고 거침없이 내 집의 대문을 드나들었으니까. 그러다 보니, 언제부터인가 무척 자연스럽게 그들과 나는 서로 "형, 동생"으로 불렀고, 내 아내는 그들을 '내 아이의 삼촌'이라는 뜻으로 "삼촌"이라고 부르고 있었다.

그들뿐만이 아니었다. 아기 우는 소리만 들리는 내 집을 깨우기라도 하겠다는 듯이 가끔씩 요란하게 초인종을 누르며 마당으로 들어서는 사람들이 있었으니, 그들은 바로 광주에서 오는 몇몇의 가슴이 뜨거운 후배 시인들이었다. 그들의 얼굴에는 남다르게 무자비한 총칼 앞에 맨주먹으로 싸운 자들의 당당함이 서려 있었으며, 그들의 가슴에는 의로운 싸움 속에서 '살아남은 자'의 슬픔이 있었다. 그래서 나는 술도 잘 마시지 못하면서도, 그들과 함께 소주를 홀짝거리면서 밤을 보낸 적도 많았다.

그리고 또 광주의 교사 친구인 임추섭은 내 안부가 궁금하여 자주 서울을 오르내렸으니, 그 즈음에 그는 아마 광주에서 주말을 보내는 것보다는 서울에서 보내는 횟수가 훨씬 더 많았을 것이다. 어느 누가 그에게 그렇게 하도록 강요하는 것도 아님에도 불구하고 그는 자청하여 서울에 자주 오르내렸으며, 마치 가족 중의 한 사람인 것처럼 내 곁에 여러 날을 머물다가 가곤 했던 것이다.

그렇게 종종 내 집에 들러주는 사람들 중에는, 그 유명한 '교육 지표 사건'을 사실상 주도했던 연세대학교의 성래운 교수와 같은 이도 있었다. 특히 그분은 그 엄혹한 시절에 마치 아버지처럼 내 마음을 어루만져 주는 이었기에 나는 그분을 잊지 못한다. 당시에 크게 의지할 사람이 없던 내가 등을 기댈 수 있던 그분, 심지어는 내 어린 딸아이에게까지도 자상하고 정겨운 할아버지로 가까이 다가오던 그분을 어찌 잊을 것인가. 지금 이 글을 쓰고 있는 이 순간에도 그분의 따뜻한 미소, 그리고 여기저기 사람들이 모인 곳에서 지그시 눈을 감고 두 손을 모으고 감정을 넣어서 '겨울공화국'을 암송하시던 그분의 아름답고 열정적인 모습이 눈에 선하다.

그 즈음에 나는 그렇게 집안에만 주로 머물러 있었지만, 시절을 탓하면서 무료하게 세월을 보내고 있었던 것만은 아니었다. 오히려 그 어려운 시절에 어울리지 않게도, 나는 어느 때보다도 더 열심히 무슨 글인가를 닥치는 대로 썼다. 그것은 아마 내가 글 쓰는 일에라도 깊이 몰입함으로써 세상의 일을 잊고 싶어서 그랬는지도 모른다. 거기에다가 당시의 시대적인 상황과는 어울리지 않게도 여기저기에서 나에게 심심치 않을 정도로 원고 청탁들이 오고 있었으니, 젖먹이 딸아이의 기저귀 값이라도 보태야 하는 내 입장에서는 그 얼마나 다행스런 일이었는지 모른다.

그러다 보니 나는, 언제부터인가 문학 안에서 생각하고 글을 쓰는 것을 뛰어 넘어서 평소에는 관심도 없던 다른 분야에까지 감히 넘나들고 있었던 것이다. 그리고 나는 그런 나를 발견할 때마다 고개를 가로 젓곤 했으니, 마치 내가 원고료 몇 푼에 매달려서 분수를 지키지 못하는 것 같이 여겨졌기 때문이었다. 그러나 어찌할 것인가? 아무리 앞뒤가 막힌 답답한 시절이라고 할지라도, 아내에게는 남편으로서, 딸아이에게는 아비로서 그들을 배불리지 못하는 내가 무슨 낯으로 이런 저런 구실을 붙여서 내 고집만 피우고 있을 수 있었겠는가.

그런 까닭으로 나는 그때, 문학잡지만이 아닌 대학 신문들이나 미술잡지, 심지어는 회사의 사보들에까지도 글을 썼다. 세월이 훨씬 많이 지난 뒤에 그때 쓴 글들을 들춰 보고 나서 대부분이 원고료와 맞바꾼 것들이라서 별로 가치가 없어 보이는 것들은 거의 내버렸지만, 그래도 나는 그런 글들을 쓰느라고 밤을 새워서 타자기의 자판을 두들기던 그때를 잊을 수가 없다.

그렇다고 해서 내가 시 쓰기를 외면한 채 돈이 되는 글쓰기에만 매달린 것은 아니었다. 비록 내가 감옥 안에서처럼 치열하게 시 한 두 편에 집중하지는 못했을지 몰라도, 내 주위의 어두운 상황과 질곡이 오히려 내 등을 떠밀어서 시에 접근시켰으며, 그로 인하여 몇 편의 시 작품들을 그런 대로 내 손으로 만들고 다듬게 해주었다. 그렇게 한 뒤에 그때 쓴 시 작품들에다가 그 전에 쓴 옥중 시편들 중의 일부를 뽑아서 엮은 시집이 바로 그 다음 해에 출판된 『청산이 소리쳐 부르거든』이었다.

그 즈음에 내 아내와 나는 아기를 품에 안고 수유동에 있는 '한빛교회'에 열심히 나갔다. 그곳은 내가 노예수첩 사건으로 체포되기 전, 성서공회에서 일하면서부터 틈틈이 나갔던 기독교장로교파의 한 교회였다. 그곳은 문익환 목사의 부친인 문재린 목사가 설립한 단층 건물의 자그마한 교회로, 목포에서 갓 올라온 이해동 목사가 당회장으로 시무하고 있었는데, 그때까지만 해도 문재린 목사가 부인인 김신묵 여사와 함께 정정한 모습으로 주일예배에 참석하고 있었다.

그리고 이미 민주화운동의 중심인물이 된 문익환 목사가, 혹시 감옥에 들어가 있거나 경찰에 끌려가는 일이 없는 경우에는 그 천생의 환한 미소를 머금은 얼굴로 교회에 나왔으며, 그의 부인인 박용길 여사가 어김없이 그림자처럼 그의 곁을 지키고 앉아 있었다.

따라서 얼핏 본다면, 그곳 한빛교회는 문익환 목사 가문의 가족 교회와 같기도 했다. 그러나 그렇지 않았다. 겉으로 보기에는 그 규모가 작아서 마치 그의 가족이나 친척들만 모여서 예배를 보는 곳처럼 여겨질 수도 있었지만, 그곳의 실체는 전혀 그것이 아니었다. 내가 보기에는 그곳은 분명히, 문익환 목사가 쓴 첫 시집의 제목처럼 "새 하늘과 새 땅"을 여는 전사戰士를 자처하는 기독인들의 모임이었던 것이다. 그런 까닭으로 그곳은, 당시의 정치 권력에

펀드는 세속 교회들의 눈에는 무척 불온한 곳이었을 것이다.

그렇지만, 그곳에 모여서 예배를 보고 친교를 나누는 이들은 너나없이 세상의 눈을 그다지 의식하지 않았으며, 오히려 그와 반대로 자신이 그 교회의 한 구성원이 되었다는 사실에 모두가 자부심을 가지고 있었다. 그리고 더 나아가서 그곳에 모이는 사람들은 모두 그 교회가 세상을 바꾸는 일에 앞장서기를 원했다. 따라서 그들은 서로 형제이면서 동지였다. 그리고 그들이 그곳에 모여서 하는 일은, 예배이면서 동시에 이 땅의 민주화를 위한 학습이었다.

그렇게 그곳이 민주화운동의 전선에서 스스로 '십자군'이 되기를 자원하는 기독인들의 모임이었기에, 일요일 아침이 되면 신앙의 깊고 얕음과는 상관없이 뜻이 맞은 이들이 줄을 지어 모여들었으며, 심지어는 나까지도 젖먹이 딸아이를 품에 안고 아내와 함께 서울역 앞의 동자동에서 한빛교회가 있는 수유동에까지 털털거리는 시내버스를 타고 갔다가 돌아오곤 했었던 것이 아니었겠는가.

"곰을 피하니 범이 온다"는 말과 같이 박정희 군벌 통치 시대가 끝나자마자 전두환의 신군부 통치 시대가 곧바로 이어졌으니, 나에게는 그런 어처구니없는 시절을 살아간다는 것이 결코 쉬운 일이 아니었다. 그렇게 앞뒤가 꽉 막힌 상황에서는 나에게는 세상에 대한 기대나 희망이라든지 계획 따위 등이 있을 수 없었다. 따라서 나는 마치 하루하루를 못 죽어서 사는 사람과 다름없이 살아가는 수밖에 다른 도리가 없었다. 다시 말하자면, 나는 속수무책으로 절망 중에 스스로 갑각류처럼 굳은 껍데기 속에 몸을 움츠리며 세월을 보내고 있었던 것이다.

그러나 거기에는, 예나 지금이나 다름없이 언제나 나를 붙들어 주고 흔들어 깨우며 살리는 사람이 있었으니, 그 사람은 물론 내 아내였다. 그리고 그녀의 품에서 옹알거리는 내 어린 딸아이 율희였다. 따라서 나는 그 즈음에, 내 곁에 몸과 사랑으로 이어져 있는 이 두 모녀로 인하여 전날과는 다르게 점점 변하고 있는 내 자신을 발견하면서 때로는 문득문득 놀랄 때가 있었다. 그것은 첫째로, 세상의 일과 상관하여 사람들과 만나고 협의하고 개입하는 경우에 먼저 이 두 사람을 돌아보게 되고, 평소의 나답지 않게 머뭇거려지고 신중해진다는 것이었다. 어찌 보면 분명히 그때 벌써 내 입과 머리에는 고삐가 묶여 있었으며 내 등에는 안장이 채워져 있었던 것이다.

사람의 삶 속에는 어디에나 모순이 있기 마련이지만, 그래서 나에게는 한 편으로 행복도 있었다. 왜냐하면, 이제는 내 삶의 주인은 내가 아니었으며, 내 아내도 아니었고, 결국에는 내 아린 딸아이였기 때문이었다. 그리고 나는, 내 넋을 몽땅 빼앗은 귀엽고 예쁜 딸아이와 아내를 등에 태우고 마냥 싱글벙글하면서 저만치 걸어가는 한 마리의 노새였던 것이다. 더욱이 그 울분이 가득한 어두운 시절에, 그 길이 어디로 이어지는 것인지를 짐작할 수 없어도,

내 등에 가족을 태우고 어디론가 하염없이 가고 있다는 것은, 남들은 모르는 애틋한 보람이요 즐거움이었다.

나는 그렇게 자발적으로 내 가족을 등에 태우고 가는 노새가 되었다. 아니, 운명적으로 내 가족의 노새가 되었다고 하는 것이 맞을 것이다. 그리고 나는 그 운명을 즐기고 있었다. "늦게 배운 도둑질이 날 새는 줄 모른다"는 말과 같이, 집안에 발을 묶고 꼼짝하지 않은 채로 나는 딸아이와 아내의 곁에 줄곧 머물고 있었다. 언제든지 그들이 손짓하면 그 즉시 부르르 갈기를 털면서 급히 달려갈 마음으로, 등에는 무거운 안장을 얹어 놓은 채 나는 늘 그들의 시야 속에 잠들지 않고 다소곳이 서 있었다.

그리고 내 집에도 그런 대로 분주했던 낮의 시간이 지나고 내 딸아이와 아내가 곤히 잠든 늦은 밤이 되면 나는 시작 노트에, 나중에 나오게 되는 시집 『5월제五月祭』에 싣게 되는 시편들을 쓰면서, 거기에 곁들여 '노새일기'라는 이름의 시 작품들을 몇 편인가 짧게 써 보기도 했다. 깊은 밤, 잠들지 못하는 한 마리의 노새가 머리를 주억거리며 혼자서 방울을 짤랑거리듯이, 때때로 나도 그렇게 밤을 지새우면서 아무도 들어 주는 이 없는 노래를 혼자 불렀다.

—— 20장 ——

목련꽃 그늘 아래서

전두환 신군부의 광주 학살과 분탕질, 그리고 끊임없이 이어지는
공포와 혼란 속에서도 시간은 지나갔다. 그리고 나뭇잎들이 지고
그 위에 눈이 내리는가 싶더니, 어느 날 문득 김대중 선생이 감옥
에서 곧바로 미국으로 추방되었다는 소식이 들려왔고, 그와 함께
내란 음모죄로 끌려가서 재판을 받던 이들 중에서 몇 사람은 감옥
안에 남고 또한 몇 사람은 석방될 것이라는 소식도 들려왔다.

　　그리고 찬바람 속에서도 침묵의 시간이 빠르게 지나가고, 하룻
밤 사이에 언 강이 감쪽같이 녹는가 싶더니, 어느 틈에 내 집 앞마
당의 목련나무에는 탐스런 흰 꽃잎들이 봉긋이 피어나기 시작했

다. 또다시 봄이 온 것이다. 그러나 그 봄은, 이 땅의 민주화에 대한 희망으로 가슴 두근거리던 지난해와 같은 '서울의 봄'이 아니었다. 그 봄은 어딘가 허망하고 서글프고 답답한 절망의 날들이었다.

그래서 그랬을까? 풀이 죽어 지내던 내 아내가 갑자기 내게 하나의 제안을 했다. 내 딸아이의 돌잔치를 벌이자는 것이었다. 그것도 다른 곳이 아닌 집으로 손님들을 초대하자는 의견이었다. 물론 나는 고개를 갸웃거리며 대답을 못했다. 나는 차마 그럴 만한 엄두가 나지 않았으니, 그 까닭은 그런 규모의 돌잔치 비용을 마련할 만한 자신이 내게는 조금도 없었기 때문이었다.

그러나 내 아내는 결국 그 일을 추진했다. 그녀는 딸아이 율희의 돌잔치를 벌이기 위해서 광주의 처가를 동원했다. 돌날을 며칠 앞두고부터 처가의 온 가족이 번갈아 가면서 음식 재료들을 광주에서 서울로 실어 나르는가 하면, 음식 솜씨가 남달리 뛰어난 두 분의 처형들은 아예 며칠 전에 서울에 올라와서 잔치를 벌일 작업에 착수했다. 그러다 보니, 우리의 동자동 집은 율희의 돌날이 되기도 전에 벌써 잔치 집과 같이 떠들썩한 분위기였다. 그렇게 내 아내는, 광주의 음식 재료들을 광주에 사는 친정 언니 올케들의 손으로 요리하게 함으로써 돌잔치 손님들에게 온전한 '광주 음식'을 대접할 준비를 한 셈이었다.

이어서 내 딸 율희의 돌날, 유난히도 맑고 포근한 그날 온종일 동자동의 내 집에는 많은 운동권 선후배와 문학 친구들, 민가협의 어머니들, 한빛교회의 식구들이 찾아와 주었으며, 방과 마루에 나누어 앉아서 큰 상마다 가득히 차려진 '광주 음식'을 즐겁게 먹었다. 그리고 모든 이가 입을 모아 음식 칭찬을 했다. 그 어디이건 사람이 먹는 맛있는 음식이 있기 마련이지만, 그때 그 자리에 참석하여 그 음식을 먹어 본 사람들의 말로는, 무척 드물게 먹어 본 맛있는 음식들이었다고 했으니, 아무튼 광주 친정의 돈과 형제들의 손으로 음식을 만들어서 돌잔치를 벌인 내 아내의 수고가 헛된 것은 아니었다.

그렇게 나는 내 딸아이의 돌날을 빌미로, 그리고 아내와 처가의 도움으로 친구들과 선후배들을 내 집에서 만나는 시간을 가질 수 있었다. 부자들 같이 널찍한 잔디 마당에 모여서 가든파티를 연 것은 아니었지만, 정성 들여 차려진 음식상을 가운데 놓고 마루와 안방과 문간방에 오밀조밀 둘러앉아서 시간의 제한도 없이 화기애애하게 담소를 나누던 그날 그 시간을 나는 지금도 잊지 못한다. 앞마당에 흰 목련꽃잎들이 유난히도 눈부시게 피어있던 4월의 그 하루를.

그날 집에서 치른 돌잔치를 계기로 내 딸아이 율희가 내가 아는 이들 사이에서 한 때 유명해지기도 했다. 그날 내 집에 왔다간 이들이 자주 그날의 잔치를 화제에 올리면서 '율희'라는 이름이 불리어지고 이어서 '율희네 집'이라든지 '율희 엄마' '율희 아빠'라고 부르다 보니 그렇게 된 것 같았다. 그 결과로 전혀 엉뚱한 곳에서 엉뚱한 일이 생기기도 했던 것이다.

그것은 이랬다. 그날 내 집에 온 이들이라면 대게가 수사 기관의 입장에서 보면 '요시찰 인물'에 해당되는 사람들이었는데, 그들이 며칠 사이에 갑자기 '율희'라는 이름을 자주 언급하고 있으니, 신경이 쓰이고 의심이 갈 수밖에 없는 일이 아니겠는가. 그래서 그들은 '율희네 집'이 반체제인사들의 아지트이거나 '율희'라는 이름이 마치 무슨 암호라도 되는 것으로 오해했고, 그 과정에서 율희가 누구인가를 파악하라는 지시가, 어딘지는 정확히는 알 수 없지만 '상부'에서 내려지기도 했다는 것이다. 율희의 돌잔치가 한참 지난 뒤의 어느 날, 담당 형사로부터 그 말을 전해 듣고 나는 실소를 금하지 못했으니까.

아무튼 그 시절의 어두운 상황을 무시하고, 요즘의 시속말로 '깜짝 파티'를 열었고, 그 바람에 율희의 이름까지 널리 알려지게 되어 일부 수사기관원들까지 긴장시키기도 했으니, 그로 인하여 돌 장이 딸아이를 둔 상태에서 또다시 연년생을 임신한 몸으로 힘겨워하던 중인 내 아내와 어둡고 아픈 시간을 힘겹게 보내고 있던 나에게는 오랜만에 재미(?)있는 이야깃거리가 생긴 셈이었다.

그리고 여기에 내가 또다시 덧붙이고 싶은 말이 있다. 아기의 돌잔치라는 것이 사람이 일반적으로 다 같이 경험하는 사소한 일임에도 불구하고, 그것을 마치 대단한 것처럼 내가 글로 씀으로서 자칫 남들에게 좀스럽게 보일 수도 있는 일이지만, 굳이 내가 그 일을 비켜가지 않은 까닭이 있으니, 그것은 율희의 돌잔치에 모인 이들의 얼굴들 때문이라는 것이다. 다시 말하지만, 그들은 대게가 당시의 몸으로 쓰는 역사 운동 과정에서 거듭하여 고난을 받고 상처 입은 동지들과 그들의 어머니들이었으니까. 그래서 나는, 이미 서른다섯 해 전 4월 하순의 그날, 율희의 돌잔치를 치르던 그 하루를 지금도 잊지 못한다.

아마 율희의 돌잔치가 있던 뒤, 두어 달 쯤 되었을 때였을 것이다. 그동안 여러 해를 서울에서 공직 생활을 해 오던 막내처남이 갑자기 스스로 사직을 했다. 그의 말로는 성격에 맞지 않다는 것이었다. 그리고 그는 그해 여름 내내 이 궁리 저 궁리를 하던 중에 자그마한 사업을 시작하는 것으로 결론을 지었다. 그래서 서둘러 문을 열게 된 것이 종로의 보신각 건너편에 있는 건물 2층에 '비엔나'라는 간판을 붙인, 당시에 유행이던 간단한 양식류에 맥주를 파는 경양식집이었다.

물론 나는 그 가게를 개업하는 전후에 종로를 오가면서 처남의 일을 조금씩 거들기도 했다. 그리고 예상 밖으로 그곳이 줄곧 성업을 이루었기 때문에 나는 자주 거기에 드나들 수밖에 없었다. 그뿐 아니라 내가 사람을 만날 일이 있을 경우에는, 마치 내 집처럼 그곳에서 만났으니, 나를 아는 이들 사이에는 내가 종로에 맥주

홀을 열었다는 식의 헛소문이 돌 정도였다.

그러나 그곳 '비엔나'는 그 어둡고 답답한 시절에 나에게는 분명히 하나의 돌파구였다. 왜냐하면, 거기에 가면 바깥세상과는 다른 찬란한 조명이 있고 기름진 음식이 있고 술이 있고, 왁자지껄 떠들썩한 목소리들이 가득히 넘치고 있었기 때문이었다. 그래서 나는 거기에 가면 음식을 입에 넣지 않아도 배가 부르고 술을 마시지 않아도 취하는 것 같았으니까. 그래서 나는 특별한 일이나 사람을 만날 약속이 없을 때에도 저녁이 되면 비엔나로 나갔으며, 내 처남은 손사래를 치면서 극구 말렸지만, 나는 자청하여 카운터를 보기도 했고 일손이 딸릴 때에는 웨이터처럼 손님들을 안내하거나 술병과 안주 접시를 나르기도 했다. 그것이 그 당시 내가 보낸 많은 밤의 시간이었다.

어쩌면 나는 그렇게 시간을 보내면서 잠깐이나마 내 자신을 잊고 싶었던 것인지도 모른다. 그리고 동시에 그것은, 전혀 아무것도 손에 잡히지 않는 캄캄절벽 같은 눈앞의 현실을 외면하고 싶은 나의 몸부림이었는지도 모르는 일이다. 안으로는 긴 울음을 삼키면서 겉으로는 환하게 웃음을 지으면서 술에 취한 듯이 허둥대고 비틀거리던 내 서글프고 어색한 그때의 내 모습이, 지금도 그 '비엔나'가 있던 근처를 지날 때마다 내 눈에 선히 떠오르는 것을 어찌할 것인가.

지금도 역시 변함이 없지만, 당시의 내 아내 정순은 몸은 작지만 마음은 무척 강했다. 그녀는 둘째 아이를 임신하여 만삭이 될 때까지도 자리에 눕기는커녕 입덧마저도 하지 않았다. 어쩌면 그녀를 둘러싸고 있는 어려운 환경이 그렇게 만든 까닭도 아주 없는 것은 아니었겠지만, 힘겨운 내색도 없이 배부른 몸을 쉬지 않고 움직이면서 묵묵히 어린 딸 율희를 키우고 내 뒷바라지까지 해 주는 그녀의 인내심은 놀라웠다. 아무 대책도 없이 연이어서 아이를 임신 시켜 놓고도 아내의 몸과 마음을 자상하게 살펴서 돕거나 건사할 줄도 모르는 내가 아내의 고통을 무심코 못 보고 지나쳐 온 부분도 많겠지만, 아무튼 그녀는 내 눈에도 강한 여자였다.

그런 아내가 아들을 낳았다. 지난해에 딸을 낳은 그 병원에서 또다시 개복수술로 아들을 낳은 것이다. 물론 내 아내의 개복수술 담당 의사도 지난해에 내 아내의 수술을 맡았던, 몸집이 크고 활달한 성격의 산부인과 여의사 김 아무개 과장 그 사람이었다. 그날, 내 아내가 지난해에 이어서 두 번째의 개복수술로 아이를 낳으려고 병실로 들어갔던 긴장된 시간(분만실에 들어가기 직전에 내 아내와 나는 세 번째의 임신을 포기한다는 각서에도 서명했다)을 내가 어찌 잊을 수 있겠는가.

아이 낳는 아내 곁의 남편이라면 누구나 마찬가지이겠지만, 내 아내가 분만실에 들어 간 뒤의 내 목덜미에는 어찌 그렇게 땀이 났던고. 그런 중에 어느 순간 분만실에서 들려오는 아이의 커다란 울음소리와 함께, 그 순간에 내 몸을 가로지르는 기쁨의 전율이라니, 그것을 무슨 말로 표현할 수 있겠는가. 그러고 나서 한 참 뒤에 분만실의 문을 열고 나오더니 환한 얼굴로 내게 손을 내밀던 그 김 아무개 과장. 그녀가 그 큰 몸을 흔들고 웃으면서 내게 던진 그 말을 나는 지금도 역력히 기억한다.

"내 손으로 받아낸 아기들 중에 저렇게 큰 소리로 우는 아기는 처음이에요. 이름을 '소리'라고 지으세요, 소리 아빠!"

그래서 결국 나는 내 아들의 이름을 김 과장의 뜻을 따라서 '솔휘'라고 지었다. 그냥 입으로 소리 나는 대로 한글로 '소리'라고 지었을 때에는 사내아이의 이름으로 조금 가벼운 느낌을 줄 것 같아, 음은 그대로 살리면서 뜻 깊은 한자로 이름을 짓고 싶어서 나는, 진솔할 솔, 통솔할 솔率에 빛날 휘輝자를 써서 '솔휘'라고 지었던 것이다. 이렇게 내 아들을 아내의 뱃속에서 꺼내 준 여의사와 아비인 내가 합작으로 지은 것이 바로 이 이름이다. 마치 자화자찬하는 것 같지만, '양솔휘', 지금에 와서 생각해 봐도 잘 지어진 이름 같다.

내 아들 솔휘는 몸무게가 많이 나가는 매우 튼튼한 아기로 태어난 편은 아니었다. 팔다리는 조금 긴 편이었지만, 몸은 대체적으로 약한 편에 속했다. 그런데 그런 상태의 갓난아기에게 문제가 생겼던 것이다. 내 아내는 수술 뒤의 치료를 위해 병실에 있고, 아기는 따로 신생아실에 있었는데, 수유 과정에서 문제가 있었는지 몰라도 태어난 지 사나흘 만에 아기가 푸르스름한 설사를 했고, 그것이 멈추지 않는다는 것이 아닌가. 그렇게 되자 병원 측에서도 긴장을 하고 아기의 설사를 멈추게 하려고 집중적으로 치료에 들어갔다. 그러나 그런 노력도 별로 실효를 거두지 못했다.

아기가 그런 위험한 상태에서 여러 날이 지나게 되자 병원 측에서는 아내와 나에게, 더 이상으로 손을 쓸 수 없으니 다른 병원이나 의사를 찾아보는 것이 어떻겠느냐고 말을 전해 왔고, 그 말을 듣고 아내와 나는 눈앞이 캄캄해졌다. 그래서 결국 주변의 여러 사람들에게 물어보고 수소문한 끝에, 갓난아기들의 그런 병을 고칠 수 있는 의사 한 사람이 있다는 사실을 겨우 알아냈다. 그가 바로 사직동 언덕의 조그맣고 소박한 건물에 길쭉한 나무 간판을 세로로 매달아 놓은 소아과 병원의 원장으로, 한 동안 청와대의 주치의였으며, 당시까지도 대통령 자녀들의 진료를 책임지고 있는 고극훈 박사라는 것이었다.

아내와 나는 그 소식을 들은 즉시 신생아실로 가서 아기를 퇴원시켜 품에 안고 '고극훈 소아과병원'으로 달려갔다. 그리고 그 병원의 원장실에 허겁지겁 뛰어 들어간 우리 부부는, 세상에 나오자마자 병에 걸려서 축 늘어진 내 아기를 원장 앞에 내려놓으면서, 아기를 살려 달라고 사정했다. 그러자 그는 안경 너머로 웃음을 지어 보이면서 최선을 다해 보겠다고 말했고, 그 말끝에 우리 부부는 아기를 그 즉시 입원을 시키고 운명을 그에게 맡기기로 작정했다. 그리고 그 시간부터 내 아기를 살리기 위한 내 아내의 또 다른 고생이 시작되었다. 그날, 생사의 갈림길에 있는 갓난아기를 끌어 안고 사직동 그 병원으로 허겁지겁 달려가던 그 시간의 내 아내의 몸은 개복수술 자국이 아직도 덜 아문 상태였으니까.

그런 몸으로 내 아내는 오직 한 가지 아기를 살리겠다는 마음 하나로, 아기가 나아서 퇴원하는 날까지 몇날 며칠을 꼼짝도 하지 않고, 머리에 링거를 꽂은 아기를 안고 지냈다. 잠깐씩 밥을 먹거나 화장실에 가는 틈을 빼고는 그녀는 한 순간도 아기 곁을 떠나지 않았으며, 밤에도 아기를 침대에 눕히지 않고 품에 안고 졸음을 이겨 가면서 뜬눈으로 새벽을 맞았다. 그래도 그녀는 지칠 줄을 몰랐으며, 오히려 그녀의 눈빛은 더욱 날카롭게 반짝이는 것 같았다. 제 아기가 몸이 많이 아팠을 때에는 세상의 모든 엄마가 다 그렇겠지만, 그때의 그녀 역시 초인이었다.

—— 21장 ——

어린 왕자 돌아오다

내 삶 속에 우연히 찾아온 고비가 한 두 번이 아니지만, 그것들이
내 한 몸에만 상관있는 경우라고 한다면 나는 그다지 크게 두려워
하지 않았다. 왜냐하면, 아무리 험한 고비라고 할지라도, 그것 앞
에 내 목숨 하나를 포기하면 그만이 아니겠느냐고 생각했기 때문
이었다. 그래서 나는 수시로 남산에 끌려가거나 깊은 감옥에 갇히
거나 간에 절대로 자존심을 버리지 않았으며, 나를 때리고 짓밟고
구박하는 자들에게까지도 구차하게 허리를 굽힌 적이 전혀 없었
다. 말을 바꾸자면, 내가 아예 죽음을 각오한 경우에는 내 마음 안
에 아무 두려움도 스며들 틈이 없더라는 뜻이다.

그러나 1981년 그해 가을, 내 아기의 목숨이 위협받고 있는 상황에서는 나는 도저히 그렇게 할 수 없었다. 나는 두려움에 떨었으며, 내 눈 앞에는 아무 것도 보이지 않을 정도로 캄캄했다. 그렇지만 하늘의 도움이 있었을까? 고극훈 원장 선생의 치열한 집중 치료와 함께 거의 날마다 뜬눈으로 아기에게 매달려 온 아내의 정성으로 내 아들의 상태가 희미하게 나아지기 시작했다. 그러면서 아기의 통증도 꺾이는지, 시시때때로 애처롭게 울어대던 아기의 울음소리도 점점 잦아들었다. 그러면서 내 마음을 가득히 채우고 있던 두려움도 조금씩 사라져 갔다. 그리고 그 자리에, 차마 남들이 알 수 없는 기쁨의 눈물이 마치 밀물처럼 천천히 차오르고 있었다.

그렇게 2주가 넘게 입원 치료를 받은 끝에, 솔휘는 정상의 몸을 가진 아이들과 마찬가지로 우유를 마셔도 제대로 소화를 시킬 수 있을 만큼 회복되었다. 이 세상에 나오자마자 몸이 아파서 죽을 고비를 겪은 내 아기가 드디어 살아난 것이다. 그것은 큰 축복이었다. 그날, 극도의 긴장 속에서 여러 날을 보내다가 비로소 퇴원하는 아기를 안고 병원 문을 나서던 아내의 화들짝 밝은 얼굴, 그리고 내 아기를 굽어보던 북악산 봉우리와 사직동의 그 맑고 푸른 가을 하늘을 나는 지금도 잊을 수 없다. 비록 남들이 무슨 말을 할지라도, 내 아기가 살아서 아내와 나의 품으로 돌아온 사건이므로.

그런 까닭으로, 내가 감옥에 갇혀 있던 동안에 일찍이 내 아내가 기독교회관에서 추진한 주택조합에 가입하여 분양받았던 성내동의 아파트를 급히 처분한 돈으로 비싼 병원비를 다 치렀고, 그 뒤로는 줄곧 대책이 없는 무주택자로 셀 수 없이 여기저기 셋집을 전전하며 늙어 오고 있을지라도, 오직 그때 내 아들을 살리려고 돈으로 바꿀 수 있는 집 한 칸이라도 우리 손에 있었다는 것이 얼마나 다행스러웠는가 하는 생각으로 언제나 기뻐한다. 그리고 그때의 그 일이 생각날 때마다 나는 지금도 거듭해서, 내 아들을 살려 준 그 사직동 언덕의 작은 소아과 병원의 고극훈 원장 선생께 감사하고, 그의 명복을 빌며(그는 최근에 92세를 일기로 세상을 떠났다), 그 당시의 절박한 상황에 내 아기를 그에게 이끌어 준 하늘의 섭리에 한없이 감사할 따름이다.

생사의 고비를 넘긴 아기 솔휘가 내 아내의 품에 안겨서 마치 개선장군처럼 당당히 들어온 동자동의 대추나무집은 무척 오랜만에 평온을 되찾았다. 솔휘가 태어나고 병을 치료하는 동안의 여러 날을 고모와 함께 지내던 딸아이 율희는 활기를 되찾았고, 더욱이 동생이 생겨서 신기한지 아기의 주위를 맴돌면서 마냥 즐거워했다. 그렇게 되어 비로소 우리 집은 그해 가을이 다 끝난 초겨울에, 어쩌면 처음으로 어린 딸과 아들, 아내와 나, 이렇게 네 식구가 모인, 문자 그대로의 '단란한 가정'으로 데뷔했다고 말해도 괜찮을 것 같다.

거기에다가 그해의 끝자락을 넘기면서는 나에게도 조금씩 변화가 있었다. 그 동안에는 내 눈앞이 캄캄하여 아무것도 보이지 않는 것만 같아서 아예 엄두도 못 내던 본격적인 글쓰기를 다시 시도해야겠다는 생각이 든 것이다. 그래서 나는 서둘러서 문간방을 정리하고, 먼지가 내려앉은 타이프라이터에 기름을 칠하고 윤이 나게 닦았다. 그것은 내가 이제 집중적으로 책 한 권을 써 보겠다는, 내 자신에게 보내는 신호였고 다짐이었다. 그런데 이게 어찌된 일인가? 정작 그 신호에 먼저 응답하는 사람은 내가 아니라 내 아내였으니까. 그때 나는 미처 짐작도 하지 못했는데, 그녀는 눈물까지 글썽이면서 기뻐했으니 말이다.

그렇게 되어 내 집안에는 어느 시간에도 감히 정적이 스며들 틈이 없게 되었다. 안방 쪽에서는 두 아이의 우는 소리, 옹알거리는 소리에 이어서 아내의 움직임과 말소리가 있고, 거기에 겹쳐서 문간방에서는 내가 수시로 타이프라이터의 자판을 찍어대는 소음까지 있었으니, 그런 과정에서 가끔씩 나를 찾아오는 친구들이나 친척들의 표현이 굳이 아닐지라도, 그때의 내 집의 분위기는 제법 사람이 어울려서 사는 집 같이 보이기도 했다.

그해가 다 끝나는 세모에 나의 서정시집인 『청산이 소리쳐 부르거든』이 출간되었다. 그 시집은 다행히 검열에 걸리지 않아서 시중의 서점에 진열될 수 있었고, 독자들의 반응도 괜찮았다. 그러자 그 시집은 은근히 많이 팔리는 시집에 속하게 되었으며, 그 겨울 동안뿐만 아니라 그 뒤로도 여러 해 동안에 계속해서 판을 거듭하면서 의외의 판매고를 꾸준히 올리는 책이 되었던 것이다.

저자인 내 자신이 예상도 못했을 정도로 『청산이 소리쳐 부르거든』이 독자들에게 좋은 반응을 보인 책으로 등장한 데에는 숨은 공로자들이 있었는데, 그들 중에서 두르러진 사람은 김진홍 교수와 박병서 대표였다. 두 사람 모두 동아일보에서 해직된 기자 출신으로, 김진홍 교수는 당시에 출판사 '전예원'을 운영하고 있었으며 나중에는 한국외국어대학교의 교수가 된 내 친구였는데, 그가 그 시집 출판을 처음 기획하였으며, 박병서 대표는 당시에 갓 출범한 '실천문학사'의 운영을 맡고 있었다.

이어서 또 내 후배인 판화가 이철수가 있었다. 그는 지금 중견 판화가로 유명하지만, 그때에는 화단에 처음으로 등장한 젊은 신예였다. 그런데 마침 그가 내 시집이 나오기 직전에 첫 판화 전시회를 열었으며, 그의 판화전을 보고 감동받은 내가 그의 작품들을 내 시집 속에 끼워 넣자고 제안하였고 그가 흔쾌히 허락하여, 그 시집에는 내 시의 주제에 맞춰서 그가 별도로 제작한 여러 편의 판화 작품이 들어가게 된 것이다.

예상 밖으로 그 시집이 서점가에서 활발히 팔리기 시작하면서, 그 동안에 움츠리고 있던 나는 조금씩 기지개를 폈다. 사람의 마음이란 그렇게 얄팍한 것인가. 나는 마치 긴 터널 끝에서 희미하게

빛이 비춰 오는 것 같은 느낌이 들었고, 또한 그 동안의 캄캄절벽 앞에서 가끔씩 시 쓰기를 포기하고 싶은 충동을 억눌러 온 것이 잘한 일이라는 생각도 들었다. 그 어둡고 침침한 시절에, 차마 내가 죽지 않고 살아남아서 그나마 나의 시집 한 권이라도 세상에 널리 전해지게 되는 것을 보는 사실 하나만으로도 내게는 잃었던 기운을 되찾는 일이었다.

나의 시집 『청산이 소리쳐 부르거든』이 뜻밖에 독자들로부터 호응을 얻게 되자, '전예원' 출판사에서 또 하나의 기획을 했는데, 그것은 나의 성장기를 기록하여 출판해 보자는 것이었다. 그러나 나는 출판사의 제의에 처음에는 무척 망설였지만, 결국에는 거절하지 못하고 그 글을 쓰기로 약속하고 말았다. 그래서 그 해 겨울 동안 내내 쉬지 않고 글을 쓰고 다음 해에 출판된 책이 바로 『내가 읽은 모든 페이지 위에』라는 제목의 자전적인 에세이집이었다.

물론 그 책은 말 그대로 내 어린 시절에 대한 기억의 편린들을 모은 것으로, 내가 태어나서부터 1960년 4월 혁명 직전까지의 단편적인 신변잡기라고 할 수 있었다. 그때 그렇게 나의 어린 시절에 대한 이야기만 써서 책을 만들자고 한 것도 역시 출판사 측의 기획이었는데, 당시 정권의 무자비한 검열을 피하는 방편으로 그렇게 했던 것이다. 따라서 나는 그 책이 출판된 뒤에도 그다지 흡족하지 않았다. 그 까닭은, 내가 굳이 쓰고 싶었던 글이 어린 날의 성장기가 아니라, 내가 살고 있는 '현재'의 이야기였기 때문이었다.

사실 그때 나는 나의 청년기, 즉 젊은 날의 이야기를 쓰고 싶었다. 그러나 나는 당시의 상황 때문에 내 젊은 날에 대한 이야기는 전혀 쓸 수 없었으며, 책으로 출판하기는 더욱 불가능하여 차마 엄두도 내지 못하던 것이다. 그리고 언제인가는 내 젊은 날의 이야기를 꼭 한 번 쓰겠다고 벼르면서 차일피일 미루었는데, 나도 모르는 사이에 번개처럼 세월이 지나가고 오늘에 이르고 말았다.

그렇게 된 것은, 어찌 보면 내가 무척 게으르고 우유부단하여 독하게 마음을 먹고 책상에 엎드려서 한 권의 책을 쓰는 일에 매진하지 못하는 성격 탓도 있겠지만, 더욱 근본적으로는 지난날의 내 삶이 천신만고로 인하여 여유를 찾을 수 없었던 까닭이 아니었겠는가. 그러나 지금에라도 내가 마음을 다지고 이미 멀리 지나가 버린 젊은 날들을 떠올리며, 그때 입었던 무수한 상처의 피딱지들을 불러내서 어루만지고 있으니, 이 또한 그것들을 그냥 가슴의 깊은 곳에서 썩어서 고름이 되도록 깊이 묻어 버리는 것보다는 훨씬 나은 일이 아니겠는가 하는 생각을 해 본다.

전두환 신군부가 들어선 이후의 자유실천문인협의회(자실)를 중심으로 하는 문학인들의 사정은 마치 한밤중에 화적떼를 만난 것과 다름없었다. 다시 말하자면, 그 이전의 유신 시절보다도 더욱 혹독한 상황이 전개된 것이다. 그것은 먼저 『창작과 비평』과 『문학과 지성』등의 매체들이 폐간되는 것을 출발점으로 하여, 수많은 언론인의 강제 해직과 언론 통폐합에 이어서 무자비한 사전 검열은, 뜻 있는 문학인들을 마치 바늘 꽂을 지면도 얻을 수 없는 캄캄절벽으로 내몰고 말았다.

그러나 우리는 절망하지 않았다. 그 거대한 총칼의 힘 앞에서 모두들 비명만 지르고 있을 수만은 없었다. 그래서 생각해 낸 것이 바로 출판문화 전선의 '게릴라'가 되는 일이었다. 그렇게 되어 해직 기자들을 비롯한 여러 젊은 지식인들이 여기저기에 구멍가게나 다름없는 출판사를 열고 단행본들을 출판하게 되었다. 거기에 맞춰서 우리 자실의 문인들도 두꺼운 책 한 권을 출판했는데, 그것이 바로 무크지인 『실천문학』 창간호였던 것이다. '무크(mook)'란 잡지(magazine)와 단행본(book)의 합성어로, 잡지도 아니고 단행본도 아니며, 잡지이기도 하고 단행본이기도 한 책인 셈인데, 실천문학을 무크지로 낸 사정은 당시의 극심한 언론 탄압을 피하는 데에는 그와 같은 게릴라적인 방법밖에 다른 도리가 없었기 때문이었다.

나는 지금도 기억이 나지만, 그 어둡고 무서운 시절에 돈도 없는 문학 동지들이 모여서 무크지 한 권을 낸다는 것은 보통의 일이 절대 아니었다. 그러나 그 책을 내는 일에 분연히 앞장선 이들이 있었으므로 어렵게나마 출산의 기쁨을 나눌 수 있었으니, 그것은 먼저 그 일에 앞장시 준 '실천문학사'의 박병서 대표와 그 책의 기획과 편집을 맡은 박태순 작가를 비롯하여 고은, 조태일 시인과 이문구 작가, 송기원, 이시영 시인 등의 젊은 문학 동지들, 그리고 뒷전에서 힘이 되어 준 해직 기자들과 해직 교수, 해직 교사들이 바로 그들이었다.

바꾸어서 말하자면, 그들의 헌신적인 노력이 없었더라면 그때의 『실천문학』지는 세상에 나오지 못했을 것이고, 이미 전두환의 신군부가 초토화시킨 허허벌판에서 우리 뜻 맞은 문학 동지들은 어느 문학지의 한 구석에도 감히 짧은 글 한 줄 실어 보지도 못했을 것이다. 그러나 그때의 동지들은 아무리 거친 풍랑이라도 상관하지 않고 과감하게 바다 한가운데 『실천문학』이라는 배를 띄웠으니, 지금에 와서 생각해도 너무도 감격스러운 일이었다. 그리고 거기 그들 사이의 한 구석에 나도 끼어서 함께 노를 젓고 있었다니, 1981년이라면 이미 오래 전이지만 그때의 그 일이 마치 오늘의 일만 같아서 새삼스럽게 가슴이 두근거린다는 것을 고백하고 싶다.

22장

때가 오면 그대여

다음 해로 넘어가는 겨울 동안에 내게는 또 하나의 새로운 일이 생겼다. 그것은, 지금은 세상을 떠나고 없지만, 민청학련 사건으로 감옥살이를 했던 내 고향 후배로서 민주화운동권의 중견 인물인 나병식 사장이 '풀빛'이라는 출판사를 열고 있었는데, 그가 마침 내 아내의 옥바라지 수기를 출판할 기획을 했고, 그의 주문에 따라서 내 아내가 나의 옥바라지를 하는 동안에 틈틈이 쓴 일기와 편지 등을 정리하고 원고지에 옮겨 쓰는 일을 내가 맡게 되었다.

그러나 마침 그 즈음에 나는 '전예원' 출판사에서 기획한 나의 성장기에 관한 원고를 쓰고 있던 중이라서 나를 도울 사람이 필요했는데, 그때 선뜻 나를 돕겠다고 나선 사람이 있었으니, 그가 바로 광주에서 갓 서울에 올라온 젊은 박선욱 시인이었다. 그래서 그와 나는 곧바로 후암동 시장 거리에 있는 상가 건물의 작은 공간을 빌려서 임시로 작업실을 차리고, 연탄난로를 피우면서, 내 아내의 원고를 정리하고 정서하는 작업에 매달렸다. 요즘 같으면 컴퓨터 워드로 짧은 시간 안에 정리할 수 있는 일이지만, 그 당시에는 일일이 원고지에 손으로 옮겨 써야 했으니까, 책 한 권 분량의 원고를 정리한다는 것은 그다지 쉬운 것이 아니었다.

그렇지만 그 좁고 어둑어둑한 후암동 작업실에서 언 손을 부비면서 진행한 일이 결실을 맺어서, 봄이 되자 드디어 『때가 오면 그대여』라는 이름으로 책이 출판되었을 때의 기쁨이란 무척 컸다. 더욱이 그 책의 내용이 바로 내 아내가 내 목숨을 살리기 위해서 발바닥에 굳은살이 박이도록 여기저기를 헤매고, 하루가 멀다 하고 드높은 감옥 문 앞을 오고 가던 피어린 기록이 아니던가. 그래서 그랬는지 몰라도, 그 책이 세상에 나오자마자 독자들의 반응도 좋았고, 언론에도 심심치 않게 언급이 되었으며, 특히 여성잡지들에서는 내 아내와의 인터뷰 기사를 경쟁적으로 싣기도 했던 것이 기억난다.

어쩌면 아득히 지난 시절의 이야기이인지라, 그때의 일들이 어느 정도는 내 머리 속에서 지워지고 잊힐 만하지만, 내 아내의 책이 출판되고 그 책이 화제가 되었던 당시를 마치 엊그제의 일처럼 기억할 수 있는 까닭은, 그 책의 출판이 진정으로 내게 큰 기쁨을 주었기 때문이다. 그중에서도 특히 내 아내가 미리 책으로 출판하겠다는 생각을 하면서 쓴 글이 아니고, 다만 나이어린 처녀 몸으로 직장에 사표를 내고 집에서도 뛰쳐나와서 옥중 결혼을 감행한 뒤에 신명을 다 바쳐서 내 옥바라지를 하면서 겪은 아픔과 설움을 남모르게 일기로 쓴 눈물겨운 글이었으므로, 세상의 어느 누구보다도 나에게는 그 책의 출판이 더욱 더 값지고 기쁜 일이지 않았겠는가.

1982년인 그해에는 내 아내와 내가 쓴 책이 한꺼번에 출판되는 기쁜 일도 있었지만, 안으로는 연년생인 두 아이, 율희와 솔휘를 키우는 일에 파묻혀서 우리 부부에게는 어느 하루도 한가할 틈이 없었다. 더욱이 두 아이가 몸이라도 건강하게 자라 준다면 괜찮을 터인데, 그렇지 않고 서로 번갈아 가면서 열이 나고 앓게 되는 경우에는 우리 부부에게는 진땀이 나고 눈앞이 캄캄해지는 극한 상황이었으니까.

거기에다가 딸 율희보다는 태어나자마자 병원 신세를 진 아들 솔휘가 더 자주 병치레를 많이 했으니, 차라리 낮 시간이라면 그런대로 차분히 대응할 수 있는 일이겠지만, 뜻하지 않게 한밤중에 솔휘가 열이 많이 나고 자지러지게 울어댈 때에는, 아기를 안고 허겁지겁 병원 응급실로 달려가느라고 신발을 제대로 발끝에 꿰어 신지 못할 지경이 한두 번이 아니었다. 그래서 그런 것일까. 병원 응급실에서 처치를 받는 중에 열이 쉽게 내리지 않아서 옷을 모두 벗긴 채 벌거숭이로 발버둥치며 울어대던 어린 솔휘의 모습이 지금도 내 눈에 선하다.

그렇게 두 아이 중에서 아들인 솔휘의 잦은 병치레로 인하여 우리 부부는 늘 긴장 속에서 하루하루를 보냈다. 그것은, 날이면 날마다 거의 집밖으로 도는 나의 경우에도 늘 마음을 죄는 일이었는데, 특히 그런 아기를 온종일 안고 키우는 엄마인 아내에게는 어떠했겠는가. 차마 일일이 내색하지 못했겠지만, 아마도 그녀의 피는 다 마르고 가슴은 숯덩이처럼 시커멓게 다 탔을 것이다. 그렇지만 내 기억으로 그녀는 단 한 번도 몸져눕지 않았다. 남편인 내가 곁에서 보기에도 그녀는, 작은 체구와 달리 무척 강한 엄마였다. 그런 그녀의 그 놀라운 모성애가 딸을 키우고 아들을 살렸던 것이다.

그렇기 때문일까? 어느 엄마나 다 마찬가지이겠지만, 내 아내 역시 자식들에 대한 애착이 매우 크다. 그리고 그중에서도 아들에 대한 것은 놀라울 정도로 크다. 이제 아이들이 다 자라서 결혼을 하고 멀리 떨어져서 살아 온 지가 이미 여러 해가 되었음에도 불구하고, 내 아내에게는 두 아이들이 곧 자신의 인생이고 목숨인 것이다. 그리고 아들 솔휘는 바로 그녀 자신인 것이다. 비록 당사자들인 율희나 솔휘는 엄마의 마음을 이해하지 못하고 있을지 모르지만, 한 평생을 그녀와 함께 살아오는 나는 아내의 그런 마음을 충분히 알고 있다. 나도 역시 그 아이들의 아비이므로.

아이들을 가진 사람이라면 누구나 다 마찬가지이겠지만, 나 역시도 아이들을 낳고 키우다 보니 내 삶이 사라지고, 그 자리에 그들이 구심점으로 확고하게 자리 잡았다. 따라서 나의 두 아이는 나의 일거수일투족을 지배하였고, 그로 인하여 나는 마치 나침반이 언제나 북쪽을 가리키듯이 언제 어디에서이고 그들에게서 함부로 벗어날 수 없었다. 물론 두 아이가 일부러 그렇게 한 것은 아닐지라도, 그들이 내 아이들로 세상에 나오자마자 나는 그들이 쌓아놓은 담장 밖으로 나가지 못했다. 그들은 나의 자유를 허락하지 않았으며, 나는 너무나도 기쁘고 행복한 마음으로 그들에게 예속되고 복종했다.

그러나 아이들은 내가 그들을 무한히 예뻐하고 사랑하는 마음만을 가진 '게으른 종'이기를 원하지 않았다. 그래서 그 즈음에 나는 아이들의 기저귀 값이라도 보태려고 부지런을 떨면서 닥치는 대로 글을 썼다. 따지고 보면 그렇게 잡문을 써서 받는 원고료가 몇 푼은 안 되었지만, 본래부터 돈 버는 재주가 전혀 없는 내가 겨우 할 수 있는 재주라고는 글 쓰는 것밖에 없으니, 내가 궁한 마당에 돈이 된다면 이것저것 가릴 입장이 못 되었던 것이다. 그 바람에 대학 신문이나 여성지로부터 시작하여 회사의 사보 등에 이르기까지 원고 청탁이 오면 거절하지 않고 감지덕지 글을 써 보냈으니, 그렇게라도 내가 아비 노릇을 하려고 애를 썼던 것은 분명하다.

그렇지만 그것이 도대체 집안 살림에 무슨 큰 보탬이 되었겠는가. 그런 만큼으로 내 아내의 고통이 컸음은 두 말할 필요가 없었다. 감옥에서 나온 지 얼마 안 된 빈 손뿐인 남편에다가, 번갈아 가면서 자주 병원에 데려가야 하는 두 아이를 가진 젊은 아내요 엄마로서의 그녀의 삶은 무척 힘겹고 고달팠다. 그것은 물론 그녀의 가슴에 여러 갈래의 상처로 돌아왔으며, 그런 아픔으로 인하여 그녀는 남모르게 운 적도 많이 있었다. 그런 상황이었음에도 불구하고 우리 부부에게는 기쁨의 시간이 그렇지 않은 시간보다도 훨씬 더 많았다. 그런 까닭은 우리 앞에 너무나도 귀하고 예쁜 두 아이, 율희와 솔휘가 있기 때문이었다.

그러나 우리 부부에게는 그런 힘든 시간만 있었던 것은 아니었다. 어쩌면 마치 엄마 아빠의 마음을 위안이라도 하겠다는 것처럼, 오히려 아이들이 나서서 우리 두 사람에게 보람과 즐거움을 주는 경우도 있었으니까. 그중에서 하나의 예를 들자면 이런 경우도 있었다. 이제 갓 세 살이 되는 딸 율희가 TV의 어린이 프로그램을 보면서 노는 중에 스스로 한글을 깨우치더니 이어서 옛시조들까지 여러 수를 외우게 되었고, 그 일이 우연히 이웃에 알려진 끝에 KBS와 MBC 두 방송국에서 "세 살짜리 천재 났다"는 내용으로 율희를 촬영하고 아침 방송에 방영하는 일까지 벌어졌던 것이다. 요즘 같으면 그런 일들이 흔하여 남들에게 말하기도 어렵겠지만, 그때만 해도 어린 율희가 책을 읽는 모습이 TV에 방영까지 되었으니, 우리 부부는 얼마나 마음이 뿌듯했겠는가.

그렇게 우리 부부는, 이 세상에 우리 두 사람만이 아이들을 낳고 기르는 것처럼, 남 보기에도 유별나게 두 아이에게 매달려서 산 것은 사실이다. 그러나 두 아이가 곧 나의 출옥의 결실이므로 우리가 더욱 유난히 애지중지한다는 것을 아는 이는 드물었다. 만일 내가 조금 더 오래 감옥살이를 했거나 혹은 출옥하지 못하고 감옥에서 죽었더라면 그들은 이 세상에 나오지 못했을 것임은 분명한 것이니까. 그래서 그러는지 몰라도, 우리 두 아이들에 대한 우리 부부의 특별한 애착은 그때나 지금이나 조금도 변한 것이 없다.

글을 쓰는 사람이라면 당연히 규모가 크고 유명한 출판사를 통해서 책을 출간하는 것을 바랄 것이고, 그런 점에서는 나 역시 다르지 않다. 그런 까닭으로 남들이 크고 유명한 출판사에서 책을 냈다고 하면 내 마음이 조금 흔들리고 갈등이 일어나는 것은 사실이다. 그렇지만 나는 그럴 때마다 고개를 가로 젓곤 한다. 왜냐하면 내 눈앞에 금세 내 이름으로는 책 한 권을 제대로 출판할 수 없었던 지난날들이 떠오르기 때문이다.

그래서 나는 예나 지금이나 다름없이 내 책을 내면서는 출판사의 규모나 유명도에 크게 연연하지 않는다. 책의 내용이 중요하지 그 밖의 조건들이 무슨 소용이냐는 생각인 것이다. 따라서 나는 지금까지 대부분의 책들을 영세출판사(나중에 규모가 커진 곳도 있지만)에서 출간해 온 것이다. 거기에다가 문학 전문 출판사도 아닌 곳에서 여러 권의 시집도 출간했다. 물론 그것은 내가 그다지 영리하지 못한 처신인 줄을 모르는 것은 아니지만, 굳이 내 마음이 그렇게 하고 싶은 것을 어찌한단 말인가? 그러나 나의 그런 고집스런 마음의 그늘도 있었다. 그것은, 이미 내 시집이 출간되었지만, 별다른 소문도 없이 묻혀 버린 경우였다. 그 경우가 바로 '일월서각' 출판사에서 출간한 『넋이라도 있고 없고』라는 연시집戀詩集이었다.

일월서각은 한 때 대표인 김승균씨가 '남민전(남조선인민혁명당의 약칭)사건'에 연루되어 고초를 겪는 과정에서 내가 잠시 그를 대리하여 운영을 도운 적이 있던 출판사인데, 그가 감옥에서 나온 뒤에 다시 출판사를 직접 챙기면서 바로 내게 내 시집을 내고 싶다는 말을 해 왔으며, 그의 부탁에 나는 단 한 마디의 군소리도 없이 나의 시 작품 원고뭉치를 건네주었던 것이다. 그때가 아마 1983년 봄이었을 것이다. 그렇게 하여 그동안에 시집이라고는 출판해 본 적이 없던 출판사에서 나의 시집 『넋이라도 있고 없고』가 나왔는데, 아니나 다를까, 미리 짐작한 것과 같이 그 시집은 겨우 초판으로 조용하게 생명을 마감하고 말았다.

그러나 나는 그 뒤에도 마찬가지로 일월서각의 출판 기획에 조건 없이 참여했다. 그것이 나에게는 훨씬 마음이 가벼워지는 일이었으며, 보람마저 느끼는 일이었다. 왜냐하면, 출판사의 운영 형편이 무척 어려웠음에도 불구하고 문을 닫지 않고 애써 좋은 책을 만들어 내는 김승균 대표를 내 손으로도 조금이나마 부축해 주는 셈이었으므로. 그런 까닭으로 그때 이후에도 나는 몇 권인가의 책을 그곳에서 출간했다. 내가 가진 것이라고는 글 쓰는 재주밖에 없는 이유로, 그렇게 하는 것이 동지 사이의 의리요 예의라고 생각했기 때문이었다.

전두환 신군부가 기세등등하여 총칼을 들이대며 억지로 잠을 자라고 윽박지른다고 해서, 그 말 그대로 깊은 잠에 빠져들 사람들이 어디에 있겠는가? 처음 그들이 광주 학살을 자행하고 정치 권력을 장악하던 때와는 다르게, 거듭하여 시일이 지나고 해를 넘기니 알게 모르게 그들에 대한 저항의 잔물결이 여기저기에서 일기 시작했으니, 그것은 다만 총칼만으로 이 땅의 모든 사람을 죽음과 같은 영원한 잠 속에 장사지낼 수 없다는 반증인 셈이었다. 그리고 그런 은근하고 작은 저항의 움직임들은, 마치 두문불출하듯이 집 안에만 틀어박혀서 글을 쓰거나 아기들과 놀면서 세월을 보내고 있는 나까지도 은근히 흔들었다.

그래서 나는 몇 해 전에도 그렇게 했던 것처럼 그해에도 여러 곳의 강연 프로그램에 자의반 타의반으로 불려 다녔다. 그러던 중에 광주에서 열린 집회에까지 가게 되었으니, 내가 거기에 가서 무슨 말을 어떻게 하느냐보다는 그 자리에 내가 연사로 초대받았다는 사실만으로 설레서 밤잠을 설치던 것이 기억난다. 그 까닭의 첫 번째로, 그곳 광주는 5.18민주항쟁의 성지이기에 앞서 내가 시 한 편으로 교사직에서 파면되고 그것도 모자라서 고향에서 강제로 추방당한 상처 때문이었다. 지금에 와서, 그때 그곳에서 내가 무슨 말을 했는지는 단 한 마디도 떠오르지 않지만, 강연 시간 내내 가슴 속 깊은 곳에서 솟구치는 울음을 참느라고 입술을 깨물었던 기억이 생생하다.

어찌 보면 서글픈 귀향이기도 했던 그날의 강연으로 내가 광주 사람들에게 가슴에 새길 만큼의 별다른 메시지를 전해 주지는 못했지만, 그날의 일은 오히려 내 자신에게 남모르는 자극을 주었으니, 그것은 오랫동안 답답하던 내 가슴이 터진 듯이 후련해지면서 활기를 찾게 되었다는 사실이었다. 그런 까닭에서였을까?

그 즈음에 또 나는 어디이든지 나를 부르는 곳이라면 고려하지 않고 달려 나갔으며, 정당한 보수를 받는 일이라면 굳이 거절하지 않았다. 그러다 보니 나는 어느 틈에 혜화동에 있는 조그만 야간 대입 학원의 국어강사 자리도 얻게 되었다. 드디어 나의 오랜 칩거의 시기도 그렇게 막을 내렸으며, 그러는 중에 나뭇잎들이 지고 눈이 내리는가 싶더니, 어느덧 한 해가 저물고 있었다.

내 아내의 빵가게

아무리 두꺼운 얼음 밑이라고 할지라도 풀뿌리들이 다 얼어 죽는 것이 아니듯이, 전두환의 신군부 아래서 모든 사람이 다시는 깨어나지 못하는 영원한 잠 속에 빠져 든 것만은 아니었다. 그리고 그것은 자실의 문학 동지들도 마찬가지였다. 자실의 문학 동지들은 그동안 잠시 접어두었던 자실의 깃발을 줄곧 쓰다듬으면서 다시 일어설 때를 기다리고 있었으며, 그때를 위하여 동지들끼리의 많은 만남이 있었다. 그런 다음에 박태순, 조태일, 이문구, 임정남 등의 작가 시인들과 나는 자실의 재출발을 구체적으로 결의했다.

그 과정에서 자실의 책임자인 대표 간사를 서로 못 맡겠다고

23장 | 내 아내의 빵가게 **233**

미룸으로써 결국에는 내가 억지로 떠맡게 되었다. 그리고 채광석 시인이 사무국장을 맡기로 했으며, 김정환, 김사인 두 시인이 실무를 돕기로 약속했던 것이다. 그리고 어느 봄날, 자실동지들은 서로 호주머니를 털고 원고료를 모아서 마포 경찰서 건너편에 조그만 둥지를 마련하고 현판을 걸었으니, 그것은 자실의 깃발을 다시 펴서 허공에 당당히 휘젓는 것이 아니고 무엇이었던가. 그렇게 자실이 재출범을 하였고, 마포의 자실 사무실은 자실에 속한 문학인들뿐만 아니라 뜻을 함께하는 여러 지식인의 아지트가 되었으며, 세상의 어둠과 맞서는 펜을 든 빛의 군사들의 참호요 진지가 되었다. 그리고 나는 거의 하루가 멀다 하고 그곳에 나갔다.

그렇게 재출범한 자실의 사무실이 있는 마포에 내가 나다니기 시작할 무렵이었을 것이다. 어느 날, 나와 가깝게 지내던 성공회의 모 신부에게서 연락이 와서 만났더니, 느닷없이 영국에 유학을 가지 않겠느냐는 제안을 했다. 그의 말은 곧 내가 영국에 가서 성공회의 신부 수업을 받으라는 것이었으며, 그 과정을 그가 모두 책임지고 돕겠다는 내용이었다. 물론 그의 제안에 나는 즉답을 못했지만, 그것으로 인하여 나는 여러 날을 고민과 갈등에 휩싸여 지낸 뒤에, 결국에는 그 길이 결코 내게 합당하지 않다는 마음을 굳히고 다시 그를 찾아가서 정중히 사양의 뜻을 전했던 일이 있다.

그렇지만 그 일이 조금 자극이 되었는지 몰라도, 나는 그 해 봄에 숭실대학교 대학원(국어국문학과) 시험에 응시하였고, 다행히 합격했다. 그때 내가 늦깎이로 대학원에 등록한 데에는, 언제인가는 내가 정식으로 대학 강단에 서겠다는 생각을 평소에 품어 왔고, 동시에 남편이 원하는 공부를 계속 시키려는 내 아내의 각오가 먼저 있었음은 두 말할 필요가 없다. 그리고 그 뜻을 실현할 수 있는 과정의 출발점으로 그 시기가 가장 알맞다고 아내와 내가 함께 판단했기 때문이었다.

내가 대학원에 등록한 직후에 내 아내가 드디어 팔을 걷고 직접 생활 전선에 나섰다. 아직 아들 솔휘는 너무 어리고 딸 율희만 어린이집에 나가는 실정이었음에도 불구하고, 그녀는 과감하게 집 근처인 후암동 시장 입구 사거리 큰길가에 조그만 규모의 빵가게를 열고 '청자당'이라는 간판을 걸었다. 그러니까 그 빵가게는 직접 빵을 구워서 파는 곳이 아니라, 본점에서 만든 빵을 가져다가 파는 지점으로, 요즘말로 하면 프랜차이즈 빵가게인 셈이었다. 그러나 아무리 집과 빵가게가 가까운 곳에 있다고 하여도, 그 두 곳의 일을 아내 혼자 감당한다는 것은 너무 어려웠다. 그래서 나도 가끔 시간을 내서 아내의 가게 일을 돕기도 했다. 지금에 와서 그때 일을 이것저것 더듬다 보니, 언젠가 내가 빵이 담긴 상자를 손수레에 싣고 어느 초등학교로 배달하러 갔던 것도 기억난다.

그렇게 내 아내가 빵가게를 연 뒤에, 한때에는 글 친구들 사이에는 내가 후암동에 커다란 빵집을 열어서 돈을 잘 벌고 있다는 입소문이 나기도 했다. 그렇지만 실상은 그렇지 않았다. 그것은 우선 그 가게 앞의 길 건너에 이미 오래 전부터 터를 잡은 유명 빵집이 있었으며, 다음으로는 소규모의 빵가게 지점이 빵을 팔아서 본점에 돈을 보내고 나면, 수고에 비하여 남는 이익이 너무 미미한 것이 두드러진 이유였다. 그래도 내 아내는 전혀 겉으로 힘든 내색을 하지 않고 밝게 웃으면서 온종일 집과 빵가게를 종종걸음으로 부지런히 오고갔다. 언제나 마찬가지이지만, 그녀는 그때도 역시 슈퍼우먼이었다.

그런 와중의 늦은 가을쯤에 일본의 다까사끼 쇼지 교수가 나를 만나러 서울에 와서 여러 날을 머물다가 갔다. 그는, 내 시 작품인 '노예수첩'을 일본의 시사 잡지인 『세까이』지에 전해 주었다는 혐의로 한국에 입국이 금지된 이후 여러 해 만에 처음 내게 온 것이었다. 또 그가 내게 왔다 간 뒤에는 소설을 쓰는 이노우에 가오루 씨가 옛 그대로의 얼굴로 나를 찾아왔고, 독일의 폴 슈나이스 목사도 모처럼 서울에 와서 우리 두 사람은 오랜만에 눈물의 포옹을 하기도 했다.

그리고 그 즈음에 김소월의 삶과 문학에 대한 내 글과 그의 시 작품들을 함께 묶은 책인 『나는 세상 모르고 살았노라』가 지문사에서 출간되었으며, 그 바로 뒤에 풀빛출판사에서 내 신작 시집 『낙화』가 출간되기도 했다. 이어서 월간지 『마당』에서 내게 '인물탐구-삶'라는 이름의 연재 기사를 의뢰해 와서, 그때부터 나는 함석헌 선생이나 김기창 화백 등 그 잡지에서 특정해 주는 정신문화계의 유명 인사들을 직접 탐방, 취재하고, 그 기사를 작성하여 다달이 잡지에 연재하는 일을 본격적으로 시작했다. 그러다 보니 그해 1984년에서 다음 해로 넘어가던 겨울 한 철, 나는 어느 때보다도 무척 부산했다.

내 기억으로는 아마 80년대 들어와서 우리 '자실'이 크게 기지개를 펴고 움직였던 때가 바로 1985년이었을 것이다. 자실은 그해 벽두부터 '민족문학의 밤'이라는 이름으로 대대적인 행사를 열고, 그와 함께 부정기 간행물인 『민족문학』이라는 제목의 자실 기관지를 발행하기 시작했다. 그러나 전두환 정권 아래서 벌이던 우리 자실의 행사와 기관지의 발행이 결코 순탄히 진행될 리가 없었다. 따라서 그해 안에 겨우 5회밖에 못 열었던 민족문학의 밤 행사의 전후 과정에서는 이루 표현할 수 없는 수사 당국의 방해 공작과 모함이 있었음은 두 말할 필요가 없었다.

거기에다가 그들은 가난한 문학 동지들의 푼돈을 긁어 모아서 만들어 내는 『민족문학』지를 수시로 대량 압수해 갔으니, 연달아 그런 궂고 험한 일을 당하는 자실 문학인들의 입장에서는 늘 망연자실하고만 있을 수 없는 노릇이었다. 그래서 마포 공덕동의 자실 사무실에서는 자주 문학 동지들이 모여서 대정부 항의 성명을 내고 밤샘을 하면서 치열하게 농성을 했다. 그중에서 대표적인 것이 바로 이제 갓 제본되어 나온 『민족문학 5집』 6천여 부를 경찰이 전량 압수해 가고, 거기에 대하여 자실동지들이 '창작과 표현의 자유에 대한 문학인 401인 선언'을 발표하고 대대적인 항의 농성을 벌인 일이었다.

그리고 그해 한여름이었을 것이다. 그 당시에 사실상으로 자실의 모태라고 할 수 있는 출판사 '실천문학사'에도 정권의 마수가 뻗쳐온 것이었다. 그것은, 정부가 당시 실천문학사가 출판한 『민중교육』이라는 이름의 책을 트집 잡아서, 실천문학사의 주간을 맡고 있던 송기원 작가를 비롯하여 김진경, 윤재철 시인 등을 체포 구속하고, 그 책에 글을 쓴 교사들을 전격적으로 파면 조치하고, 심지어는 무크 형식의 부정기 간행물인 '실천문학'지까지 폐간시킨, 소위 '민중교육지 사건'이었다. 물론 그 일로 자연히 자실의 동지들은 또다시 치열한 농성에 돌입했고, 성명서를 읽고, 정부의 부단히 폭력에 맞섰다. 그리고 그런 일은 그 뒤로도 그치지 않았다.

지금에 와서 생각해도 눈앞에 선하지만, 자실의 그런 치열한 싸움의 과정에서 실무를 맡고 있던 젊은 후배 문인들은 너무도 열성적이었다. 어찌 보면 나야말로 속된 표현으로 겨우 자실의 간판 노릇이나 하고 있었다면, 그들 젊은 문학 동지들은 말 그대로 '몸을 다 던져서' 일을 했다. 마치 골리앗에게 맞서는 다윗처럼, 그들은 오직 손가락만한 볼펜 하나로 전두환 신군부 집단이라는 거대한 폭력 정권에 맞서서 조금도 꺾이지 않고 글을 쓰고 소리치고

싸웠던 것이다. 오직 그 젊은 가슴에 깊이 새긴 '민주'와 '자유'의
이름으로.

　내가 또다시 집안에 연금되던 때는, 재야단체인 '민주통일민중
운동연합'(민통연)이 결성된 직후인 4월 초순이었다. 그것은, 연이은
자실의 농성과 성명, 그리고 민통연을 이끄는 재야인사들에 대한
정부의 보복적인 조치에 나도 포함된 것이었다. 그래서 나는 경찰
들의 엄중한 감시 아래 내 집 안마당에 희고 붉은 봄꽃들이 활짝
피었다가 다시 질 때까지 거의 3주간이 넘게 집안에 틀어박혀 지
냈다.

　그렇지만 정부 권력에 의한 나의 두문불출이 오히려 내게는 일
할 수 있는 시간의 여유를 주었는지 몰라도, 오히려 그때 나는 그
동안에 뒤로 밀어두었던 일을 처리할 수 있는 기회를 얻기도 했으
니, 그 일이란 바로 지난해부터 잡지에 연재해 오던 「인간탐구-삶」
의 원고를 다시 손보고 보완하는 것이었다. 그런 다음에 나는 그
달 하순경, 나의 연금이 풀린 즉시 그 원고뭉치를 '실천문학사'로
보낼 수 있었으며, 그해 가을엔가 그것이 『양성우 인간탐구-삶』이
라는 제목의 책으로 출판되었고, 또 그 책은 그해 연말에 출판계
가 주는 '오늘의 책'이라는 상을 받기도 했다.

　그리고 광주에서 열린 '큰 문화 잔치'에 불려가서 강연을 했던
때에도 역시 연금이 풀린 직후였다. 이어서 광주 강연 이후에 나

는, 지금은 정치권의 중진이 된 내 친구요 재야운동가인 이재오 동지와 함께 '서울민주통일민중운동연합(서민통)'을 띄우는 일을 시작했다. 그러나 그 일에서도 나는 다만 겉으로 오고갔을 뿐이었고, 모든 실무는 이재오 동지가 맡았다. 따라서 '서민통'은 전북 전주의 강희남 목사를 의장으로 추대하고, 이재오 동지와 내가 공동 부의장을 맡아서 규모 있는 민주화운동조직으로 출범했는데, 그것은 모두 이재오 동지가 앞장서서 기울인 노력의 결과였다.

여기에서 굳이 그의 이름이 나왔으므로 몇 마디를 덧붙인다면, 그와 내가 다 같은 교사 출신으로서 함께 민주화운동권에 몸을 담은 친구 사이였지만, 그와 나는 너무도 대비가 되는 두 사람이었으니, 그는 세상을 바꾸려는 열망과 조직력, 그리고 모든 일의 추진력이 탁월하여 나는 감히 그를 따르지 못할 정도였을 뿐만 아니라, 한 마디로 내가 지식인의 약점과 단점을 고루 가진 위약한 사람에 속한다면, 나와 달리 그는 장점과 강점만을 다 갖춘 강하고 곧은 사람이었다. 그렇기 때문에 그는, 그 불의한 시대에 여러 차례의 모질고 긴 투옥을 잘 견뎌내고, '서민통'을 당당히 이끌며, 험난한 민주화운동의 과정에서 누구보다도 두드러지게 선도적인 역할을 자임할 수 있었지 않았겠는가.

1980년대 전반에 재야운동권 출신 인사들과 전두환 신군부에 의해 해직된 기자출신 인사들이 소규모의 출판사들을 열었는데,

그들이 줄지어 출판사를 연 것은, 그 일이 우선 당대에 필요한 '지식, 문화운동'의 일환이라는 것과 함께 적은 돈과 소수의 인원으로도 감당할 수 있다는 이점들 때문이었다. 그러나 결국에는 생각과 현실은 달라서 막상 출판사를 연지 몇 달이 안 되어서 문을 닫는 곳들이 있는가 하면, 책 한 권을 제대로 출간하지도 못하고 무작정 세월을 보내는 곳까지도 한두 곳이 아니었다. 그렇게 된 것은, 출판사의 문을 연 당사자의 혼자 힘과 소액의 비용으로도 책을 내고 판매할 수 있다는 계산만으로 가볍게 출발한 까닭이었다.

그렇지만 그런 어려운 조건 속에서도 조금도 흔들리지 않고 꿋꿋하게 출판사를 이끌어 가는 이들이 있었으니, 그들 중의 한 사람이, 앞에서 언급한 내 아내의 수기인 『때가 오면 그대여』와 내 신작 시집 『낙화』를 출간한 '풀빛' 출판사의 나병식 대표였다. 그는 내 고향 후배로서, '민청학련' 출신으로 민주화운동권의 중견 인물이며, 큰 키와 우람한 몸집에 어울릴 정도로 뱃장이 두둑하고 자기 주장이 강하여 어느 누구도 함부로 얕볼 수 없는 대단한 사람이었다. 그런 그가 출판사를 열고 당대의 지식 사회를 이끌며 새로운 자극을 주는 책들을 과감히 출간하고 있었으니, 그것은 그 당시의 출판 독서계를 깨우는 충격이었다.

그리고 그와 같은 충격 속에서 나의 장편 시집인 『노예수첩』도 드디어 세상에 나오게 된 것이다. 바꾸어 말하자면, 아직은 엄존하는 신군부의 통치 체제 아래서 아무도 감히 그 문제의 시집을 출판하려는 엄두도 내지 않고 있었는데, 오직 한 사람 나병식 대표, 그 사람만은 눈썹 하나 까딱하지 않고 그 시집의 출판을 밀어붙였던 것이다. 혹시라도 그 시집이 판매 금지되어 서점의 진열대에 깔리기도 전에 수사 기관에 압수되거나 문제시되는 것 따위는 전혀 상관하지 않고 그는, 그 시집을 출판하고 싶다는 생각이 드는 즉시 아무 두려움 없이 책을 만들어서 세상에 내놓았고, 그 덕분에 『노예수첩』이 처음으로 독자들을 만나게 되었던 것이 아니던가. 오늘도 내 서재의 책꽂이에 꽂혀있는 시집 『노예수첩』을 바라보면서, 나는 이미 세상을 뜨고 없는 나병식 동지를 생각한다.

24장

소녀의 기도

그해의 여름날이 유난히 덥고 길어서 그랬을까? 내 아내의 후암동 시장 입구 빵가게에 문제가 발생한 것이다. 그것은 두 말할 것도 없이 매출의 지속적인 부진으로 인한 적자가 지나치게 누적되는 것이었다. 그러다 보니 내 아내 역시 더 이상 가게를 운영할 필요가 없다고 판단했고, 결국에는 하루아침에 전격적으로 가게 문을 닫아 버렸던 것이다. 그렇게 내 아내의 '청자당' 빵가게는 갑자기 사라졌으며, 그와 동시에 나도 대학원의 마지막 학기의 등록을 포기하고 말았다. 그리고 그로 인하여 내가 언젠가는 대학에 몸을 담겠다는 계획이 잠깐 어긋났을지언정, 오히려 한 편으로 나는 무거운 멍에를 벗은 듯이 홀가분하기까지도 했다.

그렇게 갑자기 빵가게의 문을 닫은 일은, 나뿐만이 아니라 우선 내 아내에게도 몸과 마음의 부담을 크게 더는 일이었으니, 유치원에 다니는 율희(그때 율희는 남산 중턱에 있는 '리라유치원'에 다녔다)와 어린이집에 다니는 솔휘, 두 남매의 뒷바라지에도 힘겨운 그녀에게는, 그동안에 그다지 돈도 들어오지 않고 손실만 늘어가는 작은 빵가게가 큰 짐이 되었기 때문이었다. 그래서 그런지 몰라도 내 아내는, 그 가게의 문을 닫은 훨씬 뒤에까지도 후암동 시장 입구를 오가면서 그 가게 자리에 셔터가 여전히 내려져 있는 것을 보면서도, 겉으로는 아무렇지도 않은 듯이 서운한 내색을 한 번도 하지 않았다.

나에게 그런저런 부정적인 변화가 있던 그 가을철에도 내 책 한 권이 출판되었는데, 그것이 '지문사'에서 나온 『꽃 꺾어 그대 앞에』라는 '문학선집'이었다. 그 책이 출판된 직후에 내 아내와 문학 후배들이 뜻을 모아서 모처럼의 출판기념회를 경복궁 옆의 출판문화회관에서 조촐히 가졌다. 그날 그 자리에는 자실의 선후배 문학인들과 재야운동권의 동지들이 많이 참석했으며, 그 모임을 위해서 내 아내가 집에서 만들어 온 음식들을 맛있게 나누어 먹었으니, 그날 그곳에 와서 함께 어울리던 이들의 모습이 지금도 눈에 선하다.

내가 감옥에 들어갔다가 나오고, 결혼을 해서 아이들을 낳고 기르며 80년대의 중반까지 사는 동안에 내 집안의 몇 사람이 세상을 떠나는 상실의 아픔을 겪기도 했다.

특히 내 둘째누님은 내가 감옥살이를 하는 사이에 갑자기 눈을 감았으니까, 나는 그녀의 장례식에도 참석을 못했으니, 지금까지도 그녀에게 미안한 생각을 떨치지 못하고 있다. 그리고 또 둘째 형님이 간경화로 고생하다가 죽었는데, 그때가 아마 내가 결혼한 지 두 해 째인가 될 것이다.

또한 내게는 그 일만 있었던 것이 아니었다. 내 딸 율희가 세 살 되던 봄에, 오랜 지병으로 몸을 활발히 움직이지 못하고 집안에서만 지내시던 장인어른의 상을 치렀던 것이다. 그때, 장인어른의 장례를 치르는 과정에 어린 율희도 함께 장지까지 따라가서 하관하는 것도 보았는데, 며칠 뒤에 율희가 문득 "할아버지가 네모 속에 들어갔다"라고 말했던 것이 지금도 기억난다. 그리고 그 장례식 과정에서 모여든 많은 문상객이 생각나는데, 그들의 대부분이 내 처남들 삼형제의 지인들이었으니, 그것은 곧 내 장인어른이 율희의 표현대로 '네모'에 들어가기 전후의 시기가 그들에게는 활동력이 가장 왕성할 때였다는 반증이 아니었을까.

특히, 그들 세 처남 중에서 둘째처남이 남다르게 활동 반경이 넓고 사업 수완이 좋았는데, 그가 80년대 중반을 전후로 광주에 규모 있는 경금속회사를 열고 공장 시설도 크게 확장했다. 그 회사의 제품은 주로 '아시아 자동차공장'에 납품하는 버스와 승합차의 외형이었으며, 거기에 곁들여서 제화공장에서 사용하는 '구멍쇠' 등도 생산했다. 그러다 보니, 그 회사에서는 자연히 제화공장들이 있는 서울에 영업사무소를 열지 않을 수 없었으며, 그 바람에 사업에 대해서는 문외한인 나까지도 서울사무소의 일에 동원되기도 했다.

그때 나는 '전무'라는 직함이 찍힌 명함을 가지고 있었지만, 서울사무소의 실질적인 영업 업무는 직원들이 모두 처리해 나갔으며, 나는 그들을 돕는 역할을 맡았을 뿐이었다. 그러나 가끔씩 나도 직원들을 따라서 여기저기 제화 회사를 방문할 때가 있었는데, 그때마다 나는 사업한다는 것이 그 무엇보다도 힘들고 어려운 일이라는 것을 새삼 깨닫곤 했다.

내 아들 솔휘는 태어난 직후부터 병치레를 한 아이였으므로 세 살 가까이 자라면서도 병약했으니, 자주 몸에 열이 나서 한밤중에도 병원의 응급실에 실려 갔던 적이 한두 번이 아니었다. 그로 인하여 그 아이 몸의 성장 발육 상태도 율희보다는 차이가 나는 것 같이 보이기도 했다. 그러나 그런 고비를 지나서 네다섯 살이 되어 어린이집에 다니기 시작하면서부터는, 솔휘는 놀랍게도 몸에 토실토실 살이 오르고 건강해졌다.

그러다 보니 그 동안에 줄곧 제 누나에게 눌려만 지내 오던 아이가 이제는 누나에게 맞서는가 하면, 때로는 누나를 이겨 내려고 티격태격하는 모습을 보이기도 했다. 그리고 성격도 점점 사내아이다운 면을 보였으니, 그것은 제 뜻을 한 번 세우면 쉽게 꺾지 않는 것이었다. 그러다 보니, 평소에는 다른 아이들에 비해서는 차이가 날 만큼 차분하게 잘 놀던 아이가, 화가 나는 경우에는 제 주장이 관철되지 않는 한 울고불고 떼쓰는 것을 멈추려고 하지 않았다.

특히 어린 솔휘가 갑자기 화를 내고 떼를 쓰는 소동은, 대게 내 집을 방문했다가 돌아가는 손님에게 여비를 주는 경우에 발생하곤 했다. 그는 엄마 아빠가 남에게 돈을 주는 것을 절대로 용납하지 않았으니, 만일 그가 보는 눈앞에서 엄마 아빠가 남에게 돈을 쥐어 주었다고 한다면, 결국 그 돈을 다시 되돌려 받아올 때까지 그 아이는 시퍼렇게 멍이 들도록 제 허벅지를 손바닥으로 치면서 울부짖고 떼를 썼으니까. 그래서 그 뒤로 우리 부부는, 혹시라도 내 집에 손님이 왔다가 돌아가는 경우에는, 그 아이가 안 보는 곳인 집 앞의 골목 모퉁이에까지 배웅하면서 거기에서 가만히 손님의 손에 여비를 쥐어주는 등으로 주의를 기울이기도 했다.

처음에는 병약해서 다른 아이들에 비하여 성장이 조금 늦은 것 같이 보이던 아이가, 이제는 오히려 남보다 앞질러서 팔다리도 제법 길어지고, 떼를 쓰면 그 우는 소리가 온 집안에 크게 울릴 정도였으니, 그 아이가 이제는 제 누나와 함께 이마를 맞대고 종알거

리면서 놀고 있는 것을 바라보는 것만으로도 나는 가슴이 벅차고
온몸에 기운이 났다. 그럴 때에는 나 역시 어찌할 수 없는 천생 '아
들딸바보'의 한 사람이었다.

　율희가 유치원에 다니던 무렵에는 그 아이의 앞니 중의 한 개
가 거의 삼분의 일은 삭은 상태였다. 그렇게 된 것은, 아마 네 살
때쯤의 어느 날이던가 내 눈앞에서 그 아이가 다리에다가 천으로
만든 자루 같은 것을 끼고 폴짝거리면서 뛰어놀다가 그만 마루 위
에 넘어졌고, 그때 앞니가 조금 으스러졌는데, 그 뒤로 시간이 지
나면서 눈에 띌 정도로 삭아 내렸기 때문이었다.
　거기에다가 그 아이가 워낙 탄산음료를 좋아했던 까닭에, 그것
이 더욱 그 이빨을 많이 삭게 하는 데 도움을 주었던 같다. 그래서
나는, 그 아이가 그런 앞니로 귀엽게 웃으면서 자라고 어린이집과
유치원을 거친 다음에, 드디어 초등학교에 들어가서 그 삭은 이빨
의 뿌리가 뽑히고 예쁘장한 영구치가 보석처럼 반짝거리면서 솟아
나올 때까지 얼마나 언짢아했는지 모른다.
　비록 그 아이의 삭아 내린 앞니 때문에 아비인 나의 마음은 그
렇게 아프기도 했지만, 또한 그 아이의 남다른 영특함으로 기쁘고
자랑스러울 때가 더 많았다. 그 어린 율희가 부산에서 열리는 어린
이 암기대회에까지 가서 상도 타오고, 또한 규모가 제법 큰 어린이
피아노 콩쿠르에 나가서 '소나티네'나 '소녀의 기도'를 연주해서 두

어 번이나 대상을 받아오는 등으로 남들의 부러움을 살 때, 아비인 나 역시 하늘을 날 것만 같은 기분이었으니까.

그리고 또한 이런 일도 있었다. 어린 율희가 남산 중턱에 있는 유치원을 두 해째 다니고 있던 1986년 그해 여름에 미국의 캐더린 엘리자벳 교수가 여러 해 만에 서울에 왔는데(그녀는 내가 '노예수첩 사건'으로 투옥된 이후 국제적으로 나의 석방 운동을 벌인 까닭에 십여 년 가까이 한국 입국을 거부당해 왔다), 어느 날 그녀가 내게, 율희를 일찍 미국에 보내서 교육을 시키는 것이 어떻겠느냐고 제의해 왔다. 그녀의 말은, 그녀가 직접 어린 율희를 데리고 있으면서 뒷바라지를 하겠으니 나에게는 학비만 부담하라는 것이었다.

그때 그녀의 제의는 너무 고마웠지만, 나는 그녀의 뜻을 따를 수가 없었고, 내 아내 역시 마찬가지였다. 비록 조기 유학도 중요하다고 하지만, 철없는 어린 아이를 어떻게 내 품에서 떠나보낼 수 있단 말인가. 더욱이 아득히 태평양 건너 미국 땅의 보스턴에까지 율희를 보낸다는 것은 눈앞이 캄캄해지는 일이었다. 그래서 나는 며칠 동안 고민한 끝에 그녀에게 정중히 거절의 뜻을 전하면서, 내가 낳은 내 아이이므로 내 품안에서 내 방식으로 키우고 가르칠 것이라고 말했다.

그리고 나는 그때 이후 지금까지 단 한 번도 그 일로 후회한 적이 없다. 만일 그 당시에 내가 어린 딸을 엘리자벳 교수의 품에 넘겨 미국으로 보냈더라면, 비록 그녀가 내 딸을 아무리 정성스럽게 보호해 준다고 할지라도 우리 부부는 아마 애가 타고 피가 말라서 몸이 젓가락처럼 말라 버렸을지도 모르는 일이다. 그러나 내 삶 속에 그런 일은 결코 일어나지 않았고, 율희는 그런 대로 줄곧 영특하고 건강하게 자라 주었으며, 지금은 결혼하여 아이를 낳아 기르면서, 오늘도 변함없이 우리 부부에게 효녀 노릇을 다하는 중이니 얼마나 다행한 일인가.

그해 여름철로 접어들면서 내 집 안에 변화가 있었다. 그것은 둘째처남의 회사 일에서 내가 손을 떼는 것과 동시에, 서울사무소를 동자동집의 문간방으로 옮긴 것이었다. 그런 까닭은, 그 회사 제품의 공급량에 비하여 서울 사무소의 운영비가 너무 컸기 때문이었다. 그러나 동자동집의 규모가 큰 편이었으므로, 사무소가 집 안으로 들어와 있었어도 내 가족들의 생활에는 큰 불편이 없었고, 우리 네 식구만 살던 집에 여러 사람이 출입하게 되니 오히려 사람이 사는 것 같은 느낌이 들기도 했다.

또한 그 즈음에는 마포의 자실 사무실도 거의 조용한 날이 없을 정도였다. 일찍이 전두환 정부가 계간지 『창작과 비평』을 폐간하고 『실천문학』을 등록 취소했지만, 그 이후로 『창작과 비평』지를 부정기 간행물인 무크지 형식으로 출판해 왔었는데, 정부는 그것마저도 용납하지 않고 연말쯤에 결국에는 '창작과 비평사'의 등록을 취소시키고 말았던 것이다. 따라서 그와 같은 부당한 조치에 항의하는 지식인 서명운동과 시국 선언, 여러 가지의 성명 발표 등이 모두 자실에서 지속적으로 이루어지고 있었다.

그러는 중에도 자실에서는 거듭하여 앤솔로지 『민족문학』지를 출판해 왔으며, 『자유실천문인 소식』이라는 이름으로 자실의 소식지까지 발행하기도 했다. 그렇지만 정부가 그것을 그대로 두고 볼 리가 없었으니, 그들은 인쇄 중에 있던 『민족문학』지 수 천부를 압수해 가는 것으로 보복을 했다. 그럼에도 불구하고 자실은 투옥 문인들의 옥중 시집을 기획 출판하고, '민족문학의 밤' 행사를 연이어 개최하는 등으로 문학을 무기로 하는 반체제 저항 운동을 부단히 이어나갔던 것이다.

그리고 그해 11월 어느 날인가는, 느닷없이 정부가 '민통연 해산 명령'을 내리고, 장충동에 있는 '민통연' 사무실에 경찰 병력을 난입시켜서 그곳에 모여 있던 민주 인사들을 모두 연행해 갔는데, 마침 그 자리에 있던 자실의 실무 간사인 김정환 시인도 함께 연행되고 말았다. 그래서 그 당시에도 역시 자실의 대표 간사를 맡고 있던 나는, 그 일로 인하여 자실 사무실에 출근하다시피 하면서 민주 인사들의 석방 요구를 비롯하여 시국에 대한 대책을 협의하고 성명을 발표하는 등으로 바쁜 시간을 보내기도 했다.

또한 그런 과정에서 나는 두 권의 책을 출판했는데, 그것은 『5월제』(청사출판사)라는 시집과 『시가 있는 명상노트-박인환』(일월서각)이라는 시 해설집이었다.

—— 25장 ——

젊은 시인의 죽음

나에게는 그해의 겨울을 넘기는 길이 그다지 순탄하지만은 않았
다. 그렇게 된 까닭은, 내가 미처 생각지도 못했던 아주 먼 곳에서
일어난 불씨 때문이었다. 그 불씨란 다름이 아니라, 아시아 자동차
공장의 자금 사정이 갑자기 악화된 것이었다. 그러다 보니 그 공장
에 부품을 납품하고 있는 중소기업들이 직접 영향을 입었으며, 그
바람에 내 둘째처남의 회사 역시 거기에서 결코 예외일 수 없게
된 것이었다. 그렇지만 내 처남의 경우에 자동차 부품의 생산을 멈
출 수 없었으므로 계속해서 공장운영 자금이 필요했으니, 이 궁리
저 궁리 끝에 그 돈을 마련하는 방법의 하나로 결국에는 내가 살

고 있는 동자동의 집을 급히 팔기로 했고, 또한 그 집은 부동산 사무실에 매물로 내놓자마자 곧바로 매매가 성립되었다.

그래서 우리 네 식구는 부랴부랴 짐을 꾸려서 이사했는데, 경황이 없는 중에 급하게 전셋집을 얻어서 옮겨간 곳이 바로 당시에 새로 조성한 목동의 신시가지 아파트였다. 그리고 그때부터 그곳 목동아파트가 내 삶의 새로운 한 장을 여는 운명의 무대가 된 것이다.

그러니까 나의 1987년은 목동에서 시작된 셈이었다. 지금도 아련히 눈앞에 떠오르는 장면이기도 하지만, 집을 옮긴 뒤에도 아직 율희가 유치원을 졸업하기 직전이었으므로, 남아 있는 두어 달여 동안에 아내와 내가 번갈아서 목동에서 남산의 중턱에 있는 유치원에까지 시내버스를 갈아타면서 그 아이를 데려가고 데려왔다. 아직은 겨울이 다 가지 않은 추운 날씨에 어린 딸이 시내버스에서 시달리면서 그 먼 길을 오고 갔으니, 이제 와서 생각하면 무척 기특하면서도 한 편으로는 딸에게 미안한 생각도 든다.

그리고 목동으로 집을 옮기고 나서 아직 봄도 오기 전에 우리 가족에게는 기쁜 일들이 겹쳤으니, 그것은 율희가 유치원을 졸업하고 곧바로 집 앞에 있는 초등학교에 입학했고 솔휘도 집에서 그다지 멀지 않은 곳에 있는 유치원에 입학한 것이었다. 그렇게 하여 우리 부부는 드디어 두 아이를 다 초등학교와 유치원에 보내고 있는 '학부형'이 된 것이었다.

아이들을 낳고 기르다 보면 누구에게나 많은 에피소드가 생기고, 그중에서도 잊을 수 없는 것들이 있기 마련이다. 그것은 나에게도 마찬가지인데, 솔휘가 유치원에 다닐 적의 일 하나가 바로 그것이다.

아마 초여름의 어느 날이었을 것이다. 어린 솔휘가 여러 장의 백지를 겹치고 그 끝부분을 스테이플러로 고정시키는 식으로 노트처럼 묶어서 몇 권인가를 만들더니, 그것을 들고 아파트 상가 앞으로 가서 길바닥에 펼쳐 놓고는 "책 사세요, 책 사세요" 하고 크게 외치기 시작한 것이다. 그렇지만, 지나가는 사람들 중에 어느 누가 도대체 솔휘가 만든 그 책 아닌 책(?)을 사려고 하겠는가. 그러나 그 아이는 이마에 땀을 뻘뻘 흘리면서 책을 사라고 목이 터지라고 외쳐댔고, 이를 본 누나 율희는 아파트 상가와 집 사이를 자전거를 타고 부지런히 왔다 갔다 하면서 그 실황을 엄마에게 전달했다.

그러고 나서 한 참의 시간이 지난 뒤였을까, 아무리 책을 사라고 외쳐댔지만 아무도 관심조차 주지 않은 바람에 너무도 실망하고 지친 솔휘는, 온몸이 땀으로 범벅이 된 채로 엉엉 울면서 집으로 돌아왔던 것이다. 이것이 우리 솔휘가 세상에 태어나서 처음으로 책 장사에 나섰다가 실패한 이야기이다.

아마도 그날, 솔휘가 아파트 상가 앞으로 책을 팔러 나가게 된 원인은, 집안에서 자주 내 책의 출판에 관한 대화가 있어 왔고, 그런 대화를 그 아이가 새겨들었기 때문이었을 것이다. 따라서 그 아이는, 아빠가 하는 일이 책을 만들어서 파는 일인 줄 알고, 자기도 직접 종이를 접어서 책을 만들어 길에서 팔아 볼 작정을 한 것이 분명했다. 그렇지만 무심하게도 사람들은 아무도 그 아이의 책을 사 주지 않았으니, 그 아이로서는 그 충격과 아픔이 얼마나 컸겠는가.

어린 내 아들의 그 사건이 있던 날 밤에, 잠든 아이의 머리맡에서 아내로부터 그 이야기를 전해 들으면서 나는 차마 웃을 수가 없었다. 그날 밤 내내 나는 쉽게 잠을 이루지 못하고 뒤척였고, 그 이후로도 오래토록 그 일을 가슴속에서 지우지 못했다. 그날, 아파트 상가 앞에서 입은 어린 내 아들의 마음의 상처가 나에게 그대로 온전히 옮겨졌으므로.

그 즈음의 세상은 어느 때보다도 뒤숭숭했으며, 불의한 정권에 대한 저항의 물결도 점점 거세졌다. 이에 따라서 전투경찰대가 곳곳에 진을 쳤고, 그들이 쏘아대는 최루탄 연기가 눈앞에 자욱했다. 그러던 중인 그해 벽두에 뜻밖의 충격적인 사건이 터졌으니, 그것은 서울대학생인 박종철 군이 남영동에 있는 치안본부 대공 분실에서 고문을 받다가 숨진 일이었다. 이로 인해서 재야단체들은 대정부 규탄 대회를 겸한 추도대행진 등을 연이어 열면서 정권의 퇴진을 요구했고, 자실의 문학인들도 즉시 모여서 '87문학인 선언'을 발표하고 연일 '고문 정권' 규탄 시위에 앞장섰으며, 나 역시 그들 속에 늘 함께 있었다.

그런 상황에서 나는 여기저기 대학 총학생회 주최의 강연회에 불려 다녔다. 대학에서 나를 부르는 명분은 '문학 강연'이었지만, 내용상으로는 시위에 앞서서 결의를 다지는 자리에 외부 인사로 내가 동원된 셈이 된 것이었다. 그것을 알 수 있었던 것은, (우연히 그럴 수도 있었겠지만) 내가 강연을 마치고 돌아서는 즉시 대개는 청중이던 학생들이 구호를 외치고 민중가요를 부르면서 교문 앞으로 행진해 가서는 전투경찰대와 맞서곤 했으니까.

지금도 기억에 선하지만, 어느 지방 대학에 갔을 때였는데, 내가 강연을 마친 다음에 차를 타고 무심코 교문을 빠져 나오는 순간에 경찰 쪽에서 학생들에게 최루탄을 쏘아댔고, 거기에 맞서서 학생들이 투석전을 벌이는 바람에 내가 타고 있는 차의 지붕에 돌 멩이들이 떨어지는 일도 있었다. 만약에 그때 운전자가 급히 그곳에서 빠져나오지 않았더라면, 나는 경찰대와 시위 학생들 사이에서 큰 봉변을 당할 뻔한 장면이었다.

오직 허수아비 거수기일 뿐인 선거인단을 동원한 형식적인 체육관 선거를 통해 청와대를 차지한 전두환 정권은, 또다시 대통령 선거 시기가 다가옴에 따른 국민들의 직접 선거 요구를 비롯한 '개헌 논의'를 아예 중단시킬 목적으로 그해 4월 중순에 소위 '호헌 조치'라는 것을 발표했는데, 그 조치의 발표 즉시 각 재야단체의 반대 성명과 시위가 이어졌으며, 우리 자실에서도 일일이 직접 문학인들의 서명을 받아서 '4.13 호헌 조치에 대한 문학인 193인의 견해'라는 이름으로 결의문을 냈고, 이어서 다른 문화 단체들과 연대하여 '정권 퇴진'을 요구하는 성명을 발표해 가면서 연일 마포 사무실에서 밤을 새워 농성을 이어갔다. 그리고 그 당시의 서울을 비롯한 거의 모든 대학의 교정에는 반정부 대자보가 가득히 나붙었고, 학생들의 부단한 시위와 경찰의 공격으로 대학 근처는 마치 전쟁터와 다름이 없었다.

그러던 중에 6월이 왔고, 그 달 9일 연세대학교 앞에서 시위 중이던 이한열 군이 경찰이 쏜 직격탄(최루탄)에 머리를 맞아서 의식 불명이 되는 사건이 일어났다. 그리고 이어서 피를 흘리는 이 군을 친구가 붙들고 있는 사진이 즉시 언론에 보도되자마자 그 다음 날 온종일 이 땅에 거대한 분노의 물결이 해일처럼 일어났으니, 그것이 바로 '6.10항쟁'인 것이다. 그러나 그날의 항쟁은 거기에서 그치는 것이 아니라, 오히려 다음의 더 큰 항쟁을 위한 시작일 뿐이었다. 그렇게 되어 그달 내내 전국의 대부분의 도시에서 동시다발적인 시위가 뜨겁게 일어났으며, 그 열기는 날이 갈수록 절정으로 치달았고, 결국에는 독재 정권이 국민에게 항복하는 '6.29선언'으로 일단락을 보게 되었던 것이다.

그때, 자실의 문학 동지들은 어느 때보다도 더욱 치열하게 시위 현장에서 뛰었으며, 그에 따라서 나 역시도 거의 날마다 여기 저기 항쟁을 위한 모임에 나갔으며, 최루가스 냄새가 자욱한 길거리에서 대부분의 낮 시간을 보냈다. 특히 7월에 들어서서 이한열 군이 숨을 거둔 뒤에 '이한열 열사 민주국민장 및 살인정권 규탄대회'라는 이름으로 그의 추도 행사를 마련하고 진행하는 과정에 함께하면서 나는 한 편으로 추도시 낭송 순서를 맡기도 했다. 그리고 그날, 그 거룩한 청년 열사를 영원히 떠나보내는 날, 조곡인 '꽃상여 타고'가 반복해서 슬피 울려 퍼지는 가운데 연세대에서 명동성당에까지 그의 영구차를 따라서 숙연히 걸어가던 백만 명이 넘는 시민들 속에서 나 역시 고개를 숙이고 터벅터벅 걸으면서 울고 또 울었다.

그리고 이한열 열사의 장례를 치른 사흘 뒤에 자실의 실무를 총괄해 오던 채광석 시인이 교통사고로 갑자기 죽었다. 그는 문화 단체인 민요연구회가 주최한 '민요한마당' 공연을 본 뒤에 그 뒤풀이에 참석했다가 집으로 돌아가는 새벽길에 자동차에 치어 그 자리에서 목숨을 잃은 것이다. 나는 그 충격적인 소식을 들은 즉시 그가 실려 간 신촌 세브란스병원으로 달려갔고 경찰의 부검에도 입회했는데, 거기에는 마치 불길같이 열정적인 젊은 투사 채 시인은 없고, 다만 온몸의 여기저기에 시퍼런 멍이 든 그의 싸늘한 주검만이 응급실의 맨바닥에 덩그렇게 누워 있을 뿐이었다.

그때 그는 겨우 서른아홉의 나이로, 초등학교 교사로 일하는 젊은 아내와 유치원에 다니는 아들 하나를 남겨 두고 그렇게 홀연히 세상을 등진 것이다. 물론 그의 장례는 자실의 주관으로 치렀는데, 거기에 대부분의 재야단체와 문화 단체들이 그 자리에 연대해 주었으며, 수많은 재야인사와 문학인이 줄지어 조의 행렬을 이루어줌으로써, 젊은 그를 영원히 떠나보내는 유가족이나 자실 사무실의 동지들에게는 조금쯤은 위안이 되는 감명 깊은 애도 분위기였다.

그가 그렇게 급하게 서둘러 세상을 떠나서 그랬던 것일까. 그 당시에 먼 산비탈의 깊이 판 흙구덩이에 그의 몸을 내려놓을 때에도, 그리고 그 뒤로도 상당히 오랫동안 나는 그의 죽음을 전혀 실감할 수 없었다. 또한 그가 그렇게 홀연히 떠나자, 그의 빈자리는 너무나 컸다. 자실은 자실대로, 재야운동권은 운동권대로 그가 없는 아쉬움이 절실했다. 그런 것만을 보아서도 그 시절의 채광석 시인의 활동 범위와 역할은 넓고 다양했으며, 자신에게 주어진 일에 대한 그의 열정도 무척 뜨거웠다고 말할 수 있다.

더욱이 내 입장에서는 그를 잃은 슬픔을 이겨 내기가 힘들었으니, 그것은 무엇보다도 그는 자실의 사무국장이고 나는 대표 간사라는 역할을 맡고 있었음에도 불구하고 늘 그가 앞장서서 치열하게 세상과 맞섬으로써 오히려 나는 게으름을 피울 수도 있었으니까. 그러나 뜻밖의 순간에 그가 영원히 떠나 버리니 나는 몹시 안타깝고 허전했다. 지금에 와서 생각해 봐도, 그 시절에 그가 있었으므로 자실도 역시 그 사명을 다할 수 있었음이 분명하다. 채광석 시인, 그는 진정으로 그 시절의 자실의 견인차였다.

그해에는 아시아 아프리카 작가회의를 비롯한 해외의 문학인 세미나 등에서 내게 초청이 있었다. 그렇지만 나는 단 한 차례도 국경의 바깥으로 나가지 못했다. 그 이유는, 정부가 나의 출국을 허락하지 않은 까닭이었다. 그동안에 나는 여러 차례 외무부의 여권과에 들어가서 여권을 신청했지만, 그때마다 그곳 사람들은 수사 기관에 조회를 한 다음에 여권의 발행 여부를 통보해 주겠다고 말할 뿐이었다. 그렇게 내가 행여나 하면서 광화문의 여권과를 기웃거릴 즈음에는 짐작도 못하고 있다가 나중에야 알게 된 것이지만, 그때까지도 나는 '사면 복권'이 안 되었다는 이유로 '공민권'이 박탈된 상태였으며, 그것이 바로 내가 출국할 수 없는 근본적인 이유였던 것이다.

그런 과정에서 6월의 뜨거운 항쟁 기간이 지나갔고, 그 절정을 넘어선 직후에 나는 당시 민주화운동의 중심 조직체인 '민주쟁취국민운동본부'의 후반기 대변인 직을 이어 받아서 바쁘게 일하는 과정에서도, 한 편으로는 박태순 작가, 조태일 시인 등과 머리를 맞대고 자실의 미래를 설계하는 자리를 자주 가졌다. 그러는 과정에 우리는 자실의 형식과 내용이, 시대를 앞서 가면서 동시에 해외에 내놓아도 당당한 한국의 대표적인 문학인 조직으로 탈바꿈해야 한다는 것으로 뜻을 모았다. 그리고 그 의견은 즉시 자실 안의 선후배들의 동의를 얻었고, 그렇게 해서 나온 결론이 자실의 명칭을 바꾸고 조직을 '확대 개편'하는 것이었다.

이어서 자실의 외연을 넓히고 조직을 바꾸는 작업에 착수했는데, 먼저 의견을 모은 것이 바로 자실의 명칭을 '민족문학 작가회의'로 바꾸고, 부산의 김정한 선생을 회장으로, 백낙청, 고은 두 분을 부회장으로 모시는 것이었다. 그리고 나머지의 자실의 중견 문인들은 이사진이 되고(나도 역시 이사진에 포함되었다), 아주 젊은 후배들은 실무진이 되는 구성이었다. 따라서 새롭게 다시 서는 자실의 짐은, 내 또래 이하의 세대에서 이제는 한국 문단의 대표성을 지닌 선배들의 세대로 옮겨간 셈이었다.

그런 다음에 9월 17일 서울YMCA강당에서 '민족문학 작가회의 창립총회'를 열었는데, 그 자리에서 내가 '창립선언문'을 낭독하는 순서를 맡기도 했다. 그리고 그날의 행사를 무사히 마침으로써 나는 드디어 자실의 멍에를 벗어 놓게 되었다.

─── 26장 ───

정글 속 진흙 밭으로

6월 항쟁으로 쟁취한 대통령 직선제는 현실 정치와는 무관한 나에게까지 직접 영향을 끼쳤다. 그것은, 대통령 선거에 출마하려는 동교동의 김대중 선생을 돕는 일에서 내가 결코 자유롭지 못한 이유였다. 그 당시에 나는 마침 '민족문학 작가회의'의 출범을 계기로 공적인 짐을 벗고 잠시 홀가분하다고 여겼지만, 그 생각은 그다지 오래 가지 않았으니, 때가 때인지라 그 사이에 이미 여러 차례나 김대중 총재가 은밀히 나를 불러 몇 가지의 일을 맡겼고, 그런 일들 때문에도 나는 또다시 책상머리를 잠시 떠나서 자주 동교동을 드나들지 않으면 안 되었던 것이다. 그리고 그것이 결국에는 내가 정치라는 진흙 밭에 발을 딛는 계기가 된 것을 나중에 알았다.

그해 가을과 겨울에 나는 김대중 총재(당시 그는 평화민주당의 총재이므로 이하 '총재'로 부르겠다)의 뒷전을 오가면서 쉴 새 없이 일을 했고 이곳저곳을 헤매면서 많은 사람과 만났다. 그러던 중인 시월 중순쯤에도 그랬다. 당시에 나는 거의 열흘 가까이 김대중 총재에 대한 지지도가 취약한 영남 지방에까지 내려갔는데, 그곳에 가서 김대중 총재를 돕는 인적 네트워크를 만드는 일을 진행했고, 틈틈이 게릴라식으로 길거리 연설도 했다. 그러다가 한 번은, 대구시의 외곽인 달성의 장터에서 봉변을 당한 적도 있다. 마침 장날이어서 사람이 많았는데, 그곳 장터 한가운데에 만든 간이식 연단에 올라가서 내가 핸드마이크를 들고 연설을 막 시작하자마자 욕설과 함께 여기저기에서 돌멩이들이 날아들었고, 그 바람에 나는 그 지방의 젊은 동지들에 둘러싸여서 재빨리 몸을 피했던 것이다.

또 한 번은 이랬다. 마침 부산에 내려가 있을 때였는데, 그 도시의 여러 인사를 만나는 일을 거의 마무리한 끝에, 그곳의 후배 동지들이 마지막으로 인권 변론도 맡은 적이 있다는 젊은 변호사 한 사람을 더 만나보자는 말을 해 왔다. 그래서 나는 그 말을 들은 즉시 그들과 함께 그 변호사의 사무실을 찾아갔다. 그리고 서로 정중하게 수인사를 나누었고, 이어서 내가 먼저 말문을 열고 그를 방문한 뜻을 전했다. 그러나 내 말에 대한 그의 응답은 너무나도 충격적이었다. 그는, 내 말이 미처 다 끝나기도 전에 자리에서 불끈 일어나더니, 출입문 쪽을 손가락으로 가리키면서 내게 느닷없이 고함을 지르는 것이 아닌가.

"나는 백기완 지지자요! 당장 나가시오!"라고.

그때 나는 그렇게 그의 사무실에서 무참하게 봉변을 당하고 쫓겨났다. 그렇게 내가 그에게 등을 떠밀리다시피 해서 길거리로 나온 뒤에 우두커니 서서 올려다 본 부산의 하늘은, 모처럼 가을비가 내리려는지 잔뜩 찌푸리고 있었다. 그리고 그날, 그에게서 받은 마음의 상처는 지금까지도 내 안에 지워지지 않은 흉터로 남아 있다. 비록 다음 해의 봄에 여의도의 국회의사당에서 뜻밖에 그를 다시 만났고, 그 뒤로도 오랫동안 그와의 애증이 이어졌지만, 그와 내가 처음 만난 그날의 그 일만은 결코 잊히지 않았다. 그는 노무현 변호사였다.

그해 늦가을에는 세상이 무척 소란스러웠다. 오랜만에 직접 국민의 손으로 대통령을 뽑는 선거 때가 다가왔기 때문이었다. 그런 상황에서도, 야권의 정치지도자들은 여전히 등을 돌리고 있었다. 그들은 서로 자신이 대통령이 될 것이라고 믿고 있었다. 그래서 재야운동권에서는 야당의 지도자들에게 대통령 후보 단일화를 강력이 요구하고 있는 중이었다. 그 요구는 너무나도 당연한 것이었다. 전두환 군사 정권의 2인자이면서 영남권에 지지 기반을 둔 민정당의 노태우 후보와 야권의 평화민주당 김대중 후보, 통일민주당 김영삼 후보의 3자 대결로서는, 야권의 실패가 불을 보듯이 뻔한 것이었다. 그러나 김대중 후보와 김영삼 후보 두 사람은 끝까지 후보 단일화를 거부하면서, 오직 3자 대결만이 승리의 지름길이라는 주장을 폈다. 그렇게 되어 이 나라의 국민 대중은 그들 세 사람의 편으로 크게 갈라진 채 전국 곳곳의 선거 유세장에 따로 모여서, 자기가 지지하는 후보의 이름 석 자를 목이 터지도록 외쳐 부르고 있었다.

그때의 열기는 무척 뜨거웠다. 특히 야권의 후보 진영에 선 사람들은, 그 선거가 드디어 군벌 체제를 마감하고 민주 시대를 열 것이라는 희망 하나 때문에 너나없이 앞을 다투어 그 들불 같은 열기 속에 몸을 던지다시피 했으며, 나 역시도 그 불길 속에 함께 있었다. 오직 김대중 총재를 대통령으로 만들어서 이 나라의 체제를 꼭 바꾸고야 말겠다는 생각에만 깊이 매몰된 채, 그의 뒷전에서 나는 밤잠을 설치면서 허덕였다. 그리고 그것이 비록 남의 눈에 뜨이지 않고 인정해 주지도 않는 힘든 일들이라고 할지라도, 오히려 나는 긍지와 사명감으로 몸을 추스르면서 이곳저곳을 쉬지 않고 헤맸으니, 만일에 그때의 내 모습을 냉정하게 관찰하는 사람이 있었다면, 그 사람은 아마도 나를 정신 줄을 놓은 사람으로 볼 수도 있었을 것이다.

그렇지만 그런 몸부림은 다만 헛수고일 뿐이었다. 막상 12월 14일이 되어 대통령선거가 치러지고, 전국의 개표소에서 투표함을 여는 그날 초저녁 무렵에 이미 김대중 후보의 패배가 확실시되었던 것이다. 그때 나는 전국의 개표 상황을 한눈에 볼 수 있도록 재야 쪽에서 사사로이 준비한 종로 5가의 기독교회관 강당의 개표 상황실에 있었는데, 개표 즉시 전혀 희망이 없다는 것을 알게 된 일부 지방의 개표 종사원들이 일찍이 개표소를 떠나는 경우까지 있어서, 무척 이른 시간이었음에도 불구하고 결국에는 기독교회관에 모여서 대형 모니터에 시선을 모으던 사람들마저도 누가 먼저라고 할 것도 없이 어깨를 축 늘어뜨리고 찬바람이 부는 겨울밤의 어둠 속으로 뿔뿔이 흩어지던 일이 지금도 기억에 생생하다. 그것은, 미리 예상치 않았던 것은 아니었지만 그래도 실낱같은 기대를 품었다가 막상 김대중 후보의 패배가 확실해지자, 그 자리에 함께 있던 동지들이 모두 절망하는 슬픈 장면이었다.

　내 삶의 환경이 다른 때보다도 더 유난히 번잡스러웠던 그해에도 나의 신작 시집 『그대의 하늘 길』이 '창작과 비평사'에서 출간되었으며, 이어서 산문집인 『역사 앞에서』가 출간되기도 했다. 그리고 시선집인 『부활의 땅』이 그해 겨울 동안에 기획되고 해가 바뀐 1988년 초에 출간되기도 했다. 그렇게 나는 한 때 세상의 일로 갑자기 동분서주했지만, 내가 군이 해야 할 일을 모조리 팽개치면서까지 거기에 몰입할 정도는 아니었다. 그때의 나는 분명히 한 정치인을 돕는 여러 조력자 중의 한 사람일 뿐이었고, 그의 성공을 통하여 세상을 바꾸고 싶은 꿈을 가진 한 젊은이일 뿐이었다. 그리고 그런 나였기에, 대통령 선거의 패배로 인한 아픔에 한없이 짓눌려 있을 수만은 없었다. 그래서 나는 그 겨울에 또 다시 마음을 다잡고 두문불출하면서 마치 몸부림치듯이 타이프라이터의 자판기를 두들기기 시작했다.

그러나 그것마저도 내 뜻대로 되지 않았다. 김대중 총재는 대선 실패를 오히려 봄에 치를 국회의원 총선거에서 자신의 평화민주당이 다수 의석을 얻을 수 있는 발판으로 삼고자 했으며, 그 전략의 하나로 재야인사들의 영입을 서둘렀고, 그 바람에 나까지도 그 영입 대상 인물 중의 하나로 끼이게 되었던 것이다. 그리고 이어서 김대중 총재가 나를 불렀고, 직접 내게 총선 출마를 제안했다. 그렇지만 그때 나는 김대중 선생의 제안에 즉시 응답하지 못하고 우물쭈물 망설이다가 돌아왔다. 그런 이유는, 그동안 나는 천생의 글쟁이라고 생각하고 내게 주어진 사명을 다하고자 다짐하면서 이 나라의 체제를 바꾸는 싸움의 현장에 발을 딛고 있었지만, 단 한 번도 내가 몸소 정치계에 뛰어들겠다는 생각을 해 본 적은 없었기 때문이었다. 그래서 그때 나는 내 아내와 더불어 여러 날을 깊이 고민했으며, 가까운 문학 친구들이나 재야의 동지들과도 거듭해서 머리를 맞대고 의논했다.

그러던 중에 나의 총선 출마를 완강히 반대하는 친구들도 있었지만, 대개의 문학 동지들은 내가 재야운동권에만 남아 있기보다는 제도권 안에 들어가서 법과 제도를 바꾸는 일을 하는 것이 더 낫지 않느냐고 하면서 내 등을 떠밀었다. 그런 다음에 드디어 나에게 결심이 섰고, 어느 날 이른 아침에 동교동에 가서 밥상을 마주하고 앉아 나는 그 결심을 김대중 총재에게 말했다. 그리고 그 며칠 뒤엔가 '민족문학 작가회의'의 행사의 뒤풀이로 마포의 어느 큰 식당에 문학 동지들이 많이 모인 자리에서 나는 '제13대 국회의원 총선거'에 출마하기로 했다는 사실을 공개적으로 발표했다. 그런 다음에 곧 이어서 99인의 재야운동권 동지들과 함께 '평화민주통일연구회(약칭 평민연)'라는 이름으로 '평화민주당'에 입당했다. 그것은 내가 맨 처음으로 정당에 발을 딛는 순간이었다. 마치 그곳이 죽음의 땅인 줄도 모르고 당당히 남극의 끝없는 빙판 위에 발을 내리는 로버트 스콧 대령처럼.

당시의 나는 너무나도 무모했다. 다만 내가 몇 개월 전에 이사해서 거주하는 곳이라는 이유 밖에는 제대로 아는 이가 거의 없다시피 하는 불모지인 서울 양천에, 그것도 빈손으로 선거를 치르겠다고 무작정 나섰으니 그 얼마나 철없고 당돌했던가. 그러다 보니 그곳에 노란 깃발(그때 평민당의 상징색이 노란색이었다)을 꽂는 즉시부터 내게는 마치 기다리고 있었다는 듯이 미처 짐작도 못하던 우여곡절이 시작되었다.

그때 처음으로 선거라는 것을 경험하게 되는 나인지라 그 내막을 어찌 다 알겠는가. 다만 나는 자전거 뒤에 유인물을 싣고 다니면서 유권자들을 만나 설득하거나, 그것도 모자라면 리어카에 마이크를 달고 골목을 누비면서 내 안에 쌓여 있는 메시지를 외쳐댈 생각뿐이었다. 그러나 아무도 그런 내 생각을 옳다고 찬성하는 사람은 내 곁에 없었다. 오히려 그들은 시대를 앞서가는 선거 운동을 벌일 생각으로 밤을 새며 머리를 짰으니, 그들 한가운데에는 자기네의 일마저 다 팽개쳐 둔 채 달려와서 나의 손발이 되어 준 눈물겨운 문학 후배들인 이영진, 이승철 시인 등이 있었다.(그때 나는 그들이 아니었더라면, 그 혼란스러운 선거판에서 한 발자국도 제대로 걸어 나가지 못하고 비틀거렸을 것이다.)

그렇지만 나는 겉으로는 태연한 척하면서도 안으로는 어찌할 바를 잘 몰라서 우물쭈물하던 중이었는데, 마치 내 사정을 훤히 들여다보고 있기나 하는 것처럼 어느 날 아침에 김대중 총재가 나를 불러서 동교동에 갔더니, 내 손에 지원금을 쥐어 주었다. 그뿐만이 아니라 어느 틈에 친인척들과 문학 동지들, 그리고 시골 모교의 선후배들이 후원금을 보내왔으며, 그러는 중에 영등포 시장에서 장사를 하고 있던 홍일선 시인 같은 경우에는 심지어 장사 밑천을 털어서까지 내게 목돈을 보내왔으니, 그런 정경은 참으로 눈물겨웠다. 그래서 나는 그 길로 버젓한 선거사무실을 열었고, 명함과 유인물을 만들었다. 그런 다음에 나는 내 아내와 함께 신정동과 신월동 일대의 상가와 시장을 누비면서 지역민들을 일일이 만나기 시작했다.

그런데 이것이 어찌된 일인가. 내가 만나는 시장 사람들이 내 손을 잡아 주었으며, 혹은 손뼉을 치거나 내 이름을 부르는 사람들도 있지 않은가. 내가 생각하기에도 그것은 놀라운 일이었다. 그래서 주변에서는 야당 성향의 주민들이 많이 거주하는 신정동, 신월동을 구역으로 하는 '양천 을구'를 선택한 것이 무척 잘한 일이라고 입을 모았다.(그 당시에는 소선거구제가 실시되어서 서울 양천구 역시 '갑'과 '을'의 두 선거구로 나누어진 상태였는데, 처음에 나는 김대중 총재와 협의한 끝에 지난 대통령 선거에서 야당 지지 성향이 많았던 '양천 을구'에 깃발을 세웠던 것이다.)

그러나 추운 꽃샘바람 속에서 이른 아침부터 밤늦게까지 내 아내와 내가 한 달 가까이 '을'지역을 누볐던 수고가 하루아침에 물거품이 되고 말았으니, 그것은 총선거 후보 등록일을 앞두고 발표된 평민당의 '공천자 명단'이었다. 거기에서 내 지역구는 '양천을'이 아닌 '갑'지역으로 바뀌어 있었던 것이다.

그 당시의 서울 양천 '갑'구인 '신시가지아파트'를 중심으로 하는 목동 일대와 신정동 일부 지역은 옆 지역인 '을구'와는 달리, 지난 대통령 선거에서 평민당에 대한 지지도가 매우 낮은 곳이었는데, 뜻밖에 내가 그곳으로 공천이 된 것이다. 그렇지만 어찌할 것인가. 나에게는 또 다른 선택의 여지가 없었으며, 앞뒤를 돌아다 볼 시간적인 여유마저 없었다. 오직 하나, 무모한 도전만이 있을 뿐이었다.

그렇지만 나는 결코 의기소침하지 않았으며, 오히려 나는 화가 복이 될 수도 있지 않느냐고 자위했다. 그리고 그런 내 생각이 크게 어긋나지 않았으니, 전혀 짐작도 하지 못했는데도, 내가 길거리에 나가면 동네 아이들이 입을 모아서 내 이름을 불렀으며, 그러다 보니 자연히 일부의 학부모들까지도 따뜻하게 내 손을 잡으며 반겨 주는 것이 아닌가. 그래서 나는 비록 당선을 자신하지 못했지만, 결코 낙망하지는 않았다. 그러면서 나는, 총선거라는 합법적인 기회를 통하여 내가 가진 생각을 대중에게 전달하는 것만으로도 충분하지 않느냐면서 스스로 내 마음을 달래기도 했다. 그러나 며칠 뒤, 공식적인 선거 운동의 출발과 함께 내 주변의 분위기가 무척 몰라보게 달라졌다.

그 먼저로는, 공식 선거 운동의 일정이 시작되면서부터 집안의 형제자매들을 비롯하여 여러 친인척들과 내 고향 출신의 선후배들, 그리고 재야운동권의 동지들이 목동으로 모여들었으며, 모두가 자진해서 이 골목 저 골목을 누비면서 지역민들을 만나 주는 것이었다. 특히 그들 중에서 지금도 눈에 선한 사람들이 있었는데, 그들은 바로 영남 지방에서 올라온 몇몇 대학의 총학생회장단이었다. 그들은 아예 자신들의 여비를 직접 마련해 와서는 며칠씩이나 여관에 묵으면서 내 선거 운동을 했으니, 그것은 그 예를 찾아보기 힘들 만큼 무척 드문 일이었다.

그렇게 그들 대학생들까지 모여들어서 적극적으로 나를 돕는 뜨거운 분위기 속에 이런 일도 있었다. 여러 날 전부터 내 선거 사무실에 상근하다시피 하면서 열심히 일을 돕고 있던 야무지고 똑똑한 여학생이 한 사람 있었는데, 어느 날 아침에 서울의 모 여당 후보가 내게 전화를 해서는, 다짜고짜 그 여학생이 자신의 딸이라고 말하면서 당장 돌려보내라고 소리치는 것이 아닌가. 그래서 내가 확인해 보니, 그의 말은 사실이었다. 그렇지만 아버지에게 돌아가서 선거를 도우라는 내 말에, 그녀는 아버지와는 서로 생각이 다르다고 말하면서 완강히 고개를 가로저을 뿐이었다. 어쩌면 그것은 정치적인 견해의 차이가 심지어는 가족에게까지도 갈등과 상처를 주게 되는 서글픈 장면의 하나였다.

따라서 그 당시의 내 선거 운동의 상황은, 세상을 바꾸고 싶어하는 젊은 동지들이 노란 바탕에 '붉은 장미꽃 한 송이'가 그려진 벽보를 붙이고 피켓을 흔들면서 거침없이 제 주장을 펴고 지역 주민들을 설득하는, 작은 축제와 같은 것이었다. 그리고 그들의 그런 모습은, 세상이 바뀌기를 바라는 지역민들의 마음을 흔들었다. 그리고 그것은 투표일이 점점 가까워지면서 이미 바람이 되었으며, 나는 그 '황색 바람' 속에서 봄꽃들이 흐드러지게 피었다가 지는 줄도 모른 채, 날마다 새벽부터 밤중까지 이 사람 저 사람의 손을 잡으며 온 동네를 누비고 또 누볐다. 갑자기 골목에서 튀어나온 송아지만한 개한테까지도 절을 하면서.

그런 치열한 두 주간을 보낸 다음의 투표일. 긴장 속에 그날 하루가 지나고, 드디어 이곳저곳의 투표함들이 속속 모여드는 개표장. 행여나 부정한 손길이 스며들까 봐서 내 젊은 동지들이 손에 손을 잡고 그 개표장이 있는 여자고등학교 강당 건물을 에워싼 채 초조하게 밤을 새우던 끝에 서로 얼싸안고 펑펑 울고 말았으니, 그것은 나의 당선이 확정되는 순간이었다. 그렇게 나는 극에서 극으로 공간 이동을 한 것이다. 시의 세계에서 '세상의 한가운데'로.

사람이 한 치 앞도 못 보는데 어떻게 먼 앞날을 내다볼 수 있겠는가? 그렇듯이 나는 내 앞에 어떤 산전수전이 기다리고 있는 줄도 모른 채 무심코 그곳에 발을 내렸다. 더욱이 그 당시는 군벌 체제의 막바지가 아니었던가. 그럼에도 불구하고 나는 앞으로 연거푸 덫에 걸리고 수렁에 빠져서, 결국에는 상처투성이 만신창이가 되어 문단으로 돌아올 줄을 미처 짐작도 못했다. 그로부터 수년 뒤에, 나의 문단 복귀를 환영하는 '민족문학 작가회의'의 조촐한 술자리에서 내가 말한 것처럼, 그곳에 간 것은 분명히 '사고'였다.

고통스런 인생도 인생이고 실패한 인생도 인생이다. 그리고 모든 인생이 가치 있는 것이라면, 천신만고의 내 인생도 전혀 무가치한 것만은 아니리라. 그래서 나는 오랜 망설임 끝에, 아득히 지나가 버린 내 젊은 날들을 마치 순례하듯이 더듬어 보았다. 특별히 원고 마감에 쫓기는 것도 아니었으므로, 나는 자유로운 시간 속에서 책을 읽고 시를 쓰고 가족과 친구들을 사랑하는 중에, 생각이 나면 틈틈이 징검다리를 건너는 것처럼 건너뛰면서 이 글을 써 왔다. 그러다 보니 이 글을 시작해서 마무리하기까지 내가 지나다니는 길 옆의 작은 숲의 빈터에 가랑잎이 두 번째나 쌓였으니, 글의 양에 비해서는 시일이 많이 걸린 셈이다.

또한 나는 기억의 바다에서 건져 올린 젊은 날의 행적들을 모조리 이 글에 기술한 것은 아니라는 것이다. 어쩌면 나는 그것들 중에서 무엇을 이 책에 써야 할 것인가를 고심하기보다는, 무엇을 버려야 할 것인가를 더 고심했다. 그러다 보니, 그 두 가지의 일이 혼동되어서, 가끔은 꼭 써 넣어야 할 것은 버리고 오히려 버려야 할 것은 써 넣는 경우도 있었다. 거기에다가, 필화를 입은 사람의 경우에는 다 마찬가지이겠지만, 나 역시 내가 쓴 글에 대한 자기 검열을 까다롭게 하는 편이어서, 마음에 거슬리면 몇 페이지든지 모두 지워 버리는 습성 때문에, 막상 남아 있는 원고에 담긴 이야기의 내용이라는 것이 내가 보기에도 빈약하고 보잘것없는 부분이 많음은 사실이다.

그뿐만 아니라, 내가 글을 쓰는 속도가 남보다 빠르지 못한 데에다가, 공연히 이것저것 핑계를 대면서 이 글에서 손을 놓을 때도 자주 있었고, 더욱이 지난 초겨울에서 늦봄까지의 여러 달 동안은 몸이 불편하다는 이유로 아예 이 글에 접근하지 못했으니, 그다지 대단하지도 못한 글을 쓰고 마무리하는 데에 너무 오래 매달린 까닭을 짐작할 수 있지 않겠는가.

그러나 저러나 내 인생의 2막은 이 글에서 어떻게든지 거의 들춰졌으니, 그 이후의 3막에 대해서는 굽이굽이 기억의 바다 속에 넣어 두었다가, 내가 조금 더 살아본 다음에 그때 가서 마음이 움직이면 다시 건져서 글로 써도 늦지는 않을 것 같다. 그런 까닭으로 여기에서는 마지막 두세 페이지 위에 그 줄거리만을 짧게 요약해서 사족처럼 덧붙이는 것으로 이 글을 끝맺고자 한다.

요즘 민주 시대의 정치권에서는 누구나 자신의 뜻을 마음대로 펼 수 있지만, 내가 그곳에 잠시 몸을 담던 당시에는 그러지 못했다. 그때에는 노태우를 정점으로 하는 군벌 집단과 그 주변의 정치 건달들이 권력을 장악한 상태였으므로, 나와 같은 재야운동권 출신에게는 그곳이 곧 전선이나 마찬가지였다. 그래서 야권의 동지들 속에 섞여서 나도 역시 여의도 생활의 4년 내내, 총만 쏘지 않았을 뿐이지 날이면 날마다 노태우 집단에 맞서서 치열한 전투를 벌였다. 그래서 겉보기에는 그럴싸했을지 몰라도 실제로는 온몸에 흉터와 상처뿐인 게릴라에 불과했다.

그러나 우리 여의도의 게릴라들은 많은 전투에서 종종 패한 적도 있지만, 뜻밖에 적들을 누른 적도 많았다. 크게는 악법들의 개폐, 5공화국 비리 및 광주 청문회 개최, 국정감사 등등이 그것이었고, 전두환 부부의 백담사 유배가 그 절정이었다. 그리고 그런 일련의 정치적인 사건들이 무척 드라마틱하여 대중 사회의 관심을 크게 집중시키기도 했다.

그렇지만 그런 정치 파동 속에서 오직 뒷전에서 싸우는 전사의 한 사람일 뿐인 내가 어느 새 적이 심은 저격수들의 표적이 되었다는 것이다. 물론 그 저격수들이란 아직도 기세등등한 남산 사람들이었으며 그들의 손끝에 조종되는 어용 언론인들이었다. 그래서 나는 수시로 그들의 저격에 총상을 입고 비명도 못 지른 채 피를 흘리며 쓰러지곤 했다. 그러나 그들은 그것도 모자라서, 내가 밀입북을 했으며, 교통경찰관을 폭행하고, 모 의원에게 쇠 재떨이를 던져서 그의 앞니를 네 개나 깨뜨렸으며, 심지어는 내 아내가 북한의 소설 『꽃 파는 처녀』를 대량으로 인쇄하여 전국에 배포하였다느니 하는 허무맹랑한 픽션을 톱기사로 언론에 보도하여 대중이 그것을 그대로 믿게 함으로써, 이미 쓰러져 있는 내 목을 물어뜯고 몸을 갈기갈기 찢었다.

거기에다가 당시에 정치권에 만연한 협잡과 배신이라니, 그런 상황에서 도대체 어느 누가 내 손을 잡아 일으켜 주려고 하겠는가? 모두가 팔짱을 끼고 고소해 하며 비난하지 않았던가? 그럼에도 불구하고 나는 그와 같은 악조건 속에서도 1992년 봄에 지역구 국회의원 재선에 도전했고, 작은 표의 차이로 낙선의 쓴잔을 마셨다. 그런 다음에도 무슨 미련이 있었는지, 기진맥진한 상태에서 지역구 활동을 지속하고 있다가, 마침 그런 자리마저도 탐하는 자가 있었고, 나의 효용 가치가 사라졌다고 판단했는지는 몰라도 야당의 총재가 그 사람을 갑자기 지역구 위원장으로 새로 임명하여 내려 보내는 바람에, 나는 15대 총선거를 겨우 6개월쯤 앞두고 지역구 사무실의 문을 닫지 않으면 안 되었다. 그렇게 되어 나는 마치 상한 짐승처럼 비틀거리면서 '세상의 한가운데'를 쫓기듯이 빠져나왔던 것이다.

　내가 겨우 정글을 빠져나왔다고 판단하고 고개를 들어서 사방을 살펴보니 거기도 역시 정글이었다. 나를 반기며 부축해 주는 사람은 오직 내 아내와 아들과 딸 세 사람뿐이었다. 대게 성공한 사람에게는 찬사를 보내고 실패한 사람에게는 등을 돌리고 비난을 보내는 것이 아무리 세상의 인심이라고 할지라도, 그것이 남의 일만이 아니고 실제로 나에게 해당되는 상황을 직접 경험하게 되니 무척 황당하고 서글펐다.

　그런 아픔이 나의 행동반경을 점점 좁혀 갔다. 그런 상태에서 내가 집으로 들고 들어오는 먹잇감은 너무도 빈약하고 부족했으니, 마치 아마존 여인들처럼 결국에는 내 아내가 몸소 숲으로 나가서 열매를 줍거나 나무뿌리를 캐지 않으면 안 되었던 것이다. 그렇게 내 아내가 갑자기 여린 몸을 이끌고 세상에 나갔으니 어찌 어려움들이 없었겠는가? 뜻 밖에 오는 절벽 같은 난관이 있었으며, 속수무책의 절망적인 상황도 몇 번인가 있었다. 그렇지만 그녀는 절대로 주저앉거나 포기하지 않고 잘 극복해 왔으니, 그런 그녀의 굳은 심지가 아니었더라면, 나는 아마 일찍이 굶어 죽었을 것이다.

　내 아내가 그렇게 거친 길을 걷는 동안에 나에게도 여러 가지의 우여곡절이 있었다. 다만 내 아이들의 교통비라도 보탤 심산으로 주간지 등에 잡문을 기고했으며, 심지어는 모 프로덕션 회사의 바지 회장을 맡아서 텔레비전 드라마를 제작하는 일에 몰입한 적도 있다. 그리고 대통령 선거에도 두어 번 개입한 적이 있었는데, 한 번은 실패했고 또 한 번은 성공했다. 그에 따라서 최근에는 이명박 정부에서 문화부 산하 기관인 한국간행물윤리위원회의 위원장을 맡아서 한 임기 동안을 일하기도 했다. 그렇게 내 삶이 고르지 못한 중에 때맞춰서 대학생이 된 율희와 솔휘는, 그다지 넉넉하지 못한 대학 생활을 할 수밖에 없었으며, 그 바람에 그들은 남들이 다 가는 해외 어학연수는커녕 배낭여행도 한 번 가지 못했다. 그렇지만 이제는 두 아이 모두 의젓한 젊은이가 되었으며, 이미 결혼해서 내 품을 떠나간 지 여러 해가 되었으니, 지금 내 아내와 내가 단 둘이 머무는 집은 오직 '빈 둥지'일 뿐이다.

그리고 지난날의 민주화 전선의 참호요 진지였던 '자유실천문인협의회'는 벌써 출범 40년이 넘어서 역사가 되었을 뿐만 아니라, 이제는 '한국작가회의'로 이름이 바뀐 창대한 문학인의 모임으로 우뚝 섰으니 이 얼마나 가슴이 뿌듯한가. 그래서 나는 아직도 그 주변을 벗어나지 못한 채 멀찍이 맴돌고 있는 중이다.

나는 온몸에 진흙을 바르고 정글 속을 헤맬 때에도 『세상의 한가운데』(우리문학사, 1990년)라는 이름의 신작 시집을 냈다. 그리고 이어서 '한국대표시인100인선집'의 하나로 『꽃 날리기』(미래사, 1991

년)를 냈다. 그 다음으로는, 내가 산문집들을 연달아서 출판했는데, 그것은 『박수부대와 빈대떡신사』(일월서각, 1992년), 『아침을 여는 당신에게』(도서출판 한뜻, 1993년), 『사랑의 다른 이름』(일월서각, 1994년) 등이었다. 그런데 그 산문집들도 역시 독자들의 반응이 적어서 대개는 초판으로 목숨이 끝나고 말았다.

그러는 중에 특별한 일도 있었는데, 그것은 1990년 봄에 미국 '하버드대학 로스쿨'의 초청을 받아서 '한국 민족문학의 현실'이라는 제목으로 강연을 한 일이다. 그때, 아시아권의 문학인으로서는 처음으로 그 대학의 로스쿨에 초청된 연사라고 해서 많은 사람이 모였던 것이 기억난다.

그리고 내가 여의도의 정글 생활에 적응하지 못하고 부침을 거듭하다가 만신창이가 되어 그곳을 벗어난 다음에는, 그 이전보다도 더 치열하게 글쓰기에 매달렸다. 그렇게 하는 것이 바로 내 삶의 바탕이라는 것을 새삼스럽게 깨달았기 때문이다. 그래서 그 결실로, 『사라지는 것은 사람일 뿐이다』(창비사, 1997년)에 이어서 3, 4년 사이에 한 권 정도의 신간 시집을 출간했는데, 『첫마음』(실천문학사, 2000년), 『물고기 한 마리』(문학동네, 2003년), 『길에서 시를 줍다』(랜덤하우스, 2007년), 『아침꽃잎』(책만드는집, 2008년), 『내 안에 시가 가득하다』(실천문학사, 2012년) 등이 그것들이다.

나는 일찍이 문단에 발을 들여놓은 뒤부터는, 상보다는 오히려 벌만 줄곧 받아온 사람이다. 오직 목숨을 걸고 시를 써 왔어도 내게 돌아오는 것은 눈물과 상처뿐이었다. 그래서 나는 시를 버릴 생각을 한 적도 많이 있다. 그렇지만 그런 나를 한사코 붙드는 이들이 있었으니, 그들은 소월과 동주를 비롯한 일제 식민지 시대의 옛시인들이었다. 두 말할 것도 없이 그들의 지난한 삶에 비한다면, 내가 겪는 아픔 따위는 한 낱의 엄살에 불과한 것이니까. 그래서 요즘 들어서 나는, 이 세상에 아직도 내가 숨을 쉬고 살아 있는 것만으로도 감사하다는 생각을 하면서 살고 있다.

거기에다가, 사람이 살다 보면 뜻밖에 좋은 일도 있는 것처럼, 근래에 갑자기 내 지난날의 감옥살이가 억울했다는 것이 법적으로 증명되기에 이르렀으니, 사람이 죽지 않고 오래 살고 볼 일이 아닌가.

이미 수십 년이 지나간 뒤이지만, 박정희 정권이 내 시 작품 '노예수첩'을 트집 잡아서 나를 '국가모독죄'로 걸어서 감옥에 오래 가둔 것이 헌법에 위반된다는 '위헌 판결'이 2015년 11월 18일 헌법재판소 9명의 재판관 '전원 일치'로 내려진 것(사실 나는 '대통령긴급조치 9호 위반 및 국가모독죄'로 입건되었는데, '긴급조치 9호'에 대한 헌재의 위헌 판결은 그 이전인 2013년 3월 21일에 있었다)에 이어서, 지난해 1월 20일에 서울지방법원의 재심 법정에서 그 '노예수첩 사건'에 대해서 30년 만에 '무죄'의 선고가 내려졌으니, 그것만으로도 나의 한이 눈곱만큼이라도 풀린 것이라고 자위해 본다.

그래서 요즘 나는 힘겹고 괴로운 지난날의 내 삶을 부정적으로만 생각하지 않는다. 다만 그 파란만장이 나의 운명이라고 여기면서 그저 담담히 되돌아볼 뿐이다. 그리고 그 과정에서 남기고 싶은 이야기들을 골라서 여기에 조각보처럼 듬성듬성 이어서 썼다.

나를 아는 이들은 다 알고 있는 사실이지만, 나는 성공한 사람도 아니고 자랑거리도 가지고 있지 않다. 따라서 성공담이나 자랑거리를 위주로 쓰는 글이 자서전이라고 한다면, 이 글은 자서전이 아니다. 다만 시대적인 격랑 속에서 '시詩'라는 돛대를 껴안고 험한 파도를 헤치며 살아온 상처 많고 굴곡진 내 젊은 날의 이야기일 뿐이다. 오해가 없기를 바란다.

지나간 시절의 발자국들은 모두가 그리움이 된다. 아무리 그것들
이 온갖 풍상의 흔적이라고 할지라도, 시간이 흘러서 오래된 것들
을 기억 속에서 바라보면 낱낱이 새롭고 애틋하다. 그리고 지난날
을 생각하는 중에 무척 아프고 괴로웠던 대목에 이를 경우에는,
그 동안에 까마득히 잊고 살아왔던 전후의 사연들까지도 세세하
고 또렷한 영상으로 눈앞에 줄지어 떠오르는 것이 아니던가. 그래
서 사람들은 대게 입을 모아서 자신의 생애를 두고 책으로 쓴다면
여러 권이 될 것이라고들 말하는지 모른다.

　나의 삶도 역시 열에서 아홉은 돌 자갈 가시밭길이었다. 더욱이

세상을 바꾸는 싸움의 전사를 자처하며 좌충우돌 떠돌던 젊은 날에는, 그 하루하루가 마치 까마득히 높은 벼랑 위를 걷는 것이나 다름이 없었다. 거기에다가 길고 외로운 싸움 끝에 줄곧 상처 입고 길에 쓰러지고 수렁에 빠지기를 거듭하였으니, 인생이 행복하고 즐거운 사람의 눈에는, 내가 사는 것은 사람으로 사는 것이 아닌 것 같이 보였을 것이다.

그렇다고 해서 마치 그런 삶의 과정이 나에게 전혀 존재하지 않았던 것처럼, 모래 위의 발자국들을 물결이 한 순간에 지우듯이 깨끗이 지워 버릴 수만은 없을 것이니 이를 어쩌할 것인가. 그런 까닭으로 나는 오랫동안 주저해 오다가 어느 날 문득 용기를 내서 내 삶의 격랑기激浪期에 대한 글을 써 보기로 작정했다. 그러면서 나는 오직 한 가지, 세상의 모든 삶 중에 이런 종류의 우여곡절을 겪어 온 삶도 있다는 것을 굳이 강조하고 싶었다. 그리고 덧붙이자면, 내가 무슨 책에서 읽었는지는 분명히 기억나지 않지만 '지금 나에게도 시간을 뛰어넘는 것들이 있다'는 문장이 떠올라서, 감히 이것을 빌려 이 책의 표제로 삼았음을 고백한다.

부디, 이 책에 쓴 내 젊은 날의 상처 많고 굴곡진 삶의 편린들이, 읽는 이들에게는 때로는 거울이 되고 반면교사가 되었으면 좋겠다는 생각을 하면서, 이 책을 쓰는 동안에 알게 모르게 도움을 주신 이들과, 선뜻 이 책을 출판해 주신 일송북 출판사의 천봉재 대표께 감사드리며, 온갖 간난신고를 겪어오면서도 언제나 변함없이 눈물겨운 사랑과 정성으로 나를 살리고 부축해 주는 내 아내에게 이 책을 바친다.

2017년 1월

양성우 씀

일송포켓북

일송포켓북은 일송북의 자회사로 한국문학 베스트 시리즈를 출간하고 있습니다.

내 손에 일송포켓북 있다!

내용은 최고, 가격은 최저, 휴대는 간편.
커피 한 잔 값으로 떠나는 산뜻한 독서 여행.

"한국 대표작가들이 직접 선정한 베스트 소설 총망라!"

한 손엔 휴대폰, 다른 손엔 포켓북!

작고 가벼워 한 손에 쏙 들어온다.
디지털 유목민의 필수품, 일송포켓북.

"한국 대표작가들을 만나는 커피 한 잔 값의 행복!"

이문열《아우와의 만남》
이문열의 소설을 다 읽었다 해도 이 책에 수록된 작품들을 읽지 않고는 결코 이문열 문학을 논할 수 없다!

박범신《겨울강 하늬바람》
영원한 청년 작가 박범신이 혼신의 힘을 다해서 쓴 이 소설에는 시대의 아픔을 껴안는 그의 문학 정신이 녹아 있다.

이청준《날개의 집》
초기작부터 최근작에 이르기까지, 이청준 문학의 큰 흐름을 형성하는 소설 중에서 가장 중요한 작품들을 엄선했다.

이승우《에리직톤의 초상》
'스물두 살의 천재'라는 찬사를 들으며 화려하게 등단한 이래 관념을 소설화하는 독특한 작품세계를 펼쳐 온 이승우의 대표작!

박영한《왕룽일가》
서울 근교의 우묵배미라는 농촌을 삶의 무대로 살아가는 사람들의 슬프지만 우스꽝스런 이야기들을 형상화한 박영한의 대표작!

윤흥길《낫》
일본에서 먼저 출간되어 대단한 화제를 불러일으킨 이 작품은 윤흥길 소설만이 갖고 있는 특별한 매력을 물씬 풍기고 있다.

전상국《유정의 사랑》
전형적인 사랑 이야기와 김유정의 평전이 자연스레 녹아 한 편의 퓨전 소설 형식을 취하며 문학의 새 지평을 연 놀라운 작품이다.

윤후명《무지개를 오르는 발걸음》

윤후명이 아니면 도저히 쓸 수 없는 특유의 문체와 독특한 작품 분위기, 그리고 각별한 재미!

송영《금지된 시간》

미국 펜클럽 기관지에 소설이 소개되어 새롭게 주목받은 송영이 심혈을 기울여서 쓴 한 몽상가의 이야기.

이순원《램프 속의 여자》

전방위 작가 이순원이 외롭고 슬픈 한 여자를 통해 우리가 살아온 각 시대의 성의 사회사를 살펴본 탁월한 소설이다.

조성기《우리 시대의 사랑》

성과 사랑의 경계에 대한 질문을 던지며 많은 화제를 모았던 이 작품은 조성기를 인기 소설가로 만들어준 출세작이다.

고은주《아름다운 여름》

아나운서인 여자와 우울증 환자인 남자의 이야기를 통해 '진짜' 당신을 만날 수 있게 해주는 '오늘의 작가상' 수상작.

구효서《낯선 여름》

다양한 주제를 섭렵하면서 독특한 자기 세계를 구축하고 있는 우리 시대의 중요한 소설가 구효서의 야심작.

이호철《판문점》

분단 문학을 새로운 차원으로 끌어올린 이호철의 대표작 중 미국과 프랑스에서 출간되어 호평 받은 작품만을 엄선했다.

한수산《푸른 수첩》

짙은 감성과 화려한 문체로 한 시대를 풍미했던 한수산이 전성기 때의 문학적 열정으로 그려낸 빛나는 언어의 축제.

서영은《시간의 얼굴》

'너를 진정으로 사랑하여 나를 부수고 다른 나로 태어나려는' 주인공의 열망을 심정적으로 온전히 치른 역작.

문순태《징소리》

향토색 짙은 작품으로 우리 소설의 한 축을 굳게 지키고 있는 문순태는 이 작품에서 한에 대한 미학의 극치를 보여준다.

김원우《짐승의 시간》

유니크한 작품세계를 구축하고 있는 김원우 문학의 원형을 보여주는, 젊은 시절의 열정을 고스란히 바친 첫 번째 장편소설.

김주영《즐거운 우리집》

한국 문단의 탁월한 이야기꾼 김주영의 주옥같은 작품들을 한자리에 묶은 대표작 모음집.

한승원《아버지와 아들》

토속적인 세계와 역사의식을 통해 민족적인 비극과 한을 소설화하면서 독보적인 세계를 구축한 한승원의 '기리야마 환태평양 도서상' 수상작.

조정래《유형의 땅》

'네티즌이 선정한 2005 대한민국 대표작가' 조정래의 문학적 뿌리는 이 책에 수록된 빛나는 단편소설이다.

지금 나에게도 시간을 뛰어넘는 것들 있다

초판 1쇄 인쇄 2017년 2월 13일
초판 1쇄 발행 2016년 2월 17일

저 자 **양성우**
펴낸이 **천봉재**
펴낸곳 **일송북**

주소 **서울시 성북구 성북로 4길 27-19 (2층)**
전화 **02-2299-1290~1**
팩스 **02-2299-1292**
이메일 **minato3@hanmail.net**
홈페이지 **www.ilsongbook.com**
등록 **1998. 8. 13 (제 303-3030000251002006000049호)**

ⓒ 양성우 2017

ISBN 978-89-5732-259-8 (03800)
값 14,800원

이 도서의 국립중앙도서관 출판시도서목록(CIP)은 서지정보유통지원시스템 홈페이
지(http://seoji.nl.go.kr)와 국가자료공동목록시스템(http://www.nl.go.kr/kolisnet)에
서 이용하실 수 있습니다.(CIP제어번호: CIP2016031405)